CB122059

REVISTA DA BIBLIOTECA MÁRIO DE ANDRADE

REVISTA DA BIBLIOTECA MÁRIO DE ANDRADE

— 68 —

LIVRARIA DUAS CIDADES | ICHING CHANCE CHANGE
O PIRRALHO | IMIGRANTES EM SÃO PAULO

BIBLIOTECA MÁRIO DE ANDRADE
PREFEITURA DE SÃO PAULO CULTURA
Associação Amigos da Biblioteca Mário de Andrade
imprensaoficial GOVERNO DO ESTADO DE SÃO PAULO
GOVERNO DO ESTADO SÃO PAULO

Sumário

Editorial

Com o número 68, a *Revista da Biblioteca Mário de Andrade* acerta sua periodicidade, eliminando a defasagem resultante de constantes atrasos em sua publicação. Eram atrasos de alguns meses – às vezes poucos, às vezes muitos – mas mesmo assim acarretavam confusões, sobretudo nos textos voltados às notícias da Biblioteca. Mais importante que isso, na verdade, foi o fato de conseguirmos manter a publicação e o elevado nível de qualidade que a caracteriza. Isso foi possível graças ao esforço e à competência da equipe da Biblioteca envolvida nos diversos fazeres do processo de elaboração, e graças também à qualidade dos colaboradores, ao apoio do Secretário Municipal de Cultura, Carlos Augusto Calil, e da Diretoria e equipe da Imprensa Oficial, que confiaram em nosso trabalho.

O sucesso da *Revista* está em perfeita sintonia com o sucesso que a Mário vem apresentando seja em relação ao atendimento, seja em relação à programação cultural, que são as duas pontas visíveis do trabalho desenvolvido na Biblioteca. O projeto de restauro e modernização, bem como as intervenções relacionadas à preservação do acervo e a reforma administrativa implantada realmente revitalizaram a Biblioteca, muito embora ainda haja muito a fazer.

A catalogação eletrônica retrospectiva das coleções, particularmente das obras raras e especiais e de artes, bem como da coleção de periódicos, por exemplo, foi apenas iniciada, da mesma forma que a digitalização de parte de algumas coleções, para garantir sua preservação e ampliar o seu acesso. Esses projetos englobam atividades técnicas muito específicas, que exigiriam o reforço de equipe ou contratações de serviços de terceiros. Isto, lamentavelmente, não foi possível em 2012. No entanto, as linhas mestras para o desenvolvimento desses serviços já estão traçadas – há políticas e manuais de procedimentos estabelecidos, há bancos de dados em melhores condições de responder às demandas e a equipe está mais bem preparada graças a oportunidades de participação em cursos e eventos. Tudo isso é um bom começo. Sabemos que não há condições de superarmos, em curto prazo, todo o período de atraso crônico que esta Biblioteca atravessou.

Este número da Revista continua a falar muito da Biblioteca Mário de Andrade: a seção Miscelânea traz as notícias e realizações no período; a Memória Editorial lembra o professor Santa Cruz e a Livraria Duas Cidades (esta que foi, durante anos, como a Mário de Andrade, espaço de encontros e de discussão de ideias no centro da cidade de São Paulo); a Fortuna Crítica aborda a personalidade e a obra crítica de Alexandre Eulalio, que foi poeta, ensaísta, crítico de arte, cinema e literatura, tradutor, pesquisador, e chegou a trabalhar na Secretaria Municipal de Cultura na gestão de Sábato Magaldi, tendo colaborado em diversos números do *Boletim Bibliográfico da Biblioteca Mário de Andrade* dos anos 1970. A seção Bibliotecas trata da coleção de *O Pirralho*, importante e única no Brasil e traz também matéria sobre a Seção de Artes criada por Sérgio Milliet; a seção Fac-Símile detém-se sobre um livro de artista de autoria de Julio Plaza, existente na Coleção de Obras Raras e Especiais, *I CHING CHANCE CHANGE*, obra que dialoga com outras publicações relevantes da Coleção, na linha das poéticas visuais. O Dossiê deste número traz uma parte dos trabalhos apresentados durante o Ciclo que fez muito sucesso em 2011 – *São Paulo: seus povos e suas músicas*. A seção Bibliografias acompanha esta temática, sugerindo obras sobre imigrantes em São Paulo, quase todas existentes nas diferentes coleções da Biblioteca Mário de Andrade, particularmente na Coleção São Paulo.

Maria Christina Barbosa de Almeida

Miscelânea

NOTÍCIAS DA BIBLIOTECA

Programação cultural

Cartaz e agenda elaborados mensalmente, para divulgação da programação cultural.

Desde sua reabertura, em janeiro de 2011, a Biblioteca Mário de Andrade intensificou sua agenda de atividades culturais oferecidas à população, com a intenção de reafirmar sua importância na cidade como ponto de encontro para a reflexão e a troca de ideias, ao lado de sua função primeira que é ser um espaço de leitura e pesquisa. A programação cultural estimula o uso do acervo, com eventos que promovem o interesse pela cultura em geral, pela leitura e pela pesquisa. Destacamos a seguir alguns pontos altos dessa programação, ressaltando que outros eventos igualmente relevantes não serão aqui mencionados, mas estão noticiados no *site* da Biblioteca e registrados na documentação que ficará disponível aos interessados para consulta. ✓

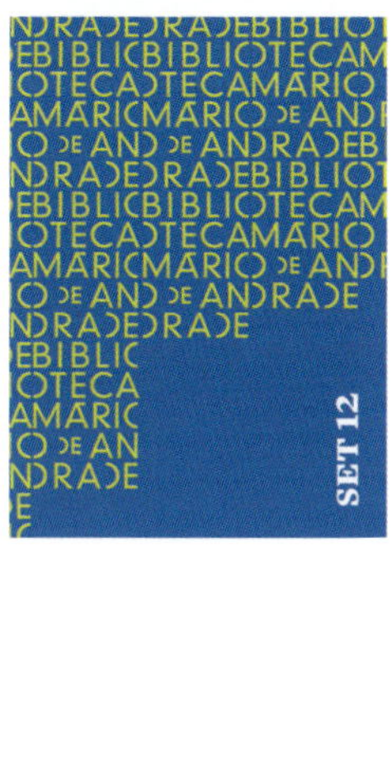

Homenagem a Boris Schnaiderman (da esq. para a dir.: Lygia Fagundes Telles, Paulo Bezerra, Carlos Augusto Calil e Antonio Candido).
Foto: Eduardo Dias, 2012/Acervo BMA.

Homenagem a Boris Schnaiderman

Em 2 de julho de 2012 a Biblioteca Mário de Andrade promoveu um evento em homenagem ao tradutor, professor e crítico Boris Schnaiderman, que contou com a participação de personalidades como Antonio Candido, Paulo Bezerra, Lygia Fagundes Telles e Carlos Augusto Calil. Quase duzentas pessoas lotaram o auditório da Biblioteca para ouvir as falas emocionadas dos escritores. Na ocasião, houve o lançamento da *Revista da Biblioteca Mário de Andrade* n. 67, que apresenta um conjunto de textos críticos e afetivos sobre Boris, de autoria de Aurora Fornoni Bernardini, Paulo Bezerra e Antonio Candido. O evento foi marcado também pela estreia do filme *O que traduz Boris?*, dirigido por Daniel e Jorge Grinspum. O documentário de 52 minutos transmite, de forma referencial, os temas e fatos que permearam a história de vida pessoal e profissional de Boris Schnaiderman, oferecendo ao público a visão de "uma testemunha muitas vezes protagonista de quase um século", como ele mesmo se diz. A dinâmica do documentário é baseada em conversas entre os convidados e conta, em algumas delas, com a intermediação de Beatriz Bracher e de Gutemberg de Medeiros. Traz depoimentos de Antonio Candido, Adriana Calcanhoto, Arnaldo Antunes, Tatiana Belinky, Nelson Ascher, Miriam Chnaiderman e José Roberto Aguilar, dentre outros. ✓

Quarteto de Cordas da Cidade de São Paulo.
Foto: Glauber Alves, 2011/Acervo BMA.

Quarteto de Cordas da Cidade de São Paulo

Desde 25 de janeiro de 2011, quando participou das comemorações de reabertura da Biblioteca, o Quarteto tem-se apresentado uma vez por mês, com o auditório lotado. Ao lado da altíssima qualidade dos músicos – Betina Stegmann e Nelson Rios (violinos), Marcelo Jaffé (viola) e Roberto Suetholz (violoncelo) – merece destaque o ambiente intimista e agradável que o conjunto propicia, aproximando-se do público de maneira alegre e inteligente, que, além de apurar a escuta musical, estimula o interesse de pessoas iniciadas e não iniciadas na linguagem musical. Trata-se de um grande presente do Quarteto à Biblioteca, pela qual os músicos demonstram muito carinho, e ao público que já se tornou cativo e os espera todos os meses para passar horas alegres e prazerosas. ✓

História(s) da Arte no Brasil

O ciclo *História(s) da Arte no Brasil*, desenvolvido com a curadoria do pesquisador Thiago Gil, insere-se no conjunto de iniciativas que visam a debater questões de interesse, ao mesmo tempo em que estimulam a pesquisa em nosso acervo e produzem novos conhecimentos

sobre arte e cultura, afirmando a Biblioteca Mário de Andrade como espaço cultural privilegiado na cidade. A proposta do ciclo consistia em apresentar ao público um panorama não tanto da história da arte no Brasil, mas do que sobre ela já se escreveu e pensou, desde o século 19 até a contemporaneidade. Os dois módulos – o primeiro desenvolvido de 8 a 24 de novembro de 2011 e o segundo, de 13 a 22 de março de 2012 – contaram com a presença de especialistas renomados e tiveram um total de 423 participantes. Paralelamente ao ciclo de palestras, foram feitas exposições e visitas à coleção de Artes e de Obras Raras e Especiais, com a finalidade de mostrar o precioso acervo existente na Biblioteca nessa área e, assim, estimular a pesquisa. É muito significativo que a Biblioteca Mário de Andrade tenha retomado uma programação cultural voltada para as áreas de Artes. As reflexões geradas durante esse curso trouxeram à lembrança a importância desta Biblioteca na formação de várias gerações de críticos e historiadores de arte no Brasil e sobre as fontes de pesquisa que ela ainda guarda e oferece a futuros estudiosos. ✓

História(s) da Arte no Brasil – módulo 1 (da esq. para a dir.: Tadeu Chiarelli, Vera Lins e Thiago Gil).

Foto: Eduardo Dias, 2011/Acervo BMA.

Mestres do conto latino-americano

Ciclo Mestres do Conto Latino-Americano (Palestra de Davi Arrigucci Jr. sobre contos de Jorge Luis Borges).

Foto: Eduardo Dias, 2012/Acervo BMA.

Um dos projetos que mais se destacaram na programação cultural de 2012 foi o Ciclo *Mestres do conto latino-americano*, uma série de encontros que contou com a curadoria do professor Davi Arrigucci Jr. e que proporcionou aos participantes um contato direto com as narrativas do gênero. Em cada encontro um professor especializado na obra de determinado contista fazia a leitura crítica de um ou dois contos deste autor. Na opinião do curador professor Davi Arrigucci Jr., o gênero conto, inventado no século XIX, transformou-se em um dos principais meios de expressão literária do século XX, trazendo seus padrões formais como herança, ruptura, novas conquistas e desafios até este início do século XXI. "A arte do contista depende da brevidade e, por isso mesmo, ele joga com os limites da linguagem, ao tentar dizer ou sugerir mais do que pode resumir em poucas palavras, mediante a concentração, a tensão, a intensidade expressiva." A seleção dos autores abordados na série pautou-se por critérios estéticos e históricos do curador, que se preocupou em entrelaçar contistas brasileiros e hispano-americanos e abrir espaço para o exame da contribuição de cada um dentro do gênero da expressão literária em pauta. Muitos grandes autores ficaram de fora, dados os limites de duração da série, mas o recorte oferecido conseguiu mostrar, como esperava o professor Arrigucci, como os nossos grandes escritores latino-americanos lidaram com as dificuldades impostas pela narrativa curta. O Ciclo levou à Biblioteca, durante seis meses, um público médio de 85 pessoas, aos sábados pela manhã (um total de 1.520 pessoas, nos 18 encontros). O sucesso da programação refletiu-se no aumento da demanda, particularmente na Circulante, pelas obras e pelos autores tratados nos encontros do Ciclo. A demanda de público e o sucesso do evento estão expressos em uma das mensagens deixadas pelos participantes na avaliação final dos encontros: "*Muitíssimo obrigada por horas tão mágicas. Pela oportunidade de ouvir tantos professores fantásticos.*" ✓

Seminário Mindlin

A Biblioteca Brasiliana Guita e José Mindlin, órgão da Pró--Reitoria de Cultura e Extensão Universitária da Universidade de São Paulo, foi criada em 2004 para abrigar a coleção de livros e documentos sobre o Brasil reunida pelo bibliófilo José Mindlin e sua esposa. Desde 2009 essa Biblioteca organiza um seminário anual em homenagem à memória do bibliófilo, com o objetivo de valorizar os estudos sobre o livro, a história da imprensa e as novas tecnologias da informação. Em 2012, o Seminário Mindlin foi realizado em parceria com a Biblioteca Mário de Andrade e o Consulado da Bélgica em São Paulo e teve como tema *Plantin & Craesbeeck – Um mundo sobre papel: livros, gravuras e mapas na era dos descobrimentos*. A escolha da Mário de Andrade para abrigar esse Seminário consagra uma amizade de 40 anos entre José Mindlin e Rubens Borba de Moraes – bibliófilo e diretor da Mário de 1935 a 1943. A Biblioteca Mário de Andrade abriga uma rica coleção de obras raras versando principalmente sobre o Brasil e os países europeus. Para o Seminário, Rizio Bruno Sant'Ana, curador da Coleção de Obras Raras e Especiais da Biblioteca, preparou uma mostra

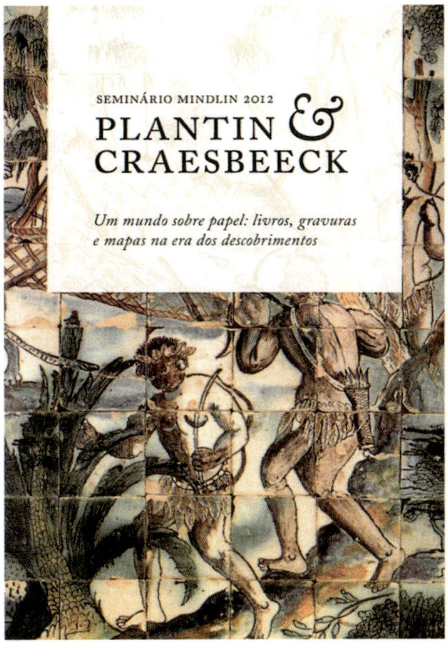

Capa do catálogo da exposição realizada durante Seminário Mindlin 2012.
Acervo BMA.

de livros impressos entre os séculos XVI e XVIII pela empresa da família Plantin-Moretus, da Antuérpia (que teve ramificações comerciais especialmente em Portugal e na América Hispânica), e pelos tipógrafos da família Craesbeeck, de Lisboa. As obras selecionadas para a mostra são provenientes principalmente da Coleção Félix Pacheco, comprada em 1936 e que reunia o maior acervo privado de obras raras e de Brasiliana do país, em seu tempo. O evento, realizado de 26 a 28 de junho, reuniu palestrantes e especialistas do Brasil e do exterior estudiosos da produção tipográfica flamenga no contexto dos impérios ibéricos. ✓

Colóquio 2012 da Associação Internacional de Bibliofilia (da esq. para a dir.: Kim Brooker, Carlos Augusto Calil e Pedro Corrêa do Lago).
Foto: Eduardo Dias, 2012/Acervo BMA.

Em setembro de 2012, São Paulo e Rio de Janeiro sediaram, pela primeira vez na América Latina, o colóquio da Associação Internacional de Bibliofilia, criada em 1959, que reúne os mais importantes colecionadores e apreciadores de livros do mundo inteiro. As atividades em São Paulo incluíram uma palestra na Biblioteca Mário de Andrade – *Early printing in Brazil*, por Valéria Gauz – e uma visita a uma exposição de obras do acervo especialmente selecionadas por Rizio Bruno Sant'Ana, curador de Obras Raras e Especiais da Biblioteca, e pelos bibliófilos Pedro Corrêa do Lago e Ruy Souza e Silva, organizadores do evento no Brasil. O evento contou com a presença de Kim Brooker, presidente da Associação e de cerca de 70 bibliófilos de mais de 40 países do mundo. Com o apoio dos organizadores, foi elaborado um catálogo analítico das obras expostas nas instituições visitadas, tanto no Rio quanto em São Paulo, possibilitando aos participantes maiores informações sobre as obras e melhores condições de apreciação das mesmas. Desde 2011 a Biblioteca Mário de Andrade é integrante desta Associação, que tem entre seus membros a Biblioteca do Congresso dos EUA e a Biblioteca Nacional da França. ✓

Equipe da BMA durante o Colóquio 2012 da Associação Internacional de Bibliofilia (da esq. para a dir.: Roberta Kazumi Kayo, Lívia Lopes Garcia, Rizio Bruno Sant'Ana, Marilza Manuel Dutra Pinto e a diretora, Maria Christina Barbosa de Almeida).
Foto: Eduardo Dias, 2012/Acervo BMA.

Projeto: Catalogação e digitalização da Coleção de Obras Raras e Especiais

Em 2012 foi desenvolvido, com recursos financeiros do *Program for Latin American Libraries and Archives 2011* do *David Rockefeller Center for Latin American Studies* da *Harvard University*, um projeto de acesso e difusão da coleção de Obras Raras e Especiais da Biblioteca Mário de Andrade, que tinha como objetivos viabilizar e maximizar o acesso a esta coleção – por meio de sua catalogação e disponibilização em banco de dados *online* –, difundir seu conteúdo e preservar os originais – por meio da digitalização dos materiais e sua publicação em *site* na internet. Em função dos recursos disponibilizados por este programa, a iniciativa contemplou um recorte da mencionada coleção: livros brasileiros publicados entre 1808 e 1850, num total de 120 livros raros. Estas obras foram as primeiras legalmente impressas no Brasil, após a abertura dos portos e a criação da Impressão Régia em 1808, por D. João VI. Desta data até 1822, que marca nossa Independência de Portugal, apenas o Rio de Janeiro e a Bahia possuíam tipografias que, a partir de então e até 1850, foram gradualmente surgindo nas demais províncias do Brasil. Os objetivos específicos do projeto, integralmente cumpridos, foram os seguintes:

- Descrição bibliográfica atualizada de cerca de 120 livros da coleção de obras raras e especiais da Biblioteca;
- Disponibilização dos registros bibliográficos destas obras no catálogo *online* para consulta pública e gratuita;
- Digitalização integral de cerca de 120 livros da coleção de obras raras e especiais;
- Disponibilização dos textos e imagens digitalizadas na internet para consulta pública e gratuita, com ferramentas que possibilitem a recuperação das informações textuais por meio de *software* de OCR (reconhecimento óptico de caracteres).

Dentre os inúmeros benefícios gerados no bojo de seu desenvolvimento, o projeto nos deu a oportunidade de adequar o sistema *Alexandria online* (adotado pelo Sistema Municipal de Bibliotecas) para a catalogação das obras raras e especiais e permitiu testar metodologias e procedimentos tanto de catalogação quanto de digitalização de acervos graças ao trabalho desenvolvido com a Brasiliana Digital, programa pioneiro no Brasil voltado à discussão, pesquisa, criação e implementação de bases para a digitalização de acervos e sua difu-

Protótipo da página da Biblioteca Mário de Andrade Digital.

são via *internet*. A Brasiliana Digital encontra-se em processo de montagem de um consórcio com grandes instituições do país – a Rede Memorial, da qual a Mário de Andrade faz parte – uma experiência que pretende contribuir para a definição de padrões e metodologias dos recentes processos de digitalização de acervos no Brasil.

Outro desdobramento deste projeto é o convênio de longo prazo entre a Brasiliana e a Biblioteca Mário de Andrade que já se encontra em desenvolvimento. Com a formalização da parceria entre as duas instituições, todas as iniciativas futuras que envolvam ações de colaboração mútua, apoio técnico e conceitual serão enorme-

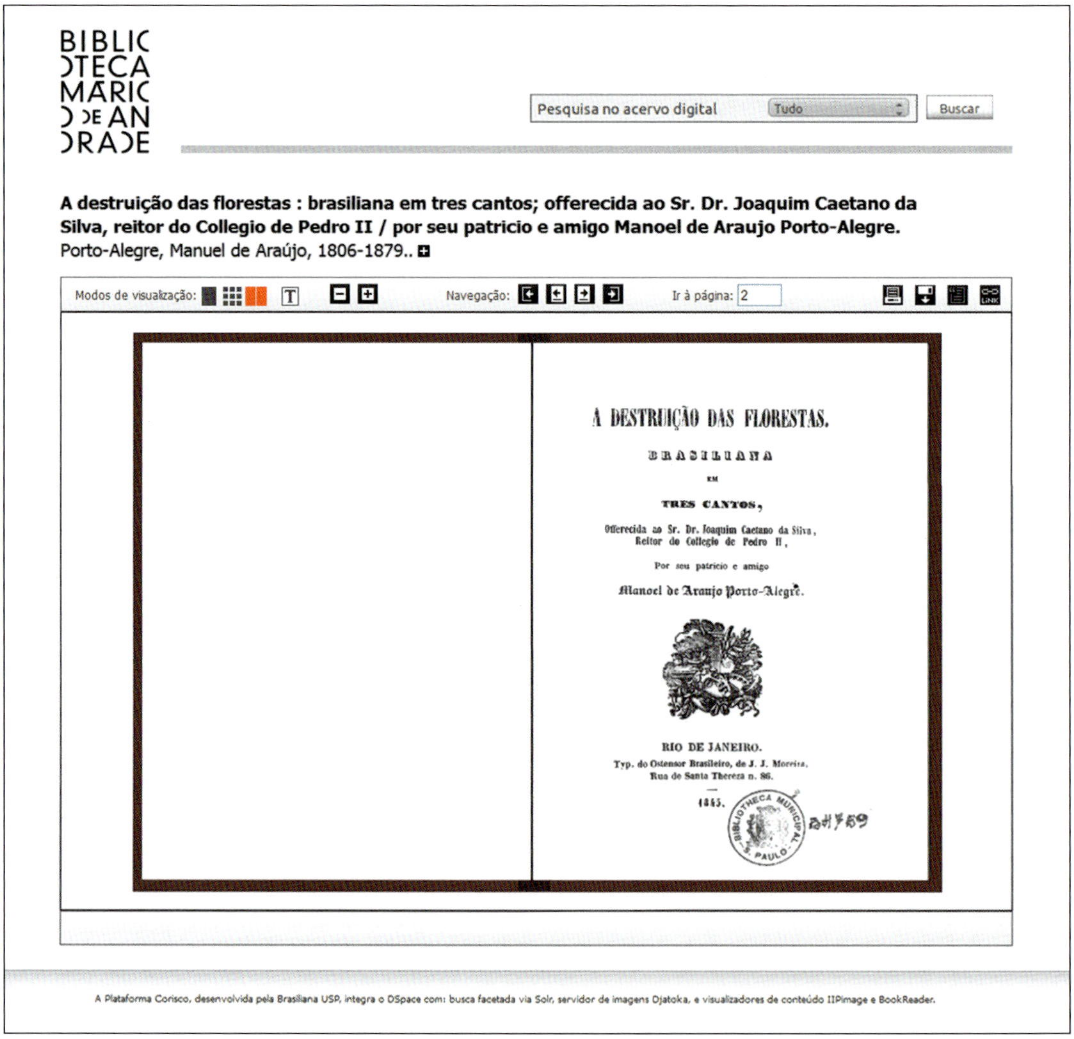

mente facilitadas. A primeira ação será justamente a manutenção de nossa biblioteca digital em seus servidores da Universidade pelo prazo de cinco anos. Outros projetos conjuntos também estão sendo planejados.

Esta não foi a primeira iniciativa de digitalização de acervo da Biblioteca. No bojo de outra proposta anterior – os *Tesouros da Cidade* – foi realizada a digitalização de 200 livros raros e 4.500 fotografias originais. As versões digitalizadas dessas obras também podem ser encontradas na internet, mas, por terem sido executadas por uma tecnologia proprietária, exigem que a pesquisa se dê a partir da página de busca da empresa de digitalização, que não é nada amigável em termos de navegabilidade. Por tudo isso, a difusão dos conteúdos e o aumento na visibilidade desse acervo não foram concretizados de forma satisfatória. A base da BMA Digital foi implantada na plataforma Corisco – *open source* e apta a hospedar arquivos de diversas origens – desenvolvida pela Brasiliana. No momento, a Biblioteca está preparando a migração dos objetos digitais gerados pelo projeto *Tesouros da Cidade* para que sejam integrados à nova plataforma.

A partir de então, a digitalização de obras, quer venha a ser feita como um processo contínuo na Biblioteca, quer por meio de recursos pontuais advindos de captação externa, terá seus produtos alimentados na mesma base, o repositório único e centralizado da BMA Digital, iniciado por este projeto.

É importante ressaltar, ainda, a oportunidade, possibilitada pelo desenvolvimento desse projeto, de aprimoramento da equipe da Biblioteca. Apesar de o acervo trabalhado ter sido pequeno, um dos resultados mais importantes do processo foi o conhecimento adquirido pela equipe da Biblioteca sobre os diferentes conceitos, critérios e processos a serem levados em conta em projetos de digitalização de acervos.

Destaque-se, ainda, que a oportunidade de desenvolver um projeto em parceria com uma instituição do porte da Universidade de Harvard, com elevada reputação na área de geração e gestão do conhecimento, abre portas a futuras propostas de projetos. Este aval que a Biblioteca Mário de Andrade obteve para a realização do projeto é, por si só, inestimável. ✓

Digitalização de periódicos

A Biblioteca Mário de Andrade, assim como a Biblioteca Nacional e o Arquivo Público do Estado de São Paulo, são parceiros da Biblioteca Digital da Unesp, lançada em 29 de maio de 2012, que reúne e dá acesso *online* público e gratuito a livros, periódicos e outros materiais. A Biblioteca Digital apresenta quatro grandes núcleos: Hemeroteca, Livros, História de São Paulo e Artes Visuais. A contribuição da Mário de Andrade se dá particularmente no núcleo Hemeroteca e consiste, inicialmente, na cessão, para digitalização, de centenas de rolos de microfilmes de periódicos paulistanos publicados até 1923, que poderão ser pesquisados por título ou por palavras do texto. O link de acesso à Biblioteca Digital da Unesp é: http://unesp.br/bibliotecadigital ✓

Higienização da coleção de periódicos

Com a finalização dos serviços de desinfestação das coleções de periódicos que se encontravam fora da sede da Biblioteca Mário de Andrade, essas coleções foram reunidas no edifício Anexo – a Hemeroteca – onde estão sendo submetidos a extenso processo de higienização que engloba dois milhões, seiscentos e quarenta mil fascículos, executado por empresa terceirizada e com prazo de término previsto para janeiro de 2014. Paralelamente, as coleções estão sendo organizadas nas estantes e, posteriormente, serão inventariadas. ✓

Higienização da coleção de periódicos na Hemeroteca.

Foto: Emanuel Guedes, 2012/Acervo BMA.

Desenvolvimento das coleções: Novas parcerias

Compromissos firmados com algumas editoras e instituições – Companhia das Letras, Cosac-Naify, Editora da Unesp, Imprensa Oficial, Instituto Moreira Salles e Itaú Cultural – garantem à Mário de Andrade o recebimento de um exemplar de cada obra publicada dentro das áreas temáticas cobertas pela Biblioteca. Essa iniciativa não impede que sejam feitas compras dessas editoras, seja pela BMA – que, além das coleções de acesso fechado, mantém a coleção circulante, para empréstimo – seja pelo Sistema Municipal de Bibliotecas. No entanto, garante que um exemplar da obra esteja imediatamente disponível ao usuário, eliminando a defasagem de tempo do processo normal de aquisição. A vantagem adicional do ponto de vista das editoras é contarem com visibilidade proporcionada pela divulgação no *site* e nas salas de atendimento, que contam atualmente com uma média de público de mil pessoas por dia. Essas parcerias vêm somar-se a iniciativas anteriores, como a doação regular de novos lançamentos de editoras diversas, pela Abril, bem como de coleções retrospectivas de revistas publicadas pela editora.

Merece também destaque o relevante compromisso firmado com a Fapesp, que garante o repasse à Biblioteca Mário de Andrade de todas as obras elaboradas em coedição com essa Fundação. A cerimônia de assinatura do termo de compromisso, realizada em 6 de setembro de 2012, contou com a presença dos professores Celso Lafer, presidente da Fapesp, Carlos Henrique de Brito Cruz, diretor científico, e José Arana Varela, diretor presidente do Conselho Técnico-Administrativo, bem como do Secretário Municipal de Cultura Carlos Augusto Calil e membros da diretoria e equipe da Biblioteca. Até o presente momento, a Biblioteca recebeu mais de 1.500 livros, que se encontram em processo de catalogação e serão identificados como Coleção Fapesp. As obras já existentes no acervo fixo serão destinadas à Circulante, e as mais especializadas serão encaminhadas às bibliotecas temáticas do Sistema Municipal de Bibliotecas e a outras bibliotecas públicas do estado de São Paulo. Com a Coleção Fapesp, a Biblioteca Mário de Andrade contribui para a preservação do conhecimento acumulado, a ampla difusão da pesquisa produzida no meio acadêmico, e o estímulo à produção intelectual, artística, científica e cultural. ✓

Window of Shanghai

A Biblioteca Mário de Andrade foi escolhida, ao lado de outras grandes bibliotecas do mundo, para integrar o projeto *Window of Shanghai*, que visa promover o entendimento entre os povos e culturas por meio de doações de livros a importantes bibliotecas, especialmente àquelas que atuam em ambientes multiculturais, como a cidade de São Paulo. O acordo prevê a doação anual de 100 títulos oferecidos pela instituição parceira, a Biblioteca Pública de Xangai. A coleção inicial, selecionada pela Biblioteca Mário de Andrade, abrange principalmente livros publicados em inglês ou bilíngues (inglês e mandarim). Os assuntos cobrem história, arte, arquitetura, culturas populares, política, ciências sociais, culinária, turismo e viagens, ensino de línguas, dentre outros. Distribuídos nas várias coleções da Biblioteca – Circulante, Coleção Geral e Artes – essas obras têm atraído públicos diversos – desde a comunidade chinesa em São Paulo, até estudantes de idioma e pessoas interessadas na história, na cultura e na situação socioeconômica e política da China. ✓

Paraler: uma nova calçada para a Biblioteca Mário de Andrade

No dia 26 de setembro de 2012, foi lançado o projeto PARALER, da artista plástica Regina Silveira. Trata-se do projeto de um pavimento proposto como obra permanente para a calçada da Biblioteca Mário de Andrade, ligando a entrada da rua da Consolação à da avenida São Luís. É uma realização do Ministério da Cultura, através da Lei Rouanet (Pronac 12 0466) que conta com o patrocínio do Itaú e o apoio da Luciana Brito Galeria.

A proposta PARALER, com outra configuração e com o título de *Paving the Way*, fez parte do projeto desenvolvido pela artista e apresentado em 2003 para o novo edifício da *New York Public Library*, no Bronx, em Nova York. Embora, com este projeto, a artista tenha vencido concurso promovido pelo programa *Percent for Art*, da Prefeitura da cidade de Nova York, do qual participaram importantes artistas do mundo inteiro, o mesmo não chegou a ser executado. É, portanto, inédito.

A visualidade do projeto é a de um extenso bordado em ponto de cruz, em que se justapõem palavras escritas em diferentes alfabetos, com configuração próxima à de uma colcha de retalhos, com a palavra BIBLIOTECA representada e multiplicada em diferentes versões e idiomas (português, espanhol, italiano, grego, alemão, russo, coreano, hebraico, francês, chinês, árabe e japonês).

Na data do lançamento foi aberta a exposição de materiais produzidos pela artista durante o processo de criação do projeto – desenhos, maquetes etc. – bem como uma exposição de livros, catálogos e outras publicações do acervo da Biblioteca sobre a artista, que permanecerá em exibição durante o tempo de construção da nova pavimentação da calçada.

Nas palavras de Regina Silveira,

PARALER foi concebida para nascer já 'agarrada' a seu lugar específico, não apenas no sentido de características físicas e técnicas que garantem sua existência duradoura, mas em um sentido mais refinado e essencial, de real acoplamento entre o significado da imagem e a constelação dos significados do edifício.

PARALER pretende um uso cotidiano, o mesmo das calçadas comuns, pelos pedestres que circulam naquela via central da cidade. Mas também quer oferecer uma qualidade diferente da percepção das calçadas 'normais': uma qualidade poética, aderida permanentemente à imagem recortada em piso cerâmico.

Regina Silveira e Carlos Augusto Calil no lançamento do projeto PARALER.
Foto: Eduardo Dias, 2012/Acervo BMA.

O bordado em ponto de cruz deve-se oferecer aos pedestres como um poema visual a ser percorrido e lido de muitas maneiras e, ao mesmo tempo, como um signo de cuidado e desvelo – há muitos séculos aderido a este fazer artesanal – neste caso por nossos passeios e espaços públicos.

Na ocasião, foi também lançado o livro *O outro lado da imagem e outros textos: a poética de Regina Silveira*, de Adolfo Montejo Navas, pela Edusp. A publicação reúne nove ensaios escritos de forma ininterrupta entre os anos de 2002 e 2008 sobre a obra da artista, destacando o uso que Regina Silveira faz de diversos materiais e meios (fotografias, pinturas, gravuras, objetos, vídeos, instalações, projeções). ✓

Memória Editorial

Fundada em 1954, a Livraria Duas Cidades foi, durante quatro décadas, um ponto de encontro de críticos literários, poetas e estudantes universitários. A história desta pequena editora se confunde com a história cultural de São Paulo. Intelectuais como Antonio Candido, Celso Lafer, Davi Arrigucci Jr. e Augusto de Campos, além de autores da casa, eram frequentadores assíduos. O caso de Augusto Massi é especial, como diz em seu texto, passou de frequentador da livraria a colaborador da editora. O ambiente acolhedor e democrático da Duas Cidades tinha como centro a figura notável do professor Santa Cruz, aqui tratado com admiração por quem acompanhou de perto sua trajetória.

Revisitando Duas Cidades

AUGUSTO MASSI*

Para Gisela Creni

Hoje muitos dos melhores estudos de época, das obras dedicadas à história cultural de uma cidade ou das principais biografias de artistas, costumam resgatar do passado o papel fundamental desempenhado por certos professores obscuros, por revistas alternativas, jornais independentes, bares, rodas ou grupos literários que outrora permaneceriam invisíveis diante da grande história. No entanto, até mesmo essa nova narrativa social, etnografia do cotidiano, atenta também aos excluídos – operários, bruxas, loucos, presidiários, homossexuais – continua dando pouca relevância à figura do livreiro e das livrarias na história da vida cotidiana.

Algumas tiveram papel decisivo em nossa formação, congregando gerações de intelectuais, escritores, professores, bibliotecários e artistas. Machado de Assis e Carlos Drummond de Andrade sempre foram sensíveis e fiéis a esses sujeitos do passado, responsáveis por uma organização informal e subterrânea da nossa sociabilidade literária. Em inúmeras crônicas procuraram homenagear figuras notáveis como o tipógrafo e editor Francisco de Paula Brito ou o bibliófilo Simões dos Reis, personagens que contribuíram para o fascinante comércio entre livros e homens.

* Augusto Massi é professor doutor de Literatura Brasileira na USP. Na condição de crítico, organizou *Poesia completa*, de Raul Bopp (Edusp; José Olympio, 1998) e *Poesia traduzida*, de Carlos Drummond de Andrade (em colaboração com Júlio C. Guimarães; CosacNaify, 2011). Como poeta, publicou *Negativo* (Companhia das Letras, 1991) e *Vida errada* (7 Letras, 2001).

João Moura Jr., José Paulo Paes, Augusto Massi, Prof. Santa Cruz, Orides Fontela e Alcides Villaça (da esq. para a dir.).
Foto: Bel Pedrosa/ Folhapress, 1988.

Dentre essa estirpe, quero destacar um tipo mais raro, capaz de reunir, num só espírito, o tino do livreiro e o destino do editor. Entre os mais célebres figuram Baptiste Louis Garnier, Francisco Alves, José Olympio e José de Barros Martins. Embora com atuação mais discreta, nem por isso menos importante, quero lembrar do Frei dominicano Benevenuto Santa Cruz – José Petronillo Santa Cruz, professor Santa Cruz ou, simplesmente, Bené – responsável pela criação da Livraria Duas Cidades.

No esforço para compor um retrato extremamente pessoal, me dei conta de que, ao enfatizar aspectos mais afetivos do nosso convívio, poderia soterrar informações decisivas para compreender a trajetória individual do meu personagem. Deste ângulo, inseri-lo num tempo histórico coletivo, pode conferir a uma data novos significados. Aos olhos de hoje, constatar que a Livraria Duas Cidades foi fundada em 1954, ano do IV Centenário da cidade de São Paulo, me revela que estou diante de um marco simbólico.

A primeira sede ocupava duas salas alugadas, no décimo terceiro andar de um prédio, na praça da Bandeira, 40. O nome da livraria inspirado na *Cidade de Deus*, de Santo Agostinho, sugeria como horizonte utópico: *Civitas, concors hominum multitudo* (A cidade é a reunião dos homens em comunhão). O anunciado conflito entre a cidade de Deus e a cidade dos Homens, só receberia um tratamento visual moderno, em 1963, quando o arquiteto e designer Ludovico Martino criou o logotipo da Livraria Duas Cidades.

Digressão sentimental em torno do centro

Minha memória revisita o antigo traçado da cidade. A partir de 1975, começo a frequentar o centro, primeiro para marcar presença no culto ecumênico em protesto pela morte do jornalista Vladimir Herzog, realizado, em 31 de outubro, na Catedral da Sé. Depois, para participar nas primeiras passeatas estudantis, em 5 de maio de 1977, na qual dez mil estudantes caminharam do Largo São Francisco até o Viaduto do Chá, onde foram cercados por um forte aparato policial. Por fim, para realizar um verdadeiro périplo por algumas das melhores livrarias de São Paulo.

O roteiro completo tomava todo o dia: a Livraria Francesa, na Barão de Itapetininga, 275, a Livraria Italiana, na avenida São Luís, 192, na Galeria Louvre, e a Livraria Duas Cidades, na Bento Freitas, 158. Todas elas, mais a Martins Fontes, cresceram em torno da antiga Faculdade de Filosofia e Letras, situada na rua Maria Antônia. O itinerário permitia certas improvisações, ora incorporando livrarias como a Mestre Jou, na rua Augusta, 2843 e a Ler, na praça da República, 71, ora garimpando em diversos sebos, entre eles, Ornabi, na Benjamin Constant, 141.

A Duas Cidades que eu conheci já estava instalada, desde 1967, no andar térreo de um pequeno prédio situado bem no meio do quarteirão, na calçada direita da rua Bento Freitas. E ali permaneceu por 40 anos. Da rua, tínhamos a impressão de ser uma livraria relativamente pequena. As vitrines eram amplas e tomavam toda a fachada. As portas de vidro iam do chão até a laje do primeiro andar. Os livros ficavam expostos em prateleiras de acrílico dando a sensação de que estavam soltos no ar, meio que flutuando, ao alcance da mão. A seleção da vitrine era criteriosa. As novidades importadas vinham acompanhadas de obras clássicas ou leituras afins.

Mal cruzávamos a porta de vidro, a sensação de espaço aumentava, pois adentrávamos num amplo salão quadrado com uma coluna no meio, sob a qual girávamos para ver as estantes. Nesta quadratura do círculo é que os clientes se reuniam para conversar fazendo girar a roda literária. Quem não queria muito papo, era só adentrar pela direita e seguir por um imenso corredor coberto de estantes de ambos os lados. Para dividir o fluxo das pessoas, havia um móvel de altura média, repleto de livros, ocupando o meio do corredor. Nos fundos da livraria, abria-se um novo espaço quadrado, onde ficava a mesa de trabalho do professor Santa Cruz.

Assim como logotipo da livraria, as estantes, as cadeiras e móveis modulares eram discretamente modernos. O espaço de circulação transmitia uma atmosfera acolhedora, transitável e fluida. A madeira escura das estantes convivia com os módulos claros, cuja parte superior formava pequenas caixas de acrílico o que permitia ao cliente, de longe, ver a capa dos livros, e de perto, manuseá-los como se estivesse numa loja de discos. Dotados de rodinhas, os móveis eram constantemente deslocados e, em poucos minutos, a livraria podia adquirir uma configuração nova.

Naquele tempo ainda não havia internet e as poucas livrarias que trabalhavam com livros importados eram fundamentais para que pudéssemos ter acesso a determinadas obras. Neste ponto, a Duas Cidades, em São Paulo, e a Leonardo da Vinci, no Rio de Janeiro, sempre foram imbatíveis. A formação cultural de quem realizava as encomendas fazia toda a diferença, assim como o trato pessoal que mantinha com as pequenas editoras europeias e o domínio dos catálogos direcionados ao público universitário. A livraria importava obras francesas, italianas e espanholas, principalmente na área de literatura e ciências humanas. Quantos livros e teses não se beneficiaram dos famosos telefonemas: "Acabou de chegar uma nova leva de importados". Muitas amizades se consolidaram na abertura dessas caixas. O sentimento de comunhão e de troca intelectual era grande. Como ninguém é de ferro, também corria solta aquela inveja produtiva: "Mas por que vocês não me avisaram sobre este título? Eu teria comprado..."

Para os alunos era possível ouvir a conversa de professores, saber o que um poeta de nossa admiração estava lendo ou tomar conhecimento da bibliografia que seria adotada no próximo semestre. Em certas ocasiões, podíamos abordar com absoluta informalidade Antonio Candido, Marilena Chauí, Celso Lafer, Rogério Cerqueira Leite, José Arthur Giannotti e outros. E, por fim, podíamos desfrutar cotidianamente da conversa de passarinho do proprietário.

Professor Santa Cruz na Livraria Duas Cidades.

Acervo pessoal Maria Antonia Pavan.

Poesia, amizade, economia e humanismo

Ele cultivava o hábito de caminhar pela livraria. Vez por outra, dava uma escapadinha para fumar. Gostava muito de conversar. Mas também sabia ouvir, ficar em silêncio e não constranger ninguém. Não demorei a me aproximar. Nossas conversas giravam em torno de poesia e pintura. Na sua casa, guardava algumas preciosidades: uma telinha de Alberto Magnelli, uma gravura de Goeldi e outra de Chagal. A música era outra de suas paixões. Murilo Mendes numa carta para Edson Nery da Fonseca faz o seguinte comentário: "Frei Benevenuto manda-nos discos preciosíssimos de Paris" [1]. Música clássica de fundo era a marca registrada da livraria.

Também nos unia uma profunda admiração por dois poetas brasileiros: João Cabral de Melo Neto e Murilo Mendes. Do primeiro, ele costumava dizer que conhecia desde os bancos escolares do Colégio Marista, no Recife. Certa feita, tentei confirmar a história com o próprio João Cabral que não somente se recordava do amigo como frisou várias vezes que ele era o primeiro da classe. Infelizmente, um de nossos projetos editoriais mais acalentados nunca se realizou: reeditar *Joan Miró* (1950), agudo ensaio de João Cabral, com as fotos e ilustrações originais do pintor catalão. Apesar da autorização dada

1. Mendes, Murilo. *Cartas a Edson Nery da Fonseca*. Recife: Companhia Pacífica, 1995.

Murilo Mendes e Frei Santa Cruz.
Acervo pessoal Maria Antonia Pavan.

Mendes, Murilo. *Convergência*: 1- convergência 2- sintaxe: 1963-1966. São Paulo: Duas Cidades, 1970.
Acervo bma.

pelo poeta, a Nova Fronteira não liberou os direitos, argumentado que faria a edição, o que nunca ocorreu. Mas, a maior prova de amizade João Cabral estamparia em "Comendadores jantando", poema de *A educação pela pedra* (1966): "A Frei Benevenuto Santa Cruz".

Quanto a Murilo Mendes, de quem a Duas Cidades publicaria *Convergência* (1970), tratava-se também de amizade antiga, com vínculos profundos. Em carta endereçada ao diplomata Roberto Assumpção, datada de fevereiro de 1949, Murilo afirma: "Tenho atualmente aí, em Paris, 2 amigos fraternais: Ruben Navarra e o dominicano Frei Benevenuto Santa Cruz, este último está estudando marxismo na Escola do Padre Lebret. É ótimo, estupendo, e se ele o procurar, trate-o como se fosse eu"[2].

E foi graças ao Padre Louis-Joseph Lebret (1897-1966)[3], responsável pela criação do movimento Economia e Humanismo – reunião de teoria, centro de pesquisas e revista – que Frei Benevenuto conheceu aquele que talvez tenha sido o seu maior amigo: Antonio Candi-

2. Mendes, Murilo. *Cartas de Murilo Mendes a Roberto Assumpção*; organização, introdução e notas de Júlio Castañon Guimarães. Rio de Janeiro: Casa de Rui Barbosa, 2007.
3. Para se ter uma noção da presença do padre dominicano francês no Brasil, ver o ensaio: Bosi, Alfredo. Economia e humanismo. *Estudos Avançados*, São Paulo, n.75, maio/ago. 2012.

do. Segundo o crítico literário, o primeiro encontro se deu em junho de 1947, quando o dominicano francês, a convite da Escola de Sociologia e Política de São Paulo para ministrar uma série de palestras, manifestou o desejo de conhecer pessoas próximas ao pensamento socialista. Antonio Candido e Aziz Simão foram ao convento dos dominicanos, na rua Caiuby, 126, nas Perdizes:

> Fiquei amigo do Padre Lebret e participei um pouco do movimento Economia e Humanismo. Naquela ocasião, ele disse uma coisa que calou fundo em mim: 'O futuro da humanidade está nas mãos dos socialistas independentes e dos cristãos convertidos ao cristianismo'. Minha mãe tinha grande simpatia pelas idéias do Padre Lebret. De modo que ela também se ligou fortemente ao Frei Benevenuto, a quem sempre tratou como se fosse um quarto filho. Foi ele quem rezou a missa de sétimo dia dela.[4]

Após o fim da Segunda Grande Guerra, o Padre Lebret dedicou-se a estudar e compreender os problemas do Terceiro Mundo, em especial, do Brasil. Voltou a São Paulo a convite do governador Lucas Nogueira Garcez, onde permaneceu entre 1952 e 1958, influenciando entre outros Alceu Amoroso Lima, D. Hélder Câmara, André Franco Montoro e Plinio de Arruda Sampaio. Mas, desde sua primeira visita, em 1947, o Padre Lebret fundou em São Paulo uma filial da Sagmacs (Sociedade para Análises Gráficas e Mecanográficas Aplicadas aos Complexos Sociais), especializada em pesquisas de campo sobre níveis de vida da população, condições de habitação, desenvolvimento industrial etc. Os relatórios forneciam aos governos elementos para planejar reformas e criar estratégias de atuação.

Entre os primeiros diretores desta instituição figurava frei Benevenuto Santa Cruz que, imbuído da disciplina de um discípulo, também traduziu e editou pela Duas Cidades o *Manifesto por uma civilização solidária* (1962), *Suicídio ou sobrevivência do Ocidente?* (1964) e *O drama do século XX, miséria, subdesenvolvimento, inconsciência, esperança* (1966), todos do Padre Lebret, ou obras afins como *Evangelho e revolução social* (1962), do Frei Carlos Josaphat.

4. Depoimento de Antonio Candido ao autor em 17 de setembro de 2012.

Segundo Antono Candido, Frei Benevenuto se entregou de corpo e alma à militância, atuou como um cristão de esquerda, chegando a trabalhar com identidade falsa numa fábrica: "Eu me lembro dele, com roupas simples vestido como um operário".[5]

Ao longo das décadas de 1950 e 60, tendo editora e livraria como base, o sentido da militância se desdobrou em outras frentes. Por exemplo, a partir de 1950, sob a liderança de outro dominicano, Frei João Batista Pereira dos Santos (1913-1985), Frei Benevenuto ajudou a congregar artistas, intelectuais e políticos como Alexandre Wollner, Ciccillo Matarazzo, Flávio Império e muitos outros, na criação da Capela do Cristo Operário, decorada com afrescos de Alfredo Volpi, pinturas murais de Yolanda Mohalyi, esculturas de Bruno Giorgi, luminárias de Elisabeth Nobiling, vitral de Geraldo de Barros e jardins de Burle Marx. Em 1953, ao lado de Flávio de Carvalho, Sérgio Buarque de Holanda e Sérgio Milliet, fez parte do Conselho de administração da II Bienal do Museu de Arte Moderna de São Paulo. De 1954 a 1967, acompanhou a construção da fábrica de móveis Unilabor, numa associação inédita entre o designer Geraldo de Barros, o marceneiro Manuel Lopes da Silva, o serralheiro Antônio Thereza e o engenheiro Justino Cardoso. Todos os processos regidos segundo o princípio de uma autogestão participativa, abrangendo a criação, a produção e a comercialização do mobiliário. Como se não bastasse, a Unilabor estava associada ao Centro Social Cristo Operário, cujas atividades comunitárias incluíam um projeto pedagógico, teatro, jornal, conferências, projeções de filmes e atividades físicas desenvolvidas na Vila Brasílio Machado, no Ipiranga.[6] Desta etapa da trajetória do Frei Benevenuto, lembro ainda que o projeto da Comunidade de Trabalho Unilabor também foi inspirado no movimento Economia e Humanismo, cujas iniciativas ultrapassaram os limites do estado de São Paulo. A irradiação das ideias e pesquisas do Padre Lebret chegaram até Pernambuco, espalharam-se pelo Nordeste, ganharam forte relevância na América Latina, principalmente no Uruguai e no Chile.

5. Idem.
6. Ver também: Santos, João Baptista Pereira dos. *Unilabor*. São Paulo: Duas Cidades, 1962. E, mais recentemente, o ótimo trabalho de Mauro Claro, *Unilabor*: desenho industrial, arte moderna e autogestão operária. São Paulo: Senac, 2004.

Mas os ventos mudaram. Em 1968, o regime militar tratou de recrudescer seus métodos repressivos, passando do decreto do AI-5 às perseguições políticas. A primeira de uma série de más notícias para a Livraria Duas Cidades teve início com a batalha campal travada entre os estudantes da antiga Faculdade de Filosofia, Letras e Ciências Humanas da USP e os militantes do CCC, Comando de Caça aos Comunistas, ligados à Universidade Mackenzie, no prédio em frente. O episódio terminou por acarretar a mudança da Faculdade de Filosofia, da rua Maria Antônia para a atual Cidade Universitária.

No ano seguinte, um novo capítulo da história política, a morte de Carlos Marighella (1911-1969), acabou respingando na Livraria Duas Cidades. O epsódio ainda hoje é controverso, mas foi narrado por Frei Betto, em *Batismo de sangue* (1982), por Jacob Gorender, em *Combate nas trevas*: a esquerda brasileira; das ilusões perdidas à luta armada (1987) e, mais recentmente, em *Diário de Fernando* (2009), organizado por Frei Betto, porém baseado nas anotações do Frei dominicano Fernando de Brito, na época funcionário da Livraria Duas Cidades.

O delegado Sérgio Paranhos Fleury tinha conhecimento das relações entre os dominicanos e o líder da Ação Libertadora Nacional (ALN), Carlos Marighella. Frei Ivo Lesbaupin e Frei Fernando de Brito, após serem presos e torturados no Rio de Janeiro, foram trazidos para São Paulo, onde sob novas sessões de tortura revelaram como eram agendados os "pontos" (encontros). No caso, eram feitos contatos telefônicos através de Frei Fernando, na Livraria Duas Cidades.

No dia 4 de novembro de 1969, Frei Fernando de Brito foi levado à livraria para aguardar o telefonema. Na hora marcada, o telefone tocou, o Frei ouviu a senha e confirmou o encontro às 20h, na alameda Casa Branca, na altura do número 800. Frei Fernando e Frei Ivo foram forçados a ir à emboscada preparada pelo delegado Fleury e sua equipe. Marighella chegou pontualmente, dirigiu-se ao fusca e foi morto com três tiros.

Durante um bom tempo a livraria continuou a ser vigiada e teve os seus telefones grampeados. O estrago estava feito. Até mesmo os frequentadores mais fiéis tinham receio de ser identificados ou perseguidos. Outros simplesmente desapareceram. O que deveria ser visto

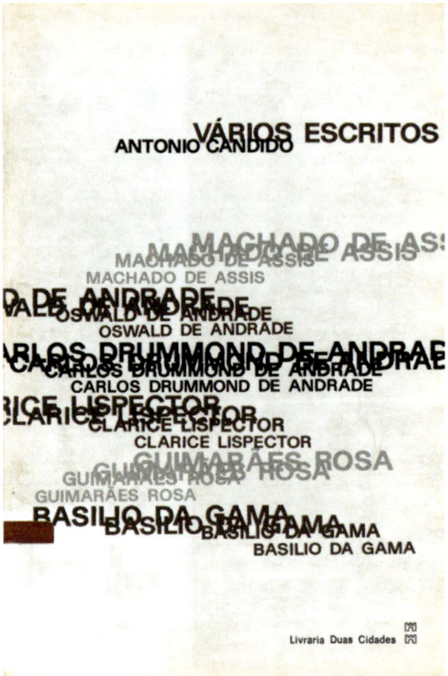

Candido, Antonio. *Vários escritos*. São Paulo: Duas Cidades, 1970. Acervo BMA.

Candido, Antonio. *Vários escritos*. 2. ed. São Paulo: Duas Cidades, 1977. Acervo BMA.

como foco de resistência à ditadura militar quase estigmatizou a livraria como foco de subversão.

Provavelmente, todos esses episódios somados tenham pesado para que Frei Benevenuto Santa Cruz, em 1971, tomasse a decisão de abandonar a Ordem Dominicana. Esta é uma suposição minha, já que ele próprio era bastante discreto e não costumava comentar nada sobre este assunto, embora tenha me dito que foi preso e submetido a interrogatório pelo delegado Sérgio Fleury durante um dia inteiro.

A partir da década de 1970, ele e sua sócia, Ana Maria Rappa Sad, se dedicaram com afinco à atividade editorial. É nesta etapa que o catálogo adquire uma perspectiva cultural mais ampla, densa e atuante. Pouco a pouco, foram publicados títulos que transformaram a Duas Cidades numa editora de referência, decisiva para compreensão da nossa vida intelectual. O catálogo impressiona tanto pela estreia de jovens críticos como pela relevância das obras no âmbito da crítica literária: *1930: a crítica e o modernismo* (1974), de João Luiz Lafetá; *A imitação da forma: uma leitura de João Cabral de Melo Neto* (1975), de João Alexandre Barbosa; *Saco de gatos: ensaios críticos* (1976), de Walnice Nogueira Galvão; *O coro dos contrários: a música em torno da Semana de 22* (1977), de José Miguel Wisnik; *Ao vencedor as batatas: forma literária*

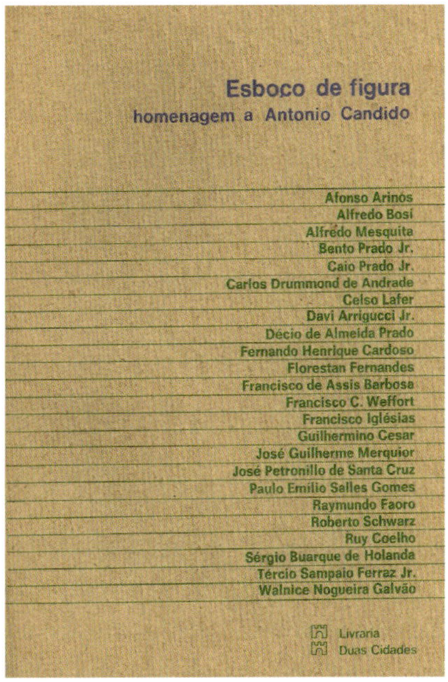

Candido, Antonio. *Vários escritos*. 3. ed. revista e ampliada. São Paulo: Duas Cidades, 1995. Acervo BMA.

Esboço de figura: homenagem a Antonio Candido. São Paulo: Duas Cidades, 1979. Acervo BMA.

e processo social nos inícios do romance brasileiro (1977) e *Um mestre na periferia do capitalismo: Machado de Assis* (1990), ambas de Roberto Schwarz; *Poesia e poética de Carlos Drummond de Andrade* (1981), de John Gledson.

Outro núcleo notável foi estruturado em torno das obras póstumas de Mário de Andrade: *Itinerários: cartas a Alphonsus de Guimaraens Filho*, de Mário de Andrade e Manuel Bandeira (1974); *O turista aprendiz* (1976), *Taxi e Crônicas do* Diário Nacional (1976) ambas com introdução e notas de Telê Porto Ancona Lopez; *O banquete* (1977), organização e prefácio de Jorge Coli e Luiz Dantas; *Cartas de Mário de Andrade-Oneyda Alvarenga* (1983), *Os cocos* (1984) e *As melodias do boi e outras peças* (1987), os três com introdução e notas de Oneyda Alvarenga; *A gramatiquinha de Mário de Andrade* (1990), organização de Edith Pimentel Pinto. Todas elas foram precedidas por *Mário de Andrade: ramais e caminhos* (1972), de Telê Porto Ancona Lopez.

Como se nota, salta aos olhos a parceria intelectual que manteve com Antonio Candido e Gilda de Mello e Souza. Desta última, não só publicou *O tupi e o alaúde* (1979) e *Exercícios de leitura* (1980), como ambos coordenaram a coleção O Baile das Quatro Artes. Mas foi com o primeiro que criou um vínculo profundo, selado definitivamente com *Esboço de figura, homenagem a Antonio Candido* (1979), volume organizado por Celso Lafer. Neste, o professor Santa Cruz publicou um dos seus raríssimos textos, "O arruar de Antonio Candido". Sem cerimônia, revelou em público, o teor de sua admiração:

Quando pensei em incluir nesta coletânea minha homenagem ao amigo de 30 anos, a palavra arruar brotou de repente da memória. Arruar – como está no Aurélio – é, primeiramente, termo de engenharia e urbanismo: 'traçar ou abrir ruas para fazer vila ou cidade'. E, logo em seguida, outro sentido: 'passear pelas ruas, percorrer as ruas', ilustrado por uma passagem de Machado de Assis em *Brás Cubas* e pelo título do livro do escritor pernambucano Mario Sette: *Arruar*, publicado em 1948.

Hoje, dizia Mario Sette, já não se sabe arruar direito. Anda-se, ou melhor, corre-se pelas ruas. Os meios de transporte não favorecem essa prática dos antigos.

Quem, porém, examinar atentamente sua bibliografia verá que Antonio Candido, através de sua atividade e de sua produção literária é alguém que soube e ainda sabe arruar.

PIGNATARI, Décio. *Poesia pois é poesia*: 1950-1975. São Paulo: Duas Cidades, 1977. Acervo BMA.

E termina o texto com uma declaração emblemática:

Um dos sonhos de minha utopia editorial – mistura de amizade fraternal e de orgulho profissional – foi realizado com a publicação pela Livraria Duas Cidades de dois textos, testemunhos escritos de seu arruar: *Os parceiros do Rio Bonito* e *Vários escritos*.

Levando em consideração tudo o que foi dito, quero destacar outro traço da sua personalidade que é digno de admiração. Embora afinado intelectualmente com Antonio Candido e com a crítica literária de matriz uspiana, o professor Santa Cruz jamais deixou de acolher a produção de Augusto de Campos, Haroldo de Campos e Décio Pignatari. O fato de defenderem uma linha de pensamento contrária às ideias de Antonio Candido nunca gerou qualquer tipo de reserva, censura ou entrave para que publicassem, entre outras obras, *Teoria da poesia concreta* (2.ed., 1975), *Viva Vaia* (1949-1979), de Augusto de Campos ou *Poesia pois é poesia (1950-1975)*, de Décio Pignatari. Isso, sem falar nos três números da revista *Através*, entre 1977 e 1979, dirigida por Décio Pignatari, Boris Schnaiderman, Leyla Perrone-Moisés e Lucrécia D'Alessio Ferrara, que tinha entre seus colaboradores, os poetas e tradutores Paulo Leminski, Regis Bonvicino e José Lino Grünewald.

Merece comentário o aspecto gráfico e visual dos livros da editora. Alguns designers imprimiram uma linguagem moderna: Ana Luisa Escorel, Lúcio Gomes Machado e Diana Mindlin. Em linhas gerais, as suas capas se destacavam pelo layout gráfico, discreto, limpo, sempre dotado de um alto grau de legibilidade, cuja eficácia começava pelo logotipo, móvel e visível, tanto na lombada como na capa.

Paes, José Paulo. *A poesia está morta mas juro que não fui eu*. Apresentado por Rodrigo Naves; desenho de Rubens Matuck. São Paulo: Duas Cidades, 1988. Acervo BMA.

Da coleção Claro Enigma à coleção Espírito Crítico

Em 1988, passei da condição de frequentador da livraria à de colaborador da editora. Manifestei ao professor Santa Cruz a vontade de coordenar uma coleção inteiramente dedicada à poesia brasileira contemporânea. Nunca tive como horizonte abrir uma editora. Minha proposta era a de realizar uma intervenção crítica. Naquele momento, o país estava mergulhado numa grave crise financeira, publicar poesia era quase um convite ao suicídio. Por isso, nosso acordo verbal previa investimentos financeiros apenas da minha parte. Em contrapartida, teria liberdade total na escolha dos títulos e, caso houvesse lucro, ele seria reinvestido na própria coleção. Para minha surpresa, o professor Santa Cruz ainda colocou uma sala e a equipe editorial à minha disposição.

Quando relembro esses fatos, me espanto com a relação de extrema confiança que se estabeleceu entre nós. Nunca houve contrato. Nem sequer uma rusga. Pela primeira vez tive acesso ao mezanino, onde ocupei uma sala, cujas janelas davam para a rua. Fazia parte do ritual de iniciação subir a belíssima (e perigosa) escada amarela. Corria a lenda que ela teria sido inspirada num desenho de Santos

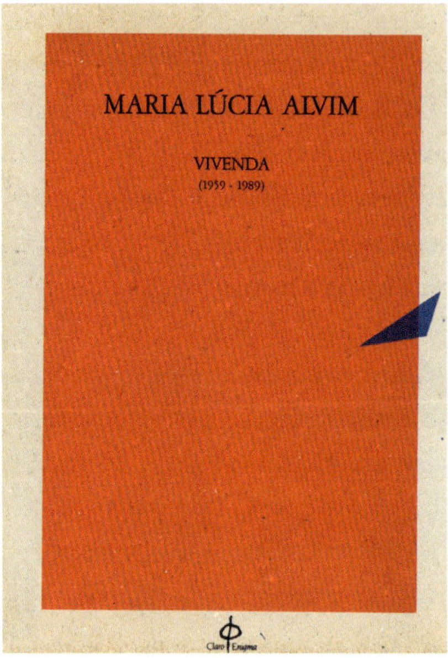

Alvim, Maria Lúcia. *Vivenda*: (1959-1989). Apresentado por Berta Waldman. São Paulo: Duas Cidades, 1989.
Acervo BMA.

Britto, Paulo Henriques. *Mínima lírica*: (1982-1989). Apresentado por Italo Moriconi Jr.; desenho de José Resende. São Paulo: Duas Cidades, 1989.
Acervo BMA.

Dumont. Os degraus irregulares e alternados determinavam nossa passada, ora pisávamos no degrau da esquerda, ora no da direita, instaurando uma confusão visual e motora. A segunda novidade ficou por conta do convívio com os funcionários responsáveis pelo trabalho de preparação, revisão e produção gráfica: Mara Valles, Herbene Mattioli e Iracema A. Lazari. A este grupo veio se juntar uma jovem editora, Gisela Creni, notável pelo seu caráter e pela sua capacidade de trabalho.

Em três anos de trabalho, de 1988 a 1991, acrescentamos treze novos autores ao catálogo: Francisco Alvim, José Paulo Paes, Orides Fontela, Alcides Villaça, João Moura Jr., Sebastião Uchoa Leite, Paulo Henriques Britto, Rubens Rodrigues Torres Filho, Ronaldo Brito, Maria Lúcia Alvim, Duda Machado, Age de Carvalho e Alberto Martins. Assinando os textos críticos das orelhas, convoquei nomes que já faziam parte da história da editora – Antonio Candido, João Luiz Lafetá, João Alexandre, Roberto Schwarz – aos quais acrescentei outros como Berta Waldman, Benedito Nunes, Flora Sussekind e Murilo Marcondes de Moura.

Neste período, pude conviver diariamente com o professor Santa Cruz e com uma das mulheres mais elegantes e delicadas que conheci: Maria Antônia Pavan. Os dois se casaram em 1993. Antonio

Candido e Gilda de Mello e Souza foram padrinhos de casamento. Guardo várias histórias daquele tempo. Só a respeito de Orides Fontela teria material para escrever um livro inteiro. As pessoas não têm ideia do esforço do professor Santa Cruz e das funcionárias da Livraria Duas Cidades para manter a saúde física e mental dessa escritora tão atormentada.

A coleção Claro Enigma tentou atrair um público novo para a livraria e, ao mesmo tempo, dar continuidade ao projeto cultural da editora. Em 1989, foi uma alegria subir ao palco do Teatro Cultura Artística, professor Santa Cruz presente, e receber três Prêmios Jabuti em nome da Duas Cidades: *Poesias reunidas*, de Francisco Alvim, venceu o de melhor livro de poesia; *Páginas amarelas*, de João Moura Jr., o de autor revelação; e a coleção, de projeto editorial do ano.

Alcides Villaça, João Moura Jr., Orides Fontela, Augusto Massi e José Paulo Paes (da esq. para a dir.).
Foto: Bel Pedrosa/ Folhapress, 1988.

Ainda faríamos outros projetos juntos. Entre eles, uma edição quase fac-similar do caderninho de desenhos da Ana Cristina Cesar, *Portmouth-Colchester* (1989). E, dois meses antes da sua morte, em maio de 1997, lançamos *O cacto e as ruínas*, de Davi Arrigucci Jr., primeiro e único título da coleção Mundo Enigma. No dia do lançamento, apesar de abatido fisicamente, tratou de festejar. Passeava entre amigos. Um menino de 79 anos.

Depois de sua morte, em julho de 1997, a livraria e a editora passaram a ser administradas por Maria Antônia Pavan de Santa Cruz. Ela lutou e resistiu bravamente até 23 de novembro de 2006, quando finalmente a livraria fechou suas portas. Mas penso que o professor Santa Cruz ficaria feliz ao saber que, desde 2000, parte do seu legado editorial continua vivo na coleção Espírito Crítico, uma parceria entre a Duas Cidades e a Editora 34. Tudo que a força do tempo apaga, dispersa, separa, a memória dos homens torna a reunir.

Fortuna Crítica

Francisco Roberto Papaterra Limongi Mariutti, pós-doutorando do Departamento de Teoria Literária e Literatura Comparada da Universidade de São Paulo, procura dar conta, neste texto, de parte significativa dos múltiplos objetos da atividade crítica e criadora de Alexandre Eulalio, que lançou mão de várias linguagens – ensaio, filme, poesia – para exercê-la. Dividido em três partes, o artigo trata tanto dos interesses de cunho universal do ensaísta, como dos locais ou provincianos, e da forma como superou essa distância.

Notas sobre Alexandre Eulalio

FRANCISCO ROBERTO PAPATERRA LIMONGI MARIUTTI*

À memória de Jean-Michel Massa,
estudioso de Machado e interlocutor de Alexandre

Gerais

O traço distintivo mais marcante da obra crítica de Alexandre Eulalio Pimenta da Cunha (Rio de Janeiro, 1932 – São Paulo, 1988) é a diversidade de interesses e a capacidade de relacionar várias matérias, numa época – meados dos anos 50 a meados dos anos 80 – em que ninguém falava em interdisciplinaridade, porque não se prestava a devida atenção à tradição já existente, que remonta a Mário de Andrade – conhecedor de música, literatura e artes plásticas, idealizador do Serviço do Patrimônio Histórico e Artístico Nacional, artista excepcional –, inclui Sérgio Milliet, Lourival Gomes Machado, Sérgio Buarque de Holanda, Gilda de Mello e Souza e Antonio Candido – todos com os pés em duas canoas, seja política e artes plásticas, seja historiografia e crítica literária, seja sociologia e estudos literários. Alexandre Eulalio dá continuidade a essa tradição, sem empunhar bandeiras e sem fazer o menor alarde; discrição, por sinal, era outro traço marcante seu.

* Francisco Roberto Papaterra Limongi Mariutti é pós-doutorando, com o apoio da Fapesp, do Departamento de Teoria Literária e Literatura Comparada da Universidade de São Paulo; o objeto de estudo e pesquisa é a personalidade intelectual – crítica e criadora – de Alexandre Eulalio.

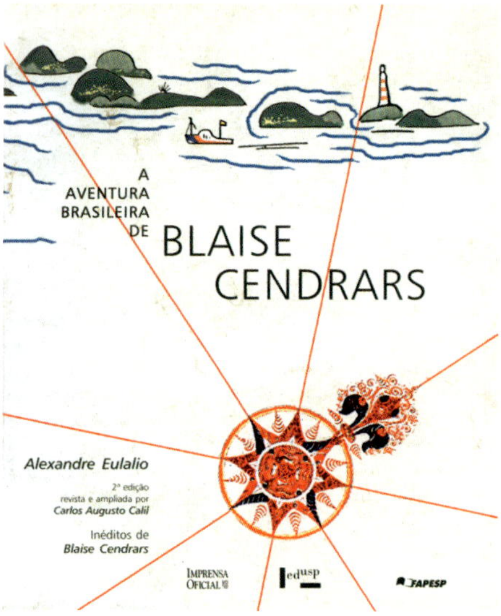

Eulalio, Alexandre. *A aventura brasileira de Blaise Cendrars*. 2. ed. rev. e ampliada por Carlos Augusto Calil. São Paulo: Imprensa Oficial; Edusp; Fapesp, 2001.
Acervo BMA.

Dotado de talento expressivo, erudição incomum – mesmo entre acadêmicos –, criatividade e domínio da linguagem – tudo em grau superlativo –, escreveu muito, muita coisa encomendada por periódicos, e publicou apenas um livro em vida, *A aventura brasileira de Blaise Cendrars*, uma obra indispensável para o estudo do modernismo de 22 e para o estudo de Blaise Cendrars. Trata-se de obra de sete vezes sete faces: abre com um prefácio em que Alexandre Eulalio apresenta-se como "pseudo-autor do volume que tenta assumir a função de guia de museu, boné emprestado e tudo"[1], seguido de ensaio homônimo, de sua autoria – uma peça de crítica e história literária de nível equivalente aos ensaios elaborados pelos estudiosos acima referidos. Há analogia entre a disposição mental de Alexandre Eulalio e seu objeto, como se a exuberância da matéria – as provocações e as sementes que Blaise Cendrars lançou no Brasil, em especial entre certa intelectualidade, e, por outro lado, as contradições da formação histórica da antiga colônia portuguesa e as inquietações que alguns brasileiros lançaram no espírito de Cendrars – tivessem um correspondente na polifonia do ouvido crítico, capaz de abrigar diversos pontos de vista, o do próprio Alexandre apenas um destes. De fato, o volume inclui a recepção a quente da obra de Cendrars no momento de suas primeiras estadias em São Paulo, quando vozes dissonantes ou discordantes podiam ser ouvidas, inclusive uma muito curiosa que, de certa forma, apontava o dedo em riste, como se tivesse descoberto um crime, para a libérrima imaginação de Cendrars – certamente o seu traço mais interessante, na concepção de Alexandre Eulalio. Assim, leia-se o trecho de uma entrevista de Cendrars:

> Irei breve ao Brasil para ver a minha floresta. São 294 quilômetros quadrados (...) A propriedade acha-se num recanto do Brasil que conheceu incomparável esplendor ao tempo da descoberta do ouro. Construíram-

1. Eulalio, Alexandre. *A aventura brasileira de Blaise Cendrars*. Edição revista e ampliada por Carlos Augusto Calil. São Paulo: Edusp, Fapesp, Imprensa Oficial, 2001. p.13.

-se aí grandes cidades, que hoje [1932] são taperas, contando apenas algumas centenas de habitantes. As famílias nobres que lá continuaram a viver mandam seus filhos estudar retórica nos colégios jesuítas, como já faziam seus avós. Quanto à minha floresta, suponho ser o mais belo lugar do mundo. Existe nela um lago, onde, segundo me disse um velho indígena, se ouvem em certos dias toques de sinos, que são os de uma catedral submersa...

O comentário de um jornalista – misto de repórter policial e crítico literário – é o seguinte:

> Onde ficará a floresta de Blaise Cendrars? Ficará no Brasil, ou na imaginação do poeta? Será *blague*, ou trata-se de um caso de grilagem, daqueles que foram comuns em São Paulo, há tempos, com relação aos terrenos da Noroeste? Parece que a floresta, o lago e a catedral submersa estarão apenas no espírito fantasista desse poeta itinerante.

Alexandre Eulalio coloca a alma de pesquisador em pauta e procura, com o apoio de um texto de Mário de Andrade – relato da viagem que alguns escritores modernistas, incluindo Cendrars, fizeram a Minas em 1924 –, a origem do livre imaginário cendrarsiano: a floresta era uma doação – possivelmente só para inglês, paulista e franco-suíço ver ou crer – de uma autoridade do governo de Minas aos ilustres visitantes; a catedral submersa, uma estória corrente dos habitantes de Lagoa Santa. O ponto a partir do qual a imaginação alça voo é o mesmo de que parte o trabalho de pesquisa arqueológica para verificar a hipótese de que há, nas palavras de Alexandre Eulalio, "uma base concreta mínima – informação meio esquecida, ficha de leitura que desbotou, lembrança transposta, recordação já sem foco de tão remota" – fundamentando a liberdade criadora. O próprio Cendrars teorizou, com um quê de Nietzsche, a respeito das interações entre criar e documentar:

> não desprezo absolutamente os documentos que são antes de tudo uma maravilhosa fonte de erros e de discussões. (...) a verdade se contradiz cem vezes por dia como boa tagarela que é. (...) por que não querem vocês que eu surja inteiro por trás de um documento, esportivo e alegre, e

> por que me recriminar várias distorções à verdade histórica? (...) E o que é a Verdade Histórica? E o que é um Documento? Uma interpretação sempre, tendenciosa ou artística. Um trampolim. Para mergulhar. Na realidade e na vida. No coração da matéria.

Como se estivesse fazendo a montagem de um filme na moviola, Alexandre, com a ajuda de Carlos Augusto Calil, posiciona em sequência a entrevista de Cendrars, um artigo de jornal, que diz muito a respeito das dificuldades que cercavam o imaginário modernista naqueles anos 20, e comentários esclarecedores que, sem fazer uso do termo, são como que fragmentos de uma *história das mentalidades*, conforme pode ser lida e definida nos estudos de Michel Vovelle e Jacques Le Goff. Trata-se de um ótimo exemplo da capacidade compreensiva de Alexandre Eulalio, que prioriza o objeto e não o aparato teórico, e faz com que este se adapte àquele e não o contrário, como seria a marca de analistas falsamente eruditos, isto é, que conhecem teoria e a aplicam a esmo, sem considerar especificidades da obra. A erudição do autor é de outra ordem: antes um meio, nunca um fim em si mesma; erudir-se, em sua concepção, é tornar-se sujeito de um processo sem tempo, sem limite e sem pote de ouro no horizonte; trata-se apenas da possibilidade de abrir algumas portas que talvez não levem a lugar algum se não for aliada a uma finura sensível dirigida pela experiência contínua de leitor.

Alexandre Eulalio tinha especial interesse pela poesia contemporânea, o que significava ponto de partida para várias ações: conhecer pessoalmente o próprio poeta; escrever um ensaio; dirigir um filme que se encaixava mal no conceito de documentário, antes uma criação exuberante; traduzi-lo, se for estrangeiro; entrevistá-lo, na posição de jornalista cultural; escrever poemas para responder às instigações da grande poesia. Malgrado a diferença de idade, Alexandre tornou-se interlocutor de todos os modernistas que moraram no Rio, desde os anos 50, como Jorge de Lima, Murilo Mendes, Bandeira, Drummond, e dos poetas bem mais jovens, como Maria Ângela Alvim, Cacaso, Chico Alvim, Roberto Schwarz, Sebastião Uchoa Leite, Armando Freitas Filho; entre uma e outra geração, interessou-se com serena independência pela Poesia Concreta, quer no plano criativo, quer no campo da tradução, ou na interação entre ambos. Foi leitor que escreveu ensaios a respeito – e tradutor, interlocutor, divulgador – de Jorge Luis Borges ainda nos anos 50, quando o autor de *El Aleph* estava muito longe da glória – ou moda – mundial e não era um completo desconhecido no Brasil porque Mário de Andrade – sempre Mário, incrível! – em 1928 havia escrito sobre a literatura argentina então contemporânea, sublinhando versos de *Fervor de Buenos Aires* e anotando que seu autor era "*a personalidade mais saliente da geração moderna da Argentina*".[2]

Alexandre Eulálio na Grécia, 1967.
Acervo pessoal Carlos Augusto Calil.

Na Itália, entre 1966 e 1972, lecionou Literatura Brasileira em *Ca' Foscari*, sede do *Istituto Universitario di Venezia*, futura *Università di Venezia*, ocasião em que teve contato com a intelectualidade estabelecida na península. Não é da ordem de uma coleção infinita a interlocução que manteve com Eugenio Montale, Andrea Zanzotto, Annalisa Cima, Pier Paolo Pasolini, Luchino Visconti, Giangiacomo Feltrinelli – editor e ativista político –, Franco Maria Ricci, Ezra Pound e Luciana Stegagno-Picchio[3], cuja *Storia della letteratura brasiliana* contou com colaboração decisiva de Alexandre Eulalio, conforme consta do capítulo sobre ensaístas. Ambos formavam com Murilo Mendes a tríade de grandes professores de Literatura Brasileira na Itália na virada dos anos 60-70. Alexandre tinha gosto pelo contato social, fazia as vezes de cicerone para os não iniciados nos mistérios da *Serenissima Republica di Venezia* e tornava o diálogo, em sentido amplo, o fundamento de todo ato relevante no universo da cultura; utilizava muito o verbo *fecundar* e uma variação curiosa, *fecundar-se*: no ato dialógico o eu e o outro têm existência dependente da existência contrária. Tomados em suas totalidades ir-

2. Andrade, Mário de. Literatura modernista argentina III. *Diário Nacional*, São Paulo, 13 maio 1928. Reproduzido em Schwartz, Jorge (org.). *Borges no Brasil.* São Paulo: Ed. Unesp, Fapesp, Imprensa Oficial, 2001.
3. Annalisa Cima concedeu ao autor deste artigo entrevista em 14 e 15 de julho de 2011, em Rapallo, ocasião em que pôde estender-se a respeito do lado animador cultural de Alexandre Eulalio.

redutíveis, instigam-se, provocam-se, partilham entusiasmos e obsessões, opõem-se, transformam-se; enfim, fecundam-se.

Chamava-lhe a atenção o sedimentado, que porta a tradição e por isso merece ser lido e estudado, assim como a vanguarda, que porta a ruptura, o que, na visão de Alexandre Eulalio, aponta para uma duplicidade: confrontar a tradição e, ao mesmo tempo, complementá-la. Um historiador das manifestações e das ideias poéticas do seu século, o XX – este é seu denominador comum como ensaísta, tradutor, entrevistador e poeta, e também como cineasta que dirigiu o média-metragem *Murilo Mendes: a poesia em pânico*, antes um filme de criação, uma das formas que encontrou para elaborar um eulaliograma que respondesse à instigante poesia de Murilo. Outra resposta foi o poema longo *LT a Murilo Mendes*[4], escrito em português e por ele vertido para o italiano, por ocasião dos setenta anos do autor dos murilogramas.

Roma: vila rica
Roma: ouro preto
mármore vão
petrificada espuma
Romargila / Romaocre
inoxidável / laminada / escancarada
Romênstruo taurobáquica / pianesa
consistória Romabellia / al sugo /
Romatonda / de si mesma centro
turística mais-valia / renascente
supermercado de Trajano / cristalizado
Ronavona agronaval / olímpia / inês / ligória /
embaixal / consular / litter / aria
pulita piazza d'Italia / savínia /
tarsila / resistente / umbertina /
explosiva lambrettante Motoroma
(Rom Rom) labirinto ensurdecido
Romasigla: EUR ERI OVRA PSIU
FIAT FUIT EXIT DUX (HIC)-GRR / ARRGH / SPLASH!

4. Eulalio, Alexandre. LT a Murilo Mendes (fragmento). *Remate de Males*, Campinas, p. 87-88, 1993. Número especial: Alexandre Eulalio diletante.

Era através de ensaios e de poemas que fazia análises críticas das artes plásticas. Sobre Quirino Campofiorito, escreveu um poema em resposta à exposição de óleos na Galeria Acervo, do Rio de Janeiro, em dezembro de 1984:

No diálogo silente
os pintores e as colheitas deles
o dentro da casa
a caixa da casa
a casca da casa
a casca de osso
o caramujo
marujo náufrago.

Folhagem escura
copo de vinho
pão.

A carne da fruta
Três limões em campo elétrico.
Pedra mármore mêmore.
A silva de Estêvão:
galhos pesados.
Mangas. Mamão. Caju.

O trigo soterrado das raízes.
Sertão de Monte Santo.
A fratura exposta das colunas.
A trompa do búzio
sem sopro.

Sobre a obra de seu primo Milton Eulalio, obrigou-se a ser mais ortodoxo, inclusive justificando o fato de escrever sobre a pintura de um parente:

> Também não sei se é o mais indicado próprio discreto e até mesmo elegante primo falar de primo com admiração e até certo entusiasmo mal

> disfarçado. Enfim, como a descoberta da pintura de Milton Eulalio é para mim recente, e nos separam ... (a favor dele) quase vinte e cinco anos de idade, seria artificial reprimir o interesse e a viva curiosidade que o trabalho do autor provoca em mim, deixando de rabiscar aqui estes apontamentos apressados e de nenhuma relevância.[5]

Noutro trecho do mesmo texto de apresentação, impresso em catálogo, vincula Milton Eulalio a uma tradição local, de Niterói, onde mora o artista, de pintura figurativa, que remonta a Georg Grimm, um artista que trabalhou na Corte, ainda que não desaprove a nota de outro crítico, que o vincula a outras tradições, estrangeiras. Lembra ou não a atitude de Machado de Assis, que não desconhece a tradição ficcional europeia, mas, ao escrever ficção de um certo tempo e de um certo lugar – Brasil, século XIX –, opta por aprofundar veios abertos por seus antecessores locais?

Sua faceta de editor é contígua à de crítico literário. Muito jovem, ainda nos anos 50, trabalhou com Augusto Meyer no Instituto Nacional do Livro, repartição pública que funcionava no mesmo prédio da Biblioteca Nacional. Sua sala vivia cheia de gente, relata Chico Alvim[6], e uma de suas atribuições era editar a *Revista do Livro*, periódico de muita importância enquanto ele esteve à frente da iniciativa, entre 1956 e 1965, que depois sobreviveu mais cinco decadentes anos. Era veículo que reeditava a tradição esquecida, como Lúcio de Mendonça ou Afonso Celso, e os novos ainda inéditos, como Silviano Santiago e a Poesia Concreta. A imagem de Alexandre Eulalio como tradicionalista ou decadentista não se sustenta: trata-se de um crítico e historiador com olhos muito atentos para o que as vanguardas trataram de defenestrar da história literária, o que não significa partilhar dos pontos de vista da tradição, nem da vanguarda; portou-se sempre com absoluta independência, como cabe a um estudioso da literatura digno do nome, diante das idas e vindas da escala de prestígio de nomes ou tendências.

5. Catálogo da exposição de Milton Eulalio na Galeria Michelangelo. Niterói, 1990.
6. Clara e Francisco Alvim concederam ao autor do presente artigo entrevistas nos dias 8 e 9 de agosto de 2012, em Brasília, ocasião em que foi feito um longo relato a respeito do trabalho de Alexandre Eulalio no Instituto Nacional do Livro.

Alexandre Eulálio, em sua sala no Solar da Marquesa, quando exercia a função de Chefe de Gabinete da Secretaria Municipal de Cultura, na gestão de Sábato Magaldi (1975-79). Ao fundo, o painel "A procissão", de Tarsila do Amaral.

Acervo pessoal Carlos Augusto Calil.

Minas Gerais

Alexandre Eulalio tinha sérias dificuldades com o meio termo, a linearidade e a sensaboria nossa de cada dia. Nada de *virtus in medio*. Era atraído pelos extremos. Quanto a artistas e escritores, apenas os máximos – Gide, Proust, Machado – e os menores e esquecidos, como Joaquim Felício dos Santos, autor de *Memórias do distrito diamantino*, cidade pela qual o autor carioca nutria verdadeira paixão, a ponto de dizer-se diamantinense. Se estivessem em pauta lugares, as opções seriam *Ca' Foscari*, palacete do século xv que abriga a universidade onde Alexandre lecionou Literatura Brasileira, e a Fazenda da Palha, no Distrito Diamantino, onde fazia companhia à fantasia de menina de Helena Morley, para quem *descer à Palha era subir aos céus*[7]. No quesito das tradições culturais, interessava-se pelas populares – evitava qualificá-las de *folclóricas*, provavelmente para não definir limites temporais, pois o interesse era sublinhar a atualidade – e pelas da aristocracia, monárquica de preferência. Tomava como assunto de

7. Morley, Helena. *Minha vida de menina*. São Paulo: Companhia das Letras, 1998.

suas obras o próximo, como a toponímia da Estrada Real, ou o decididamente distante, como a arte tradicional da Costa do Marfim, objeto de um filme-documentário que dirigiu. Na carreira profissional, ou o curso universitário incompleto – abandonou, em meados dos anos 50, a graduação em Filosofia na então Universidade do Brasil, hoje UFRJ –, ou o título de Professor Doutor por Notório Saber, que recebeu na Unicamp.

Repugnava-lhe a mediocridade vulgar da burguesia e era sobremaneira atraído pela vivacidade legítima das classes trabalhadoras e pela distinção aristocrática, sobretudo em função da figura imantada de Pedro II e de seu neto Luis, a quem Alexandre Eulalio chamava de *príncipe perfeito*. A biografia que Heitor Lyra escreveu no final dos anos 30 – *História de Pedro II* – foi reeditada em 1977 em função da revisão que Alexandre preparou, incluindo um prefácio do maior interesse, posto que tinha um espírito de historiador sempre predisposto a intervir. Um de seus projetos não levados a cabo era a biografia de Dom Luis, filho da Princesa Isabel, reverenciado pelo autor talvez por aliar pendores socialistas à defesa dos valores monárquicos – entre parênteses. Era monarquista, ainda que de alma anárquica, mas esta é uma afirmação que deve ser relativizada: em que consistia o monarquismo no momento, anos 50, em que o autor fazia suas opções públicas? Sobretudo, não se tratava de uma força política viável ou próxima de viabilizar-se diante do golpismo, afinal vitorioso, do eixo Lacerda-UDN-USA-caserna, do lado direito, e, de outro, o nacionalismo de Getúlio-PTB-JK-Jango; estes últimos, ainda que contassem com certa simpatia de Alexandre Eulalio por razões sentimentais, pois Juscelino era de Diamantina, portavam limitações sérias, como um certo populismo; enfim, monarquismo naquela altura era uma opção política absurda, como se o autor tivesse escolhido não escolher – não uma falta de opção em sentido abstrato, mas não optar diante daquelas, já referidas, opções concretas.

De caso pensado, nesta parte do presente artigo estão contrastados certos universalismos e certos provincianismos. O autor transitava entre os dois lados com muita desenvoltura. E não os punha numa falsa hierarquia – do tipo *o universal por princípio superior ao particular ou local* – nem os tornava artificialmente sinônimos. O exemplo de Manuel Bandeira pode ser bem útil para ilustrar sua capacidade de conciliação: no *Auto-retrato*[8], poema impiedoso contra si mesmo, o poeta se diz *provinciano que nunca soube escolher bem uma gravata* e de fato era profundo conhecedor da tradição literária de todo ocidente, a ponto de se tornar tradutor de obras escritas em muitas línguas, professor de Literatura Hispano-Americana, leitor refinadíssimo etc. Pois ele era desse mesmo time: autor de um dos ensaios mais importantes sobre Blaise Cendrars, continuamente citado; professor em Veneza e em Campinas admirado pelos colegas por causa da erudição assombrosa, ainda que se apresentasse como diletante; também tradutor de mão cheia, que fez falar português escritores argentinos, italianos, franceses; era atraído com força pela vida – esse termo que inclui uma porção de elos entre seres, coisas, história, sentimentos, obras – da província, o Distrito Diamantino em específico, marco incontornável do eixo Bahia-Minas do período colonial, momento em que o primeiro significava poder político e o segundo, força econômica. *Memórias do distrito diamantino*, de Joaquim Felício dos Santos, e *Infância no Serro* e *No seminário do Caraça e depois*, ambos de Joaquim de Sales, todos relativos à mesma região de Minas, são alguns dos livros que têm existência própria graças a seu trabalho de editor; *Minha vida de menina*, de Helena Morley, uma espécie de obra ideal na concepção de Alexandre, posto que combina Diamantina, imaginação ficcional e toques proustianos. Para se ter ideia da importância do autor da *Recherche* para Alexandre Eulalio, basta dizer que em cartas ele utilizava o neologismo *proust-alexandrino* para qualificar o conjunto das próprias obsessões.[9]

Alexandre Eulálio em São Paulo.

Foto: Lúcia Nagib, s.d. Acervo pessoal Carlos Augusto Calil.

Machado por Alex

Como Alexandre Eulalio não era apenas um grande leitor – de Machado, de Blaise Cendrars ou de Murilo Mendes – ou apenas um grande ensaísta, a relação entre o autor de *Quincas Borba* e o autor de

8. Bandeira, Manuel. *Poesia completa e prosa*. Rio de Janeiro: Nova Aguilar, 1974.
9. Carta inédita de Alexandre Eulalio endereçada a Jean-Michel Massa.

Eulalio, Alexandre. *Tempo reencontrado*: ensaios sobre arte e literatura. São Paulo: Instituto Moreira Salles; Editora 34, 2012.
Acervo BMA.

A aventura brasileira de Blaise Cendrars não se limitou a um conjunto de ensaios, ainda que estes, escritos há um bom tempo, correspondam a pontos altos da fortuna crítica machadiana e mantenham o mais vivo interesse. Não por acaso dois dos mais alentados ensaios de sua machadiana acabam de ser editados por Carlos Augusto Calil, na coletânea a que foi atribuído um título proust-alexandrino, *Tempo reencontrado*[10]; assim, ganhou versão definitiva o ensaio de artes comparadas "De um capítulo do *Esaú e Jacó* ao painel *O último baile*", uma aproximação de um trecho do penúltimo romance de Machado à pintura mural de Aurélio de Figueiredo, ambos referentes ao baile da Ilha Fiscal, ponto final do Império; "*Esaú e Jacó*: narrador e personagens diante do espelho", importante análise do modo de composição do mesmo romance, é o título do outro ensaio, também recém-editado. Passam a compor um conjunto do qual também faz parte "A estrutura narrativa de *Quincas Borba*"[11], uma leitura muito bem articulada da obra de ficção mais difícil de Machado, ensaio editado na antologia *Livro involuntário*, também organizada por Calil. Mas – e estas linhas contêm antes uma hipótese que algo já acabado – a relação mais forte entre o autor de *Dom Casmurro* e Alexandre Eulalio não se restringe a um ensaio ou a uma antologia. Trata-se de levar adiante a proposta contida em "Instinto de nacionalidade"[12], a merecidamente célebre peça de crítica literária.

Não há dúvida que uma literatura, sobretudo uma literatura nascente, deve principalmente alimentar-se dos assuntos que lhe oferece a sua região; mas não estabeleçamos doutrinas tão absolutas que a empobreçam. O que se deve exigir do escritor, antes de tudo, é certo sentimento íntimo, que o torne homem do seu tempo e do seu país, ainda quando trate de assuntos remotos no tempo e no espaço. Um

10. Eulalio, Alexandre. *Tempo reencontrado* (org. Carlos Augusto Calil). São Paulo: Ed. 34; Instituto Moreira Salles, 2012.
11. Eulalio, Alexandre. *Livro involuntário* (org. Carlos Augusto Calil e Maria Eugênia Boaventura). Rio de Janeiro: Ed. UFRJ, 1993.
12. Assis, Machado de. *Obra completa* (org. Afrânio Coutinho). Rio de Janeiro: Nova Aguilar, 1986. v.3.

notável crítico da França, analisando há tempos um escritor escocês, Masson, com muito acerto dizia que do mesmo modo que se podia ser bretão sem falar sempre do tojo, assim Masson era bem escocês, sem dizer palavra do cardo, e explicava o dito acrescentando que havia nele um scotticismo interior, diverso e melhor do que se fora apenas superficial.

Alexandre Eulalio parece ter-se impregnado de um certo brasileirismo interior capaz de proporcionar um ponto de vista fecundo a respeito dos assuntos mais variados, quer a Roma de Murilo Mendes, quer a Diamantina de Xica da Silva, de cujo filme homônimo foi consultor, quer o Rio de Janeiro do início do século xx na pena de João do Rio, quer o trânsito de Blaise Cendrars entre a Europa aturdida pela Primeira Guerra e o Brasil desejoso de *aggiornare il passo* ou civilizar-se, como se queira. Perpassa todos esses tempos e lugares o corte único de uma profunda consciência da história social e da história das formas artísticas, outro nome das providências que um crítico necessita tomar para não se tornar anacrônico e falar nada para ninguém.

Bibliotecas

Esta seção traz dois artigos que dizem respeito à história da Biblioteca Mário de Andrade: um trata de uma importante coleção de periódicos e outro trata da história de sua Seção de Artes. No primeiro, Gênese Andrade e Maria de Lourdes Eleutério apresentam *O Pirralho*, periódico fundado por Oswald de Andrade, que teve 248 números, no período de 1911 a 1918. A Biblioteca Mário de Andrade possui a única coleção completa de *O Pirralho* em nosso país. No segundo artigo, Maria Christina Barbosa de Almeida trata das origens da atual Sala de Artes da Biblioteca – dos conceitos, das funções e das atividades que caracterizaram seus primeiros anos de vida, de seus vínculos com os intelectuais nesse período e de seu significado na vida cultural da cidade de São Paulo. Analisa sua trajetória de 1945 a 2012, destacando a importância da revitalização institucional nos últimos anos, ao fortalecer a identidade institucional, renovar a autoestima dos funcionários e dos paulistanos e, com isso, trazer novos estímulos para que a Biblioteca cumpra seu papel cultural e social na cidade.

O Pirralho na cena cultural paulistana antes da Semana de 22

GÊNESE ANDRADE*

MARIA DE LOURDES ELEUTÉRIO**

Nas primeiras décadas do século XX, São Paulo concentrou a maior produção de periódicos do país, contando, em 1912, com 341 publicações.[1] Nesse cenário, caberia a *O Pirralho*, segundo Brito Broca, "se tornar uma revista ilustrada e literária da importância da *Kosmos*, no Rio", constituindo-se na "revista mais típica e importante do 1900 paulistano".[2]

Fundado por Oswald de Andrade (1890-1954), *O Pirralho* contou com 248 números no total, publicados de 12 de agosto de 1911 a 23 de fevereiro de 1918. Sua redação funcionava na Rua XV de Novembro, 50-B, passando depois para a Rua de São Bento, 28 (23 nov. 1916). De periodicidade semanal, a revista passa a ter dois números por mês a partir de setembro de 1915, chegando a apenas um número por mês, no final.

* Gênese Andrade é Doutora em Literatura Hispano-Americana pela USP, Pós-doutora em Literatura Comparada pela Unicamp, professora universitária, pesquisadora e tradutora. Autora de *Pagu/Oswald/Segall* (Museu Lasar Segall/Imprensa Oficial, 2009), organizadora de *Feira das Sextas*, de Oswald de Andrade (Globo, 2004), e de *Un diálogo americano:* modernismo brasileño y vanguardia uruguaya, *1924-1932* (Universidad de Alicante, 2006).

** Maria de Lourdes Eleutério é Doutora em Sociologia pela USP. Autora de *Oswald:* itinerário de um homem sem profissão (Unicamp, 1989), *Vidas de romance* (Topbooks, 2005) e de vários estudos sobre a obra de Oswald de Andrade, entre eles o prefácio de *Marco zero* (Globo, 2008) e o posfácio de *O Homem do Povo* (Globo/Imprensa Oficial, 2009).

1. SALIBA, Elias Thomé. *Raízes do riso*. São Paulo: Companhia das Letras, 2002. p. 309.
2. BROCA, Brito. *A vida literária no Brasil, 1900*. 4. ed. Rio de Janeiro: José Olympio; Academia Brasileira de Letras, 2004. p. 310.

A abordagem da convulsa cena política do período em que circula *O Pirralho* está em todas as suas edições, especialmente o registro do mandato de Hermes da Fonseca (1910-1914), que representou um momento de crise da política café-com-leite e da hegemonia paulista, defendida pelo impresso.

No âmbito literário, constitui um valioso registro da trajetória de vários escritores que se iniciam em suas páginas e consolidarão sua carreira a partir dos anos 1920. Mas as colaborações foram ecléticas: textos de autores diversos, crônicas jornalísticas e literárias, sobretudo paródicas, assinadas com pseudônimos. Os textos dão conta do cenário das letras de forma ampla.

Paralelamente à abordagem da política e da literatura, que eram centrais, havia ainda colunas dedicadas ao cinema, ao teatro, aos esportes, à moda, concursos e enquetes em praticamente todos os números. O humor e a irreverência são suas marcas registradas.

O desenhista Voltolino (cujo nome era Lemmo Lemmi, 1884-1926), ao participar da fundação de *O Pirralho*, criou não apenas a imagem da revista, mas também o retrato da *persona* que a inspira: o garoto serelepe, referido ora como veículo, ora como sujeito de ações, registrado em várias situações, fazendo estripulias ou sendo repreendido por elas, comemorando efemérides do jornal, festas pátrias e participando da política. Nas palavras de Ana Belluzzo:

> A imagem romântica do menino das ruas da cidade, que andava a vender jornais, imagem familiar aos caricaturistas do século XIX, será o ponto de partida de um novo órgão satírico da imprensa paulista. Cedo, o Pirralho se mostrará o jovem que sabe mais que os velhos, tirando proveito do sentido desta inversão. Logo se perceberá que ele não é o pequeno jornaleiro, mas o provocador jornalista, porta-voz da revista de literatura e arte *O Pirralho*. [...] De tal forma a caricatura de Voltolino permeia *O Pirralho*, que seria impossível pensá-lo sem a feição crítica que Voltolino lhe empresta, ao estampar dez a vinte desenhos por exemplar. A dimensão mais vigorosa da crítica política sai de suas mãos.[3]

3. BELLUZZO, Ana Maria de Moraes. *Voltolino e as raízes do Modernismo*. São Paulo: Marco Zero; MCT/CNPq; Secr. Estado da Cultura, 1992. p. 39.

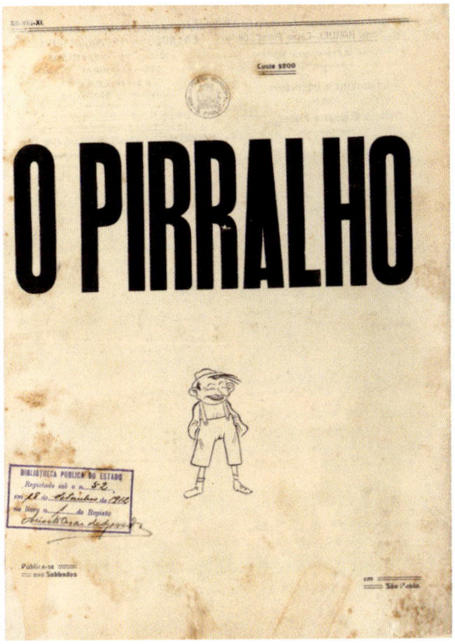

O Pirralho, n. 1, 1911 (capa).
Acervo BMA.

O Pirralho, n. 4, 1911 (capa).
Acervo BMA.

A revista também foi ilustrada por Ferrignac, Di Cavalcanti, J. Wasth Rodrigues e Correia Dias, e contou ainda com fotografias.

Entre a literatura e a política, entre o humor e a crítica, entre o texto e a imagem, entre a tradição e a modernidade, a publicação reflete o ecletismo (e em alguns casos a aparente contradição) do tempo em que lhe coube nascer.

Constata-se a grande relevância de *O Pirralho* por sua pluralidade e por sua longa trajetória (em si mesma e ainda mais se comparada aos demais periódicos do período, quase todos de vida breve), constituindo um importante panorama da *Belle Époque* paulistana.

A algazarra das letras

Oswald de Andrade recorda, em suas memórias, a criação de *O Pirralho*, em 1911:

> Foi o semanário paulista *O Pirralho*, que fundei e dirigi sob a égide financeira de meu pai. Mamãe, com sua imaginação amazônica, pôs lenha na fogueira. Tendo um caricaturista de primeira ordem, Voltolino, e ligando-me a um grupo de "literatos", lancei o semanário com êxito. *O Pirralho* teve sua redação à rua XV de Novembro, 50B, sobrado. Era

O Pirralho, n. 23, 1912 (capa).
Acervo BMA.

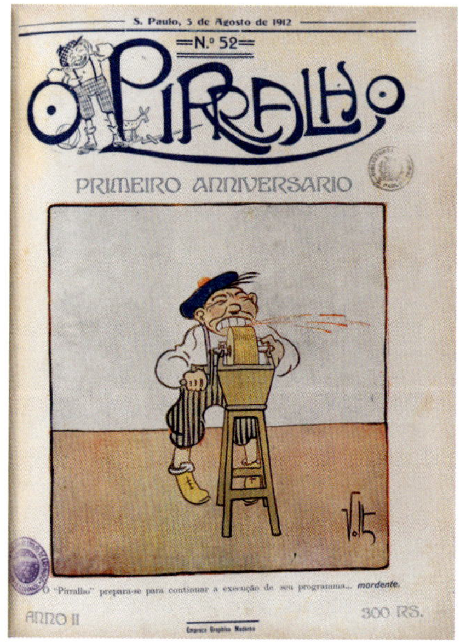

O Pirralho, n. 52, 1912 (capa).
Acervo BMA.

> uma simples sala ao fundo de um corredor, para onde minha mãe fizera transferir uma escrivaninha, um sofá e parte das cadeiras de casa. Em torno do *Pirralho*, juntou-se uma súcia de poetas, escritores e jornalistas improvisados [...][4]

Entre a tradição e a inovação, entre a gramática lusa e a oralidade das ruas com seus sotaques diversos e distantes da norma culta, uma das facetas mais marcantes de *O Pirralho* é a publicação de textos em língua macarrônica, os quais convivem com poemas do parnasianismo e do simbolismo, constituindo uma espécie de panorama das letras dos anos 1910.

O italiano macarrônico, ou ítalo-brasileiro, é o registro mais surpreendente em termos de qualidade, no aspecto quantitativo e quanto à repercussão em sua época e depois. "As Cartas d'Abax'o Piques" foram criadas, no número 2 (19 ago. 1911), por Oswald, que assina Annibale Scipione. A partir do número 10 (14 out. 1911), ficaram a cargo de Alexandre Marcondes Machado (1892-1933), que assina Juó Bananére. É mais que um pseudônimo, uma *persona*, com vida pessoal

4. ANDRADE, Oswald de. *Um homem sem profissão*: memórias e confissões, I; sob as ordens de mamãe. São Paulo: Globo, 2002. p. 96-97.

O Pirralho, n. 10, p. 9. Ilustrações de Voltolino para As Cartas d'Abax'o Piques. Acervo BMA.

e familiar. O personagem ganhou vida própria, transcendeu seu autor e fez a fama da revista. Oswald refere-se a ele como "Um mestre da sátira no Brasil".[5]

A região do Piques, reduto de imigrantes italianos, consistia no Largo do Bexiga e Largo do Piques, que hoje correspondem à praça da Bandeira.[6] As "Cartas d'Abax'o Piques" parodiam o gênero epistolar, mais especificamente as cartas enviadas para os jornais durante as viagens de colaboradores ao exterior. Podem ser consideradas "paródia dos deslocamentos e a crítica ao início da separação da crônica literária, combinada ao relato dos acontecimentos".[7]

A língua utilizada é o registro caricatural do português falado pelos italianos de São Paulo, do Piques e do Bom Retiro, mais italiano do que português. Esse registro sonoro, do sotaque, das expressões, constitui uma caricatura verbal. Os assuntos tratados eram os mais variados: referências ao cotidiano do autor, fatos históricos, episódios do momento da escritura.

5. Andrade, Oswald de. A sátira na literatura brasileira (conferência realizada na Biblioteca Mário de Andrade em 21 ago. 1945). *Boletim Bibliográfico Biblioteca Municipal*, São Paulo, p. 39-52, abr./jun. 1945; recolhido em Boaventura, Maria Eugenia (org.) *Estética e política*. 2.ed. rev. e ampl. São Paulo: Globo, 2011. p. 102-122.

6. Bananére, Juó. *As cartas d'Abax'o Pigues*; org. Benedito Antunes. São Paulo: Unesp, 1998. p. 87, nota 4.

7. Janovitch, Paula Ester. *Preso por trocadilho:* a imprensa de narrativa irreverente paulistana, 1900-1911. São Paulo: Alameda, 2006. p. 191.

Do número 10 (14 out. 1911) ao 79 (22 fev. 1913), foram publicados textos em formato de cartas, dirigidas ao "Lustrissimu Redattore du Piralho". A partir daí, contemplam e parodiam gêneros textuais diversos. Embora com algumas interrupções, Bananére esteve praticamente em toda a trajetória da revista, até o número 239 (22 jun. 1917).[8]

Em alguns momentos, as "Cartas" integram uma página, sob responsabilidade de Bananére, uma espécie de jornal dentro da revista, com a mesma linguagem e em estilo semelhante, mas com maior diversidade de gêneros literários, como paródias de poemas e das seções típicas de um jornal. Assim, temos "O Rigalegio. Dromedario Inlustrato. Organo Indipendento do Abax'o Pigues i do Bó Retiro", do número 80 (1 mar. 1913) ao 142 (9 maio 1914). A página "O Féxa. Organo di increnca", "Pruprietá da Sucietá Anonyma Juó Bananére", circulou do número 233 (27 mar. 1917) ao 239 (22 jun. 1917), sem as "Cartas", mas com textos diversos, tendo como tema predominante a Primeira Guerra, devido à adesão do Brasil ao conflito.

A imagem de Bananére criada por Voltolino foi inspirada em Dom Ciccio (o humorista Francesco Jacheo), que era seu amigo. Era uma espécie de crítico teatral, que colaborava no *Fanfulla* e *Il Pasquino Coloniale*, recolhendo "notícias e bisbilhotices". Segundo Francisco Pettinatti, "em matéria de estudos não tinha ido além do elementar, mas em compensação era intuitivo e tenaz"; "cobria as deficiências da gramática com a vivacidade do espírito"; em sua linguagem, cruzavam-se "a cadência e a sutileza napolitana".[9] Tais características, que poderiam ser atribuídas a Bananére, correspondem, no traço de Voltolino, ao seguinte tipo físico:

> [...] um tanto gorducho e atarracado em seu surrado terno de colete, fisionomia sisuda entre o cabelo despenteado, a sobrancelha triste e o bigode avantajado. Era faroleiro e barulhento, mas ao mesmo tempo

8. Embora, na fase inicial, o título seja "As cartas d'Abax'o Pigues", optamos por mencionar a forma "Piques", que coincide com o nome da região da cidade em que se situa. Bananére deixará de colaborar do número 143 ao 154, por divergências com o diretor Babi de Andrade. Volta no número 155, quando o título de sua colaboração se altera ligeiramente para "As cartas d'Abax'o Piques". Em 1916, entre os números 207 e 232, afasta-se novamente, agora por questões políticas.

9. Pettinati, Francesco. Vita, glória e miracoli del *Fanfulla* di ieri e di oggi: gli umoristi. *Fanfulla*, São Paulo, 4 out. 1964. *Apud* Belluzzo, *op. cit.*, p. 162.

O Rigalegio

Dromedario Inlustrato

ANARCHIA, SUCIALISMO
LITERATURA, VERVIA
FUTURISMO, [illegible]

Organo Indipendento do Abax'o Pigues i do Bó Retiro

PRORPIETÁ DA SUCIETÁ ANONIMA JUÓ BANANÈRE & CUMPANIA

Re attore e Direttore: JUO' BANANÉRE | 1913 | REDAÇO' I FICINA: Largo do Abax'o Pigues pigato co migatorio

EXPERIENTE

ARTIGOLO I — Chi insignà o *Piralho* non apaga o *Rigalegio*.

ARTIGOLO II — Chi non insignà apaga trezentó

ARTIGOLO III — Istu giurna'e é o orgàno diffeasore da proteçó p'rns animale

ARTIGOLO IV — Du Herm ze da Funsega tambê.

ARTIGOLO V — Chi non vutá no I u'gi Vampa p'ra gavernato e di a Repubblica sará esgulhambato nas artigo'os da *Rigalegio*.

ARTIGOLO VI — Non si ricebe nê si disinvorve origali.

Juó Bananère
Giren'e

O Rigalegio

O parecimento do *Rigalegio* é una cunzeguenza logima da insgulhambaço bolitica attuale.

Tambê os interesse intaliano indo o Pigues i no Bó Retiro stavo tariglamano a fundaço di un giurnale intaliano independento piore do Cumerçu i do Vanfulla.

Fui pur istas razó chi deu a luiz o *Rigalegio*.

A divisia do *Rigalegio* é ANARCHIA i FUTURISIMO i tê come programma, insgulhambá com tuttos munno sê distinço di grasse.

Illo non dá satisfaço p'ra ninguê i non tê medo di ninguê, pur causa che é prutegido do o Strangolatto, subrindiligato do o Bó Ritiro, do o Ruge Ramo, ispettore dos vermiculo, do o cav. Tiberio, o uomino qui tê maise «muque» do l'universimo i do o Juó Barbudo, fabricatore di vino infarsifigato.

Intrano purtante inda a lutta giornalista, illo diz come o minho avó no discurso popolara che illo fiz inda a Galabria pur causa do toremotto di Mesina:

« Honny soit qui mal y pense! »

(Oggi si che io enxo a panza.)

GRONACA POLICHALIA

Disastrimo

Autro di, um homino chi stava andando inzima u gara-dura si dixô quibrá a gara do lardo isquerdimo.

Intô vinho a Bulancia Pulichalia che quibrô tambê o gara-dure.

Intó, furo tudos presimos.

Sonetto futuriste

Si a gólere che spuma come o vigno
Tenia gaído inzima a gabeza do Hermeze da Fonsega,
Uguali come a garnesega
Na bócca do mio gaxorinho;

Si tambê na gabeza do Pinhéro
Tenia gaído un furacó . . .
Evviva o Piedadó
Chi non tê dinhêro!

Quanta gente che rí, tarveiz ti scriva
Non iva
Dizé p'ro Hermeze come o Lencaro:

Xirósa griatura!
Bunita gavargatura!!
O gapino stá molto caro.

O macaroni

Inda a Italia as crassia povera mangia o macaroni per metrificazione, a duzentó o guilometro.
(Dos jurná)

O frigueiz stá mangiano, ma...

... se illo non apaga, vira patraiz o macaroni.

Pernases Guebradimas

Tambê no Bó Retirimo, um meninimo chamado. Juósinho quibró as pernases

Brighia

Tambê o individulo Carmine Juó dê tres Tapases na molhere d'elle. Che brutta sbornia.

As cartas d'abax'o Pigues

CRITICA TEATRALE

ALTRODI io fui indo o Golombo, pur causa di sapiá uma aripresentaçó dramaticale dos turco.

Uh! porca miseria! che bunita operetta che illos aripresentaro!

Molto superiore da Viuva Alegra, do Sogno da Varsa, da Molhére do Surdado, ecc.

Né si cumpara!

Inda a Viuva Allegra tê o Conte Danilo chi faiz una brutta fitta pur causa di cavá os aramo da Viuva. Inda a operetta dos turcoses inveiz nó!

Tenia cada turquinha *xique* che aripresentava tambê. A operetta chi subiro p'ra scena o di che io stive lá fui o Saladino.

Eh! brutta bestia! io acunheci molto o Saladino quano io era bê piqueno.

Nois iva tutto di bringá di sconde-sconde atraiz do Mergadinho.

Ma, pigano traveis o assuntimo, stavo tambê aripresentano o Salomó. quello turcos chi ve[illegible]di o sabulete di tostó inda a ladéredo Juó Alfredo, o Yazbek, o Kafury, venditore das sapataria attacado, o Faratt, ecc.

Chi faceva o papelo di Saladino éro o Abisoló quello brutto turcone chi tê a infabricaçó das mala po trasporto das buttigua.

Uh! mamma mia! che bunita storia quella do Saladino!

S'immagine che illo tenia una piquena, una tale Bichara, che illo iva cumprá per quinhentó do suo padre della, o Kafury.

Ma inveiz o Yasbek, chi tenia tambê una brutta paxó inzima a Bixara, fui ia di notte, pigô a Bixara i arubó ella.

Intó quano fui di manhã cidigno, vignó lá o Saladino, i quano sube a storia butó un brutto grido p'ru ario, pigô a spada i dissi:

—Sah not tincoinicc ar !tode!

Tambê io, vibrê di indignimaçó!

Aóra illo saiu cureno i fui dá parte p'ro Sampá Vidalo, pur causa di mandá o dottore Strangolato pigá o Yazbek c'oa Bixara.

Ma che speranza! o Yazbek tenia si scondido c'oa Bixara inda a gasa do Salomó, mesimo atraiz do gallinhero; intó o Strangolato non fui gapaze di pigá illos.

Aóra quano fui altrodi di manhá cidinho illo arubó tuttas galligna do Salomó i fui s'imbora.

O Salomó ficó tanto indignimado che saiu p'ra rna gridando:

—Sdtornmdi stne ir bi rabp demo ec!?

Ma a Bixara tambê era aguia i pigó di fazê a fitta che stava aunamvrando o Yazbek.

Intó illo che era maise imbecile do Hermeze da Funzega, si dexó creditá i quano fui di notti a Bixara butó o narcotime inda a limonata, pigó un brutto porre p'ro Yazbek i disgambô p'ra a gaza do Kafury suo padre, dove stavo tambê o Saladino che quasi si dexômurrê di cuntentamente.

Aóra a Bixara dissi xurano chi né o bizerinho smammato:

—Deg dgx ack grobm za ga ecg em ckomp koustzco s!!!

Io tambê xurê p'ra burro.

JUO' BANANÉRE

O Pirralho, n. 80, 1913: O Rigalegio. Dromedario Inlustrato. Organo Indipendento do Abax'o Pigues i do Bó Retiro.

Acervo BMA.

deixava perceber um lado humanizado nas marcas de uns quarenta anos em que estava trabalhando: "barbieri, sanfoniste, giornaliste e num fiz ainda a Ameriga".[10]

10. Belluzzo, *op. cit.*, p. 168.

Havia também em *O Pirralho* textos em macarrônico do alemão, do português de Portugal e do francês.

"O Biralha Xornal Allemong", igualmente como uma espécie de jornal dentro da revista, integrou-a de 1911 a 1914. Assinado, em 1911, por Franz Kennipperlein, em 1912 a assinatura é inicialmente de Garlos Kenniperlein e majoritariamente do Prof. Peterslein. No final de 1912 e início de 1913, sua autoria é atribuída a "Zocietate Anonymes" e, em 1914, a Walter Fon Philisten e Xuão Mannekenpis, quando a circulação se interrompe, em novembro. Informa-se que é escrito em folhas de batata e parodia a participação na guerra, ironizando a França, devido à rivalidade histórica.

No âmbito do português de Portugal, temos as "Cartas brancas dum europeu (sem política nem moral)", assinadas por João Plácido, publicadas nos números 13 (4 nov. 1911) e 16 (25 nov. 1911); e as "Cartas de Portugale", assinadas por Manuele do Minho, no número 133 (7 mar. 1914).

O macarrônico do francês está presente por meio das "Lettres Politiques", publicadas nos números 19 (16 dez. 1911) e 20 (23 dez. 1911), assinadas por Victor Hugo. Havia ainda colaborações não assinadas: "Monographie littéraire à propos du dit (Cavation du Pirraile)", no número 6 (16 set. 1911), e "Collaborration en françois", no número 51 (27 jul. 1912). O fato de haver na revista textos em francês de autores contemporâneos (Gabriel Reuillard, Léon Werth, Louis Nazzi) intensifica o caráter paródico. Inclusive não podemos nos esquecer de que Oswald e Guilherme de Almeida estreiam na literatura escrevendo duas peças em francês a quatro mãos, que merecem seis artigos em *O Pirralho* em 1916, ano de sua publicação.

Assinadas por pseudônimos não identificados, é possível que essas colaborações também sejam de autoria de Alexandre Marcondes Machado. O que sustenta essa hipótese é o fato de esses macarrônicos constituírem, juntamente com outros (do japonês e do latim), o *Diário do Abax'o Piques*, assinado por Bananére, que circulou, de maio a outubro de 1933, em 21 edições, como jornal independente.[11] Porém,

11. Capela, Carlos Eduardo S. *Juó Bananére:* irrisor, irrisório. São Paulo: Nankim; Edusp, 2009. p. 49-50.

deve-se levar em conta que aí havia outros redatores, e não há realmente como comprovar a autoria desses textos.[12]

A revista também contemplou o dialeto caipira. Em 1911 e 1912, temos a "Correspondência de Xiririca", "Cartas de Xiririca" e "Cartas de um Caipira", assinadas por Fidêncio da Costa, de autoria de Cornélio Pires (1884-1954). Xiririca é uma cidade do sudoeste de São Paulo, às margens do rio Ribeira do Iguape, mas também pode ser uma referência fictícia. Fidêncio, por sua vez, apresenta-se como amigo de Cornélio. As cartas consistem em textos em verso e prosa, contando "causos", fatos pitorescos ou registrando os sentimentos das pessoas simples, utilizando a fala caipira. É o registro da oralidade do interior e da fala daqueles que vinham para a capital para trabalhar; desse modo, o assunto também passa a ser o contraste e o convívio entre o urbano e o rural, da perspectiva dos migrantes. Cornélio Pires assinou ainda, em 1913, a coluna "Entre [os] Caipiras".

Na mesma direção, havia as "Cartas de um Mineiro" e "Cartas de um Caipira Mineiro", em 1912, assinadas por Ambrósio da Conceição, sobre quem *O Pirralho* informa que colaborava em *Careta*, do Rio de Janeiro, com o pseudônimo Tibúrcio da Anunciação; e as "Cartas de Nho Vadô", em 1916, assinadas por Vadosinho Cambará, sobre quem não temos informações.[13]

Além da convivência desses textos macarrônicos diversos nas páginas da revista, refletindo o convívio das pessoas na cidade, é possível encontrar referências cruzadas dos missivistas nos próprios textos. Na edição de *O Pirralho*, número 6 (16 set. 1911), registra-se um conflito entre Annibale Scipione e Fidêncio da Costa, ocorrido na festa da Penha, contado nas respectivas cartas, apresentando detalhes divergentes dos fatos. A forma como eles se referem um ao outro dá conta do modo como esses grupos se viam. Scipione menciona a fala do caipira como "linguage piore dos turco", enquanto Costa descreve aquele como um "italianão pitano um pito fedido de fumo macaio".

12. *Idem*, p. 71, nota 35.

13. Saliba faz uma leitura da língua macarrônica de Bananére pelo viés do ítalo-caipira, em abordagem comparativa com os textos de Pires [Saliba, *op. cit.*, p. 170-176]. Capela discorda dessa proposta [Capela, *op. cit.*, p. 68-70]. Embora, do nosso ponto de vista, essa leitura seja possível, é inegável que ela diminui a riqueza dos textos de Bananére, pois perde de vista algumas intenções e nuances. Discutir isso, porém, demandaria muitas páginas, de que não dispomos.

O PIRRALHO 5

O Biralha

Xornal allemong

Anno brimêrro — Rettadorr-xéfe - FRANZ KENNIPPERLEIN — Numerro un

Zinaturra i guilo padadas — Horgan brobagandes allemangs no Prasil

A BIRALHA

Carta te Filla Marrianna

Filla Marrianna, finde oido agosdo mil novecendos onze.

Zinhor Rhetadorr da Biralha.

Odre tia eu esdá findo te Filla Marrianna paro esdá fendendo um leidon muido cordinhes guê o gombadre Xuão esdá gombrando bara vazer zalaminhas.

Cuando im Guinzenovemberstrasse eu fê uma daliano cridando: «Gombra a Biralha» gom umas xornal nos mongs tele. Dudas bazaxerras gombra, eu dampem esdá gombrando.

Cuando eu apre a xornal fê o Kaiser num xuías te cerfeches muido runhes, tormindo gome um borgo e um muiê muido vêia, barrezendo Mariquinhas, meu muiê, querendo mará as bê telle.

Eu figue lôgo tanado da fida gondre ezes bindurras, borguê o Kaiser nong esdá princaderras.

Zi o Kaiser esdá mantando zoltados allemongs bara o Prazil neng finde! neng drinda! neng um milon de zoltados prazilerras faez um guerre gome eles! Aghrr!... mein Gott! uma

zoltade allemong tando um dirro mada dudas as bolizia lô Uôchinton Lúis!

Eu dampem esdá begando um garrapina bara tar diros gondre a Biralha guê esdá uma xornal muido zavades.

Franz Kennipperlein.

O Pirralho, n. 5, 1911: O Biralha, Xornal Allemong, p. 5. Acervo BMA.

Na edição de *O Pirralho*, número 54 (17 ago. 1912), registra-se um confronto entre Bananére e Peterslein. Nas duas edições seguintes, Bananére volta ao assunto, pedindo para o redator mandar o alemão embora de *O Pirralho*, e há manifestações também em "O Biralha", sendo o segundo texto uma espécie de apresentação de esclarecimentos por Peterslein.

Voltado para as elites, *O Pirralho* contempla os diversos níveis sociais, na medida em que incorpora a fala dos migrantes e dos imigrantes e os faz dialogar, registra os eventos em que se dão os encontros e os conflitos. Além disso, parodia diversas modalidades de texto, o que, somado ao macarrônico, configura a apresentação de vários pontos de vista, em diversos contextos, e compõe o mosaico linguístico e social da cidade. A opção pelo uso de pseudônimos é essencial na configuração do macarrônico e da paródia.

No âmbito da literatura canônica, a revista veiculou textos de Olavo Bilac, Francisca Júlia, Alphonsus de Guimaraens e outros. Publicou ainda enquetes e inquéritos literários, respondidos por, entre outros, Monteiro Lobato, Lima Barreto, João do Rio, e cobriu amplamente as visitas de Bilac e Menezes a São Paulo, tanto no âmbito sério quanto no da paródia.[14]

Oswald esteve na direção da revista até o número 205 (30 out. 1915), mas continuou como colaborador. Além dos textos iniciais, assinados como Annibale Scipione, mencionados, publicou, entre 1914 e 1917, a seção "Lanterna Mágica", com artigos sobre teatro, literatu-

14. No mesmo número 204 (16 out. 1915) em que se faz a cobertura da visita de Bilac a São Paulo, com a transcrição de seu discurso pronunciado na Faculdade de Direito, Juó Bananére ironiza a festa promovida em torno do poeta e parodia, não só seu discurso, mas também o soneto "Ouvir estrelas". No número seguinte (30 out. 1915), a ironia continua, ele se compara ao poeta e conta ter sido homenageado com festa semelhante. O fato de sua colaboração ser suspensa pouco depois, a partir do número 207 (27 nov. 1915), é interpretado por Saliba como decorrência do descontentamento causado na equipe da revista por suas manifestações [Saliba, *op. cit.*, p. 193-199]. Capela, porém, diverge dessa interpretação, optando por atribuir seu afastamento a questões políticas, justificativa que circulou na imprensa da época [Capela, *op. cit.*, p. 70].

ra, artes plásticas, recordações de viagem, dos quais o mais conhecido é "Em prol de uma pintura nacional", no número 168 (2 jan. 1915). De caráter mais literário propriamente, são os trechos de *Memórias sentimentais de João Miramar*, com ilustrações de Di Cavalcanti, que integram os números 237 (12 maio 1917) e 238 (20 maio 1917), bastante diversos da versão publicada em livro, em 1924.

Cronologicamente, *O Pirralho* pertence ao pré-modernismo, termo bastante discutido ao ser utilizado para designar a produção das duas primeiras décadas do século xx, pois traz consigo uma valoração dessas obras apenas como antecipadoras do que virá, desconsiderando sua especificidade. José Paulo Paes propõe, como mais adequado, *art nouveau* ou arte nova, tomando o termo das artes plásticas para estendê-lo à literatura, e transferindo a ênfase do âmbito temporal para o aspecto inovador, a novidade, não vinculado a escolas ou movimentos, e valorizando o ecletismo típico da *Belle Époque*.[15] Não há dúvidas de que se adequa perfeitamente ao perfil de *O Pirralho* e ao contexto literário que ele reflete e no qual se insere. A isso se acrescentam a presença de traços *art nouveau* nas ilustrações, o registro do mundano, o predomínio da literatura como "sorriso da sociedade" e registro da sonoridade das ruas. Não é um dado menor o lançamento de *La divina increnca*, de Juó Bananére, em 1915, e *Quem conta um conto...*, de Cornélio Pires, em 1916, ambos impulsionados pelas páginas de *O Pirralho*, paralelamente à edição das peças em francês *Mon coeur balance* e *Leur Âme*, de Oswald e Guilherme de Almeida, levando ao cenário editorial a convivência do francês, do macarrônico ítalo-paulista e do dialeto caipira. Todos ganharam os palcos ou registros sonoros, confirmando também o peso da oralidade no momento e nessas obras.

É fruto de uma leitura anacrônica espantar-se com a "ausência de modernismo" em *O Pirralho*, uma vez que "modernismo" ainda não havia: Tarsila do Amaral era aluna de Pedro Alexandrino, Oswald e Guilherme escreviam em francês, a poesia era pautada pelo soneto clássico. Os autores mais diversos, como Cornélio Pires e Emílio de Menezes, conviveram com Olavo Bilac, Alberto de Oliveira

15. Paes, José Paulo. O *art nouveau* na literatura brasileira. In: ____. *Gregos & baianos*: ensaios. São Paulo: Brasiliense, 1985. p. 64-80.

e Alphonsus de Guimaraens em suas páginas porque conviviam em outros âmbitos, pois paralelamente ao *art nouveau* havia o regionalismo, o parnasianismo e o simbolismo. Aspectos inovadores, sim, havia, por seu humor, pluralidade e irreverência no tratamento dos mais variados temas.

Oswald entra em contato com o futurismo ao realizar sua primeira viagem à Europa em 1912, amplamente divulgada na revista, sem menção às vanguardas. Bananére chega a mencionar o movimento, em "A storia do futurismo", no número 63 (26 out. 1912), menos como exaltação do que como pretexto para mais uma crônica repleta de ironia e paródia: "O futurismo é una robba che a gente faiz uguali como tê di sê maise tarde". A partir do número 80 (1 mar. 1913), publica vários poemas intitulados "Sonetto futuriste". Trata-se de dois poemas autênticos e de paródias de poemas de Raimundo Correia ("Mal secreto") e Luis de Camões ("Alma minha gentil que te partiste"). Ao parodiar "Meus oito anos", de Casimiro de Abreu, põe como subtítulo "Versos futuriste". Longe de dialogar com o movimento, a denominação intensifica a ironia do procedimento.

É evidente que se pode apontar em *O Pirralho* elementos que antecipam as inovações do modernismo dos anos 1920. Não é o caso, porém, de valorizá-lo somente por esse viés.

Um *Pirralho* contra um Marechal

O contexto político-social em que *O Pirralho* se insere é um dos mais densos em realinhamento de forças de nossas elites dirigentes. O impresso, criado por Oswald de Andrade, faz uma radiografia instigante dos impasses de nossa democracia republicana, especialmente no período compreendido entre 1911 e 1914, no qual tivemos um dos mais truculentos momentos da República Velha, aquele do mandato do Marechal Hermes da Fonseca.

Outras folhas à época, seja da grande imprensa ou de uma imprensa que crescia e se diversificava em pequenos periódicos, também abriram largo espaço para os desmandos da política republicana, para a questão do hermismo e do militarismo, e a influência do caudilho Pinheiro Machado. No Rio de Janeiro, segundo Herman Lima, "iniciado o governo do marechal, multiplicavam-se na imprensa, sempre em crescendo de violência, as críticas mais acirradas à sua atividade na chefia dos destinos do país".[16]

O Pirralho, n. 26, 1912 (capa).
Acervo BMA.

Herman Lima chama atenção para as produções de K. Lixto, J. Carlos, Vasco Lima, Yantok, entre os caricaturistas que se dedicaram a denunciar um governo baseado em arbitrariedades, porém suas referências estão circunscritas às folhas cariocas. Já em São Paulo, Hermes da Fonseca é também alvo preferencial dos caricaturistas, mas com um agravante: o fato de que os líderes da política local haviam-se empenhado na campanha civilista, em apoio a Rui Barbosa, sendo derrotados nas eleições de 1910.

Os periódicos e suas caricaturas se esmeram em aludir ainda às peculiaridades da política paulista, advindas da derrota para o Marechal. *O Pirralho* foi contundente ao abordar tal situação em quase todos os seus números, sob variada forma, seja na de letra ou no traço afiado das caricaturas que essa folha, inclusive, privilegiou em detrimento da fotografia, técnica favorita em muitos dos impressos nos idos de 1911.

Tal opção talvez se dê justamente pelo caráter próprio da caricatura que, como se sabe, enfatiza caracteres, exacerba expressões, enriquecendo a informação de modo crítico e jocoso, em poucas linhas, como podemos observar na capa do número 26 (3 fev. 1912), na qual o *Pirralho*, em pessoa, procura pela República.

As inserções, no que poderíamos chamar de editorial, se multiplicavam. Já no número 1 (12 ago. 1911), *O Pirralho*, sob a rubrica "A Política do Pirralho", nos informa que "Tem birra do Hermes", e, no número 2 (19 ago. 1911), afirma peremptório que "já nasceu fazendo política".

16. Lima, Herman. A caricatura política ii. In: ____. *História da caricatura no Brasil*. Rio de Janeiro: José Olympio, 1963. v. 1, p. 272.

As "caricaturas verbais" também eram enfáticas. É nessa atmosfera que as crônicas escritas por Juó Bananére em "O Rigalegio" não deixaram de centrar fogo no presidente Hermes e nos militares, em defesa do Partido Republicano Paulista (PRP), defendendo os interesses dos cafeicultores contra as novas configurações políticas que trouxeram os militares, uma vez mais, ao proscênio da disputa político-partidária nacional.

Em 1909, surge a chamada campanha civilista, pois, com a morte repentina de Afonso Pena, a política café-com-leite se vê em oposição ao governo central. O "civilismo" é uma proposta política conservadora na medida em que evidencia o temor do setor cafeeiro de perder sua posição hegemônica. Assim sendo, o processo eleitoral, naquela ocasião, representava a emergência de uma nova composição de forças no país.

Oswald, a propósito, nos conta, em suas memórias, que Washington Luiz, então Secretário de Justiça e Segurança de São Paulo, teceu comentários elogiosos ao tom crítico de *O Pirralho*, propondo-lhe até mesmo auxílio financeiro à revista, que ele "considerava um valor na luta que se desenvolvia em torno de Rui Barbosa contra o hermismo controlado por Pinheiro Machado".[17]

Em 1913, Hermes entrava em seu último ano de mandato. *O Pirralho*, na nota "Carestia da vida", publicada no número 82 (15 mar. 1913), faz uma espécie de balanço do governo até então. Em relação às questões econômicas, as considerações do editorial dizem que o Marechal nunca primou por atitudes em defesa do povo, fazendo um governo "que marca na nossa história uma triste época de desfaçatez, despudor e desmantelo".

É ainda em 1913 que a vida particular do Presidente ganha evidência nas páginas do semanário. O Marechal fica noivo, em janeiro, de Nair de Teffé, com quem se casa em dezembro do mesmo ano. Ocorre que ele ficara viúvo no ano anterior, e era acusado de sequer haver guardado o luto necessário antes de novo casamento. Porém, as críticas não pararam aí.

A noiva era 31 anos mais jovem que Hermes e de família aristocrática! Além disso, ela era Rian, a caricaturista que publicara em

17. Andrade, Oswald de. *Um homem sem profissão*. *Op. cit.*, p. 100-101.

O Pirralho, n. 120, 1913 (capa).
Acervo BMA.

O Pirralho, n. 141, 1914 (capa).
Acervo BMA.

revistas francesas e fora condecorada em 1911 pelo governo francês no grau *Officier de l'Instruction Publique*. Nair, que já havia exposto seus trabalhos na França e no Rio de Janeiro, cantava, era pianista e pretendia dedicar-se à carreira de atriz, tendo inclusive atuado em peças de caráter beneficente.[18]

No número 120 (6 dez. 1913), *O Pirralho* estampa em sua capa, intitulada "Nas vésperas do casório", a imagem do marechal escolhendo roupa para a cerimônia em um baú onde encontra um uniforme de quando era sargento. A legenda revela certa insatisfação com o momento vivido pelo presidente/noivo: "Ah! meu rico tempinho de sargento".

No mesmo número, temos "O Rigalegio" estampando o programa do "O ingazamente du Hermeze". O cardápio evidencia o provincianismo do chefe de Estado: "Soppa di cardo di fijó, Arrozbiffi di garne di porco", entre outros pratos dos mais triviais de nossa mesa. Como sobremesa: "Marmelata, goiabata" e, por fim, "Ballo in maschera" e "Brutta insgugliambaçó".

18. Rodrigues, Antonio Edmilson Martins. *Nair de Teffé, vidas cruzadas*. Rio de Janeiro: Editora FGV, 2002.

O casal parecia não combinar em nada: ela cosmopolita, jovem, bonita e aristocrata. Ele provinciano, viúvo, considerado velho e republicano, além, é claro, segundo observação de Oswald de Andrade, em suas memórias, de "um joguete mais ou menos cretino nas mãos do caudilho sulista Pinheiro Machado".[19]

A truculência do hermismo cresce com a instalação cada vez mais intensa da censura à imprensa, várias decretações de estado de sítio, delineando-se em futuro golpe e ditadura. O editorial do número 141 (2 maio 1914), sob o título "Ditadura iminente", dá ênfase à prorrogação, por vários meses, do estado de exceção:

> A prorrogação do estado de sítio até 30 de outubro vindouro é mais um gesto canalha que bem caracteriza a covardia e a fraqueza do famigerado e miserável governo de Hermes Rodrigues da Fonseca, esse bobo alegre que se uniu ao safardana Pinheiro Machado [...].
>
> Sim, é covarde e fraco um governo que para garantir a sua estabilidade precisa lançar mão, inconstitucionalmente, de uma medida que suspenda todas as garantias [...].

O mesmo número traz, na capa, o Marechal imerso em formol para se perpetuar no cargo.

O Pirralho, assim, nos permite antever como Oswald de Andrade, seu diretor-proprietário, em seu primeiro veículo de informação, aos 21 anos de idade, já não se conformava com os desmandos da política que tinha donos. *O Pirralho* constituiu-se em uma espécie de laboratório para o futuro escritor/jornalista/ensaísta experimentar o que desenvolveu em todo o seu fazer militante, sobretudo em sua *Revista de Antropofagia* e, mais agudamente, em *O Homem do Povo*.

19. Andrade, Oswald de. *Um homem sem profissão*. *Op. cit.*, p. 93.

Seção de Arte da Biblioteca Mário de Andrade: caminhos e descaminhos*

MARIA CHRISTINA BARBOSA DE ALMEIDA**

"... sequências ou linhas interrompidas, fios soltos que seria preciso tramar..."
Vallim, p. 8[1]

O início

O primeiro núcleo de informação em arte na cidade de São Paulo foi a Biblioteca Mário de Andrade (BMA), ou, mais precisamente, sua Seção de Arte, criada em 1944, por resolução do então Diretor da Biblioteca Municipal, Sérgio Milliet.

Inaugurada em 25 de janeiro de 1945 com a denominação de Serviço de Belas Artes, era formada pela coleção de arte, que já fazia parte do acervo geral da Biblioteca, fundada em 1925. Essa coleção compreendia os seguintes assuntos: arte em geral (história, enciclopédias, dicionários, manuais), estética, urbanismo, arquitetura, escultura, cerâmica, gravura, desenho, decoração, mobiliário, pintura, fotografia, cinema, música, teatro e dança. Ao mesmo tempo em que se separou a coleção, criaram-se tabelas e códigos especiais para melhorar a catalogação e classificação do material, com uma extensão da classe 700

* Este artigo retoma e atualiza material de pesquisa elaborado para a tese de doutoramento da autora – *Por uma rearquitetura dos serviços de informação em arte da cidade de São Paulo* – apresentada à ECA/USP em 1998.

** Maria Christina Barbosa de Almeida é professora e bibliotecária, Mestre em Ciência da Comunicação e Doutora em Ciência da Informação pela ECA/USP. Exerce, desde março de 2009, a Diretoria da Biblioteca Mário de Andrade. É autora de *Planejamento de bibliotecas e serviços de informação* (Briquet de Lemos, 2005).

1. VALLIM, Mariangela Lima. *Considerações gerais sobre a documentação*. São Paulo: CCSP/Divisão de Pesquisas, 1992. (documento de circulação interna)

da Classificação Decimal de Dewey, e outros códigos de catalogação para materiais especiais como lâminas, ilustrações avulsas etc; deu-se início também à organização de um arquivo de reproduções avulsas, doadas por Sérgio Milliet.

Logo nos seus primeiros meses de funcionamento, evidenciava-se sua vocação: "transformar-se num centro de estudo de arte brasileira", em razão da qualidade do material ali reunido. Faltava "apenas uma propaganda mais eficiente, um auxílio mais direto dos nossos artistas e dos próprios críticos, no sentido de aproximá-la do público e dos estudiosos de arte."[2]

Na verdade, o caráter especial da Seção de Arte refletia preocupação anterior à sua criação, tanto que a BMA já possuía uma coleção de obras de arte, como atesta um artigo de jornal de 1945:

> além dos livros e revistas de arte, possui a Sala de Artes uma raridade pictórica, um dos quadros de Franz Post, pintor holandês que esteve no Brasil no século XVII, na comitiva do Príncipe Nassau; ótimas reproduções de Van Gogh, um Brueghel e alguns originais de pintores brasileiros contemporâneos.[3]

De fato, as primeiras obras foram adquiridas na década de 30, quando era diretor da Biblioteca Rubens Borba de Moraes, que, em depoimento de 1977, diz: "Em 1936 eu comprei para a Biblioteca Municipal de São Paulo, da qual era diretor, uma série de grande valor documental."[4]

Essa afirmação denota a preocupação do diretor com a questão da preservação de obras de arte e documentos de valor histórico. Dentre as obras adquiridas, destaca-se *Vila de Ipojuca*, de Franz Post, de 1640, que ficava exposta na sala de leitura da Seção de Arte, bem como *Aldeia de Tapuios*, aquarela de Rugendas, de 1835, também adquirida da Alemanha.

2. BIBLIOTECA Pública Municipal de São Paulo. *Boletim Bibliográfico Biblioteca Pública Municipal*, São Paulo, n. 8, 1946.
3. MENDES, Ciro. Uma Sala de Artes. *O Estado de S. Paulo*, São Paulo, 2 fev. 1945.
4. Apud SPINELLI, João. O documental e o artístico na Seção de Arte criada por Sérgio Milliet. In: GUERRA, Ana Maria Bezerra; SPINELLI, João. *O olhar de Sérgio sobre a arte brasileira*. São Paulo: Secretaria Municipal de Cultura, 1992. p. 80.

Vila de Ipojuca - Frans Post, 1640 (óleo sobre tela).

Acervo CAC/CCSP/SMC/PMSP. Foto: Rômulo Fialdini.

Sérgio Milliet, que mais tarde sucederia Rubens Borba de Moraes na direção da Biblioteca, já em 1938 lamentava a ausência, em São Paulo, de uma instituição pública que se preocupasse com a documentação da arte na cidade: "A ausência de um Museu de Arte Moderna em São Paulo faz-se duramente sentir. Se este existisse na nossa capital [...] talvez não ficasse sem registro permanente o esforço notável dos pintores e escultores da atual geração brasileira."[5]

Alguns anos depois, ao assumir a direção da Biblioteca Municipal, Sérgio Milliet apresentou um projeto de arquivo e documentação de arte sobre papel, dando início ao acervo de desenhos e gravuras originais da BMA para uso de pesquisadores e historiadores de arte.

Com a inauguração da Seção de Arte, em 1945, reuniu-se todo o acervo de arte que se achava disperso em várias áreas da Biblioteca, facilitando o atendimento e melhorando as condições de segurança e preservação. Para dirigi-la, foi escolhida Maria Eugênia Franco, escritora e crítica de arte e com formação em Biblioteconomia, o que já era uma indicação do rumo que se pretendia seguir. As primeiras notícias da criação da Seção de Arte já anunciavam que sua finalidade

5. Idem, ibidem.

era "facilitar aos amantes da Arte e aos estudiosos em geral consultas às obras sobre o assunto e centralizar as atividades que a Biblioteca desenvolve nesse amplo setor cultural."[6] Esse mesmo artigo mencionava os objetivos fundamentais da Seção, de acordo com sua organizadora: ensino e divulgação. De fato, a finalidade didática dominava a orientação da Seção, bem como suas atividades: exposições de seu acervo (pinturas, reproduções, livros, desenhos etc.), conferências e cursos, além de publicações para divulgar "nossa arte moderna."[7]

A postura paternalista de seus organizadores está explicitada em artigo publicado no dia da inauguração da Seção de Arte:

> a melhor maneira de se apurar o gosto artístico do povo é aproximá-lo das obras de arte, orientando-o no sentido de capacitá-lo a distinguir o que é bom do que é mau, separar o joio do trigo. Por outro lado, incentivar o amor do público pelas coisas do espírito, elevando, assim, seu padrão cultural, é dever primordial de todo bom governante. Tudo o que for feito em benefício do desenvolvimento intelectual das massas, só pode redundar em benefício da coletividade.[8]

O próprio Sérgio Milliet afirmou, em entrevista, que a Seção de Arte foi criada para "promover uma maior cultura artística de nosso povo."[9] A mesma ideia surgiu, mais tarde, em artigo de Mario Barata:

> Os museus e as bibliotecas nasceram para divulgar a cultura pelo povo. Cumpre não afastá-lo dela. [...] Só o que falta aos que olham uma pintura, veem pouco, é saber olhar. E saber olhar não é difícil. Com humildade e boa vontade se pode conseguir isso, desde que os bibliotecários e conservadores de museus se interessem em explicá-lo ao povo e não se limitem a perorar para *snobs* ou privilegiados.[10]

6. Criada na Biblioteca Municipal de São Paulo a Seção de Arte. *Folha da Manhã*, São Paulo, 25 jan. 1945.
7. Biblioteca Pública Municipal de São Paulo, *op. cit.*
8. Desenvolvendo o gosto artístico do povo. *O Estado de S. Paulo*, São Paulo, 25 jan. 1945.
9. A Secção de Arte da Biblioteca Municipal é um índice dos pendores artísticos do público paulista. [sem informações]
10. Barata, Mario. Picasso para o povo. *Jornal de São Paulo*, São Paulo, 8 out. 1949.

A Seção de Arte, ao mesmo tempo em que constituía espaço de convivência de artistas e intelectuais da época para discussão de ideias e da produção artística, pretendia ser também polo difusor de cultura para o povo, por meio de atividades expositivas, cursos e conferências direcionadas ao "ensinar a ver", como dizia Mario Barata. Essa preocupação educativa estava presente na própria montagem das exposições realizadas por Maria Eugênia Franco, que geralmente combinavam exposição de arte ou de reproduções de arte com mostra de material bibliográfico do acervo, como uma forma de estimular o público a um aprofundamento dos estudos daquilo que via.

A esse respeito, comenta Spinelli:

> Além da criação do primeiro acervo público de arte moderna brasileira, Sérgio Milliet facilitou o acesso dos usuários a livros, revistas e álbuns de arte. Palestras, debates, cursos, recitais e exposições transformaram a Biblioteca no primeiro grande centro cultural do país.[11]

Na verdade, em seu entusiasmo, o autor citado exagerou: ainda não se tratava de um centro cultural, concebido como um espaço de acesso do indivíduo não só ao produto cultural, mas também de sua participação na própria atividade criativa. No entanto, se a Seção de Arte não chegava a ser um centro cultural, fazia muito mais que uma biblioteca, tal como era concebida à época, podendo ser considerada precursora dos centros de convivência e informação propostos, nos anos 80, por Luís Milanesi[12] e foi, de fato, a primeira oportunidade de acesso público à obra de arte que, se não chegou a atingir um público numeroso, muito contribuiu para o desenvolvimento da arte em São Paulo, propiciada pela relação de Sérgio Milliet com os intelectuais e artistas de seu tempo.

Os trabalhos da Seção de Arte envolviam artistas e intelectuais de destaque à época e por isso conseguiram ampla cobertura na imprensa, patrocinada por críticos como Luís Martins (*Diário de São Paulo*), Osório Cesar (*Folha da Noite*), Geraldo Ferraz (*Diário de São Paulo*),

11. Spinelli, João. *Op. cit.*, p.7.

12. Milanesi, Luís. *Ordenar para desordenar:* centros de cultura e bibliotecas públicas. São Paulo: Brasiliense, 1986; Milanesi, Luís. *A casa da invenção:* centros de cultura, um perfil. São Paulo: Siciliano, 1991.

Sala de Artes Sérgio Milliet, 1954.
Foto: Gabriel Zellaui.

Mario Barata (*Jornal de São Paulo*) e o próprio Sérgio Milliet (*O Estado de S. Paulo*). Esses escritores não só divulgavam as novas coleções que estavam se desenvolvendo, tais como o arquivo de reproduções avulsas e as coleções de desenhos, óleos e aquarelas, como também derramavam elogios à sua direção, não raro como forma de pressão aos prefeitos, que não forneciam recursos suficientes.

Osório Cesar chegou a afirmar serem incalculáveis os benefícios da Seção de Arte da Biblioteca Pública Municipal para "os estudiosos da matéria" e que sua organização era "das mais perfeitas e modernas."[13] L. W.[14], em artigo no *Jornal de São Paulo*, foi ainda mais enfático: "no que diz respeito às Artes Plásticas [...] sem exagero, sua atuação está sendo mais benéfica do que a própria Escola de Belas Artes."

Geraldo Ferraz ditava a receita:

13. Cesar, Osório. Exposição de desenhos da Seção de Arte da Biblioteca Pública Municipal. *Folha da Noite*, São Paulo, 21 fev. 1946.

14. L. W. Biblioteca Municipal. *Jornal de São Paulo*, São Paulo, 3 jan. 1946. [L. W. é a autoria que consta do artigo de jornal mencionado; não conseguimos identificar o nome do autor].

julgo que seria importante se os professores de desenho, se os artistas e os estudantes imitassem com atenção, com explicações também orais, esta mostra. E que depois subissem ao andar onde estão os livros de arte para examinar o que existe ali, de livros ligados à presente exposição, entre os quais se contam algumas raridades verdadeiramente admiráveis, à disposição dos interessados.

Depois concluía: "o papel que essa secção pode desenvolver, no caso de possuir a sua autonomia, é imenso: será, complementarmente, o do Museu de Arte e o do Museu de Arte Moderna, que começam a prender o paulistano ao interesse mais vivo pelas coisas da arte."[15]

Embora a Seção de Arte tenha tido uma atuação pioneira na difusão da arte e na intenção de formar um público para as artes, não se tem registro da amplitude de sua influência na arte em São Paulo, naquela época. Um artigo sem autoria publicado no *Jornal de Notícias* comenta a importância da Seção de Arte, que considera "notável reduto de aprimoramento de cultura artística entre nós, e acessível a todos os que se interessam pela arte em geral", mas formula a questão:

> entretanto, como explicar o interesse relativamente pequeno que ela desperta? Será porque os nossos pintores possuem bibliotecas particulares? Seja ou não essa a causa, o fato é que a maioria dos artistas de São Paulo, geralmente autodidatas, não frequenta esse interessante centro de estudos. Quando muito alguns 'novíssimos' é que aparecem por ali, raras vezes, demonstrando certo interesse por esta ou aquela obra. A única explicação que se pode dar para esse desinteresse é a de que a Seção de Arte não é ainda suficientemente conhecida.[16]

Em 1946, Sérgio Milliet pediu a criação do Serviço de Livros Raros, da Mapoteca e do Serviço de Belas Artes como seções independentes e, ao se aposentar, teve a surpresa de verem fundidas as três áreas em uma só, formando a Seção de Belas Artes, Raridades e Mapoteca, deixando de ter uma direção especializada e de ser subordi-

15. Ferraz, Geraldo. Uma Secção de Arte na Biblioteca. *Diário de São Paulo*, São Paulo, 26 mar. 1950.
16. A Biblioteca Municipal possui uma Seção de Arte quase desconhecida. *Jornal de Notícias*, São Paulo, v. 1, n. 57, 20 jun. 1946.

nada diretamente à Diretoria da Biblioteca, o que afirmou considerar "erro técnico e administrativo."[17]

Em setembro de 1959, José Geraldo Vieira apresentou ao Congresso da Associação Internacional de Críticos de Arte o 'caso' do Serviço de Belas Artes da Biblioteca Municipal, iniciando um forte movimento da classe artística paulistana pela restauração do Serviço[18]. Cerca de um mês depois, foi enviado ao prefeito Adhemar de Barros um abaixo-assinado de mais de 100 artistas e personalidades, em favor da autonomia do Serviço de Belas Artes e da volta de Maria Eugênia Franco à sua direção. Esse abaixo-assinado mencionava que aquele Serviço era

> com justiça considerado como organismo especializado de real utilidade e como um dos principais núcleos estimuladores da vivificação das Artes Plásticas em São Paulo [...] [e que] a essa dependência da Municipalidade é que se há também de atribuir, em grande parte, a formação do clima de incentivo e interesse cultural que levou à criação dos dois Museus de Arte de São Paulo, bem como aos importantes movimentos e iniciativas surgidos nesse ramo da vida intelectual.[19]

Na mesma ocasião, Antonio Bento, então presidente da Associação Brasileira de Críticos de Arte, reivindicou do Prefeito a restauração da autonomia do Serviço[20]. Em 11 de novembro de 1960, a Portaria n.98 do Secretário de Educação e Cultura revogou aquele ato, deslocando o Setor de Belas Artes, que passou a ser subordinado ao Chefe da Divisão de Bibliotecas, e indicou como responsável Maria Eugênia Franco. Além disso, autorizou seu afastamento para viajar a serviço pelo país, sempre que necessário, para coleta de materiais e documentos para desenvolver os Arquivos Documentários de Arte Brasileira, já iniciados com o material de São Paulo[21].

17. Necessária a restauração do Serviço de Belas Artes da Biblioteca Municipal. *Diário de São Paulo*, São Paulo, 13 abr. 1960.
18. Vieira, José Geraldo. Congresso da Associação Internacional de Críticos de Arte; o caso do Serviço de Belas Artes da Biblioteca Municipal. *Folha de S. Paulo*, São Paulo, 13 set. 1959.
19. Em crise a Direção da Biblioteca Municipal. *Diário de São Paulo*, São Paulo, 5 nov. 1959.
20. Bento, Antonio. Apelo dos intelectuais aos dirigentes do PSP. [Na coluna:] Mauricio, Jayme. Itinerário das artes plásticas. *Correio da Manhã*, São Paulo, 10 abr. 1960. 2º Caderno.
21. Diário Oficial do Município, São Paulo, 1960.

Com isso, não apenas se retomavam as atividades anteriormente desenvolvidas pelo Serviço de Belas Artes, como também se oficializava o projeto dos Arquivos Documentários da Arte Brasileira, que tinha por objetivo coletar, reunir e documentar material dos artistas brasileiros, e que fora esboçado por Maria Eugênia Franco já no primeiro ano de implantação daquele Serviço[22].

Por essa razão, nos meses de janeiro e fevereiro de 1946, Maria Eugênia montara uma exposição com os desenhos originais de artistas de São Paulo, ocasião em que escrevera:

> nesta exposição de desenhos dos artistas de São Paulo, novos alguns, outros já consagrados, não existe somente um estímulo à sua arte. Existe também o desejo de tornar pública esta coleção, de propriedade da Secção de Arte da Biblioteca, para que ela possa ser vista, a qualquer momento, depois da retirada desta vitrine, por todos aqueles que não sabiam de sua existência em nosso acervo. Embora bastante incompleta, pretendemos e esperamos vê-la transformar-se, com o tempo, assim como os arquivos sobre os nossos artistas, que estamos organizando, num documentário tão útil, que possa fazer, de nossa Secção de Arte, um centro de estudo das obras dos artistas plásticos brasileiros.[23]

A divulgação do projeto certamente colaborou para que se intensificassem as doações de material sobre artistas brasileiros à Biblioteca Municipal, contribuindo para o enriquecimento de seu acervo.

Em 1960, a Seção de Belas Artes contava com 6.367 consulentes registrados, atendeu a 119.265 consultas, adquiriu 375 livros e 37 reproduções, assinou 93 títulos de revistas e montou 4 exposições[24]. Nota-se que a quantidade de obras adquiridas para o acervo era pequena, reflexo da insuficiência de verba e do alto preço dos livros de arte no Brasil. No entanto, doações sistemáticas de recursos para a

22. Comemora seu primeiro aniversário a Seção de Arte da Biblioteca Municipal. *Folha da Manhã*, São Paulo, 25 jan. 1946.
23. Exposição de desenhos originais de artistas de São Paulo, comemorando o primeiro aniversário da Secção de Arte, janeiro a fevereiro de 1946. (Documento produzido pela Secção de Arte).
24. Lê-se mais na capital do que em todo o interior do Estado. *O Estado de S. Paulo*, São Paulo, 2 abr. 1961.

aquisição de livros para a Seção de Belas Artes eram noticiadas pela imprensa[25], ao mesmo tempo em que Sérgio Milliet sugeria a formação de "clubes de aquisição" para manter o acervo atualizado.[26]

Em 1962, Maria Eugênia Franco, em programa de TV sobre arte produzido por Maria Bonomi e Antunes Filho, chegou a declarar: "a Seção está totalmente desprovida de meios, e é mantida unicamente através da boa vontade dos funcionários." Disse, ainda, que o prefeito e o secretário deveriam dar maior atenção à Seção, pois ela poderia "contribuir decisivamente para a melhoria do nível cultural do povo paulista." Destacou, também, que constavam do acervo 2.000 reproduções coloridas, além de obras originais de artistas brasileiros, que a Seção de Arte da Biblioteca Municipal era a primeira biblioteca especializada em artes visuais e cênicas organizada no Brasil, e que "duas gerações de artistas estudaram e se desenvolveram na Seção, entre eles Marcelo Grassman, Aldemir Martins e Waldemar Cordeiro."[27] Essa afirmação foi reforçada por Lisbeth Rebolo Gonçalves que, em depoimento à *Folha de S. Paulo*, em 1979, afirmou que a Seção de Arte "funcionou como a escola de arte para muitos desses artistas" que frequentavam regularmente a Biblioteca[28]. É, também, testemunhada por depoimentos dos próprios artistas, no mesmo artigo, escrito em homenagem a Sérgio Milliet:

> A partir de 1945, eu vinha visitar a biblioteca, onde ele e Mário de Andrade criaram a Seção de Arte. Sérgio comprava nossos desenhos e muitas vezes doávamos nossos trabalhos para o acervo. Era o livro e a obra de arte, tudo em contato muito vivo, num núcleo para o artista e para todos que queriam se informar sobre arte (depoimento de Francisco Rebolo Gonzales).
>
> A biblioteca era, num certo sentido, um pequeno museu, com sua coleção de pinturas de artistas brasileiros. Com a abertura dos Museus e das Bienais, naturalmente o interesse por ver obras autênticas transferiu-se

25. Outras moções do Congresso de Críticos de Arte. *O Estado de S. Paulo*, São Paulo, 19 dez. 1961.
26. MILLIET, Sergio. Atividades didáticas. *O Estado de S. Paulo*, São Paulo, 21 fev. 1962.
27. Sem recursos a Seção de Arte da Biblioteca. *Folha de S. Paulo*, São Paulo, 1º mar. 1962.
28. Homenagem a Sérgio Milliet. *Folha de S. Paulo*, São Paulo, 2 dez. 1979, p.62. Ilustrada.

para esses lugares. mas como fonte de informação sua função continuou a mesma (depoimento de Odetto Guersoni).

Tudo o que nós devemos a Sérgio é nossa formação extracurricular, ou seja: nós éramos semi-alfabetizados e o Sérgio nos proporcionava o contato com a informação sobre arte, além de se responsabilizar por outros aspectos de nossa carreira (contas, fiadores etc.) (depoimento de Aldemir Martins).

Sérgio Milliet não ficou lá no seu escritório ou na sua casa e, sim, desceu até os ateliês dos pintores que estavam começando a lutar pela renovação da arte. Esse contato foi ótimo pois o artista necessitava não só de apoio material mas também das informações (depoimento de Raphael Galvez).

Em 1962, Antonio D'Elia, em artigo no *Diário de São Paulo*, também em homenagem a Sérgio Milliet, exaltava os leitores a irem conhecer a "Sala de Artes [...] mantida com o sacrifício e a dedicação de funcionários que acreditam na possibilidade de a burocracia se transformar em atividade estimuladora do bom gosto e suscitadora do estudo das artes e da meditação sobre a criação de beleza e emoção."[29]

Muitos anos depois, em 1982, Marcelo Grassmann, em depoimento à Pinacoteca do Estado, recorda:

Na Europa nem tudo me causou surpresa porque tudo, praticamente, que eu vi já conhecia de uma coisa maravilhosa que era a Seção de Arte da Biblioteca, que agora é a Mário de Andrade. Sérgio Milliet punha em dia todas as revistas [...] tinha tudo sobre gravura, sobre pintura antiga e moderna. Era um período em que havia verba para essas coisas [...] embora o Brasil fosse um país pobre, não era um país tão miserável para com a cultura. Você podia ver todas as revistas de arte da Europa, na medida em que elas eram editadas.[30]

29. D'Elia, Antonio. Emplacamento em vida. *Diário de S. Paulo*, São Paulo, 9 dez. 1962.
30. Spinelli, João. *Op. cit.*, p. 8.

Ao longo de todos esses anos, a Seção de Arte reuniu um importante acervo de artistas brasileiros e estrangeiros, destacando-se, dentre outras obras, um Franz Post, guaches de Milton Dacosta, águas-fortes de Djanira, gravuras de Gerchman, Segall, Djanira, Goeldi, Grassman e Emanoel Araújo, serigrafias de Renina Katz, Fayga, Aldemir Martins, Di Cavalcanti, Cícero Dias e Carlos Scliar, xilogravuras de Bonadei, litografias de Regina Silveira e reproduções de desenhos de Segall, Carlos Scliar, Di Cavalcanti, Carybé e Tarsila.

Importante lembrar, ainda, que, em 1961, a Seção de Arte deu início à série de exposições *Ampulheta*, com calendários de empresas brasileiras, e, em 1963, a Biblioteca instituiu o *Prêmio Ampulheta*. A ideia, como confirma Chico Homem de Mello[31], era promover o calendário de arte enquanto instrumento de difusão da cultura brasileira e como campo de experimentação da linguagem gráfica. Além disso, como aponta o referido designer e pesquisador no artigo já citado, "o Prêmio Ampulheta visava também a se tornar uma plataforma para a difusão do *design* modernista". Nos júris e entre os premiados, encontravam-se nomes de destaque do *design* e da crítica de arte, como Alexandre Wollner, Karl Heinz Bergmiller, Mario Pedrosa, Sérgio Milliet, Willys de Castro, Décio Pignatari, Hercules Barsotti, Wesley Duke Lee e Walter Zanini.

Apesar da relevância do trabalho desenvolvido pela Seção de Arte, os recursos recebidos para a formação e desenvolvimento de suas coleções nunca foram satisfatórios. A esse respeito, escrevia, em 1964, Walter Zanini:

> O Serviço de Arte da Biblioteca Mário de Andrade é o que temos de melhor, mas não permite a pesquisa no verdadeiro sentido da cultura histórica. [...] Como resultado de uma série de fatores, ocorre então que da fecunda literatura artística atual que se edita na Europa, Estados Unidos e outras partes do globo, o que chega às estantes da Biblioteca Mário de Andrade deve ser inferior a 0,5% do total. Porcentagem escandalosa. Nenhum plano metódico sendo exequível em tais tristes circunstâncias,

31. Mello, Chico Homem de. O Prêmio Ampulheta e o design do signo-tempo. *Revista da Biblioteca Mário de Andrade*, São Paulo, n. 66, p. 121-133, 2010.

de que forma poderemos dar rumo mais sério à nossa cultura artística, preparar nossos novos valores?[32]

Sala de Artes Sérgio Milliet, 1950.
Acervo Museu da Cidade.

Com a criação, em 1975, da Secretaria Municipal de Cultura, foi também criado o Departamento de Informação e Documentação Artística (IDART), e todo o acervo bibliográfico de artes da BMA passou a fazer parte de uma das divisões desse Departamento – a Divisão de Biblioteca de Artes. Segundo documentação da Diretoria da Biblioteca (Of. 70/86, de 07/10/86), tal transformação só não causou danos ao atendimento porque continuou sediada no mesmo prédio até 1982.

Em maio de 1982, foi criado o Centro Cultural São Paulo (CCSP), com uma Divisão de Biblioteca, para a qual deveria ser transferido o acervo da Divisão de Bibliotecas de Arte (Lei 9.467, art. 24, parágrafo único). Aproximadamente 50.000 livros de todas as áreas, publicados da década de 60 em diante e pertencentes ao acervo da BMA, foram transferidos para a Biblioteca do CCSP, provocando uma lacuna na coleção da primeira. Naquela época, só o acervo bibliográfico de arte da Mário correspondia, aproximadamente, à metade do acervo total do Centro Cultural.

A cisão da Seção de Arte da Mário de Andrade foi, na oportunidade, objeto de um abaixo-assinado que protestava contra a fragmentação do acervo. Entendia-se que essa divisão prejudicava as atividades de pesquisa – ao desintegrar uma coleção que tinha uma coerência e uma história e colocá-la em risco, pois o precioso acervo seria, no CCSP, de acesso direto ao público.

A parte do acervo de livros de arte transferida para o Centro Cultural formou a Biblioteca Alfredo Volpi que, durante os primeiros anos de instalação, passou a ser alimentada com novas aquisições,

32. ZANINI, Walter. Bibliotecas no Brasil. *O Estado de S. Paulo*, São Paulo, 6 jun. 1964, p.1. Suplemento Literário.

em detrimento da Seção de Arte da Mário de Andrade, que continuou funcionando, mas com seu acervo dilapidado e desatualizado. Apenas na gestão da prefeita Luísa Erundina, com Marilena Chauí à testa da Secretaria de Cultura, foram reiniciadas as compras para a Seção de Arte.

Ao mesmo tempo, foram absorvidas e deslocadas para o Centro Cultural a Discoteca e Biblioteca de Música e a Biblioteca Braille. Quanto aos acervos de obras raras e a mapoteca, embora, no decreto de criação do Centro (1982), tenham sido oficialmente "transferidos" para lá, no mesmo ano essa decisão foi revogada em relação às Obras Raras, embora não em relação à Mapoteca. O fato é que, felizmente, nenhum desses acervos chegou a sair da Mário de Andrade.

A situação nos anos 90

Em 1993, as 1.200 obras de arte da Mário de Andrade que, pelo decreto de criação do CCSP, deveriam fazer parte de seu acervo, passaram a integrar a chamada Pinacoteca Municipal, formada com obras da Prefeitura que se localizavam em vários prédios públicos. Essas obras constam do catálogo "Acervo da Pinacoteca Municipal", publicado pela Divisão de Artes Plásticas em 1996.

Desfalcada de seu acervo e de quase todos os seus funcionários, a antiga Seção de Arte tornou-se apenas uma sala ligada à Seção de Obras Raras e Especiais e passou a denominar-se Sala de Artes Sérgio Milliet. Aos poucos, especialmente na gestão da prefeita Luísa Erundina (1989-1992), quando as bibliotecas públicas puderam contar com verba para aquisição de material bibliográfico, tentou-se repor as obras transferidas, o que nem sempre foi possível, porque muitas obras encontravam-se esgotadas ou não estavam disponíveis comercialmente, outras eram importadas e de difícil acesso, e outras, ainda, apresentavam custo muito alto, o que praticamente inviabilizava sua aquisição. Apesar de tudo, seu acervo ainda era significativo e importante, considerando-se, sobretudo, que muitas das obras ali existentes não eram facilmente encontradas em outras bibliotecas brasileiras.

O quadro que se segue dá uma ideia da diversidade de tipos de materiais disponíveis, bem como do volume do acervo no final dos anos 90. Não dispomos, no entanto, de uma avaliação da qualidade desse acervo. A esse respeito, encontramos apenas um rápido comentário de Walter Zanini em artigo de jornal, que indica algumas lacunas da coleção ao mencionar que, a partir de 1945, Sérgio Milliet adquiriu para a Seção de Arte muitas obras em língua francesa e inglesa, mas que descuidou da historiografia italiana e alemã.[33] Um estudo sistemático desse acervo é indispensável para a identificação de seus pontos fortes e fracos, bem como para orientar futuras aquisições.

Acervo da Sala de Artes em 1997

Tipo de material	Quantidade
Livros	23.162
Periódicos (nº de títulos)	1.053
Nacionais	309
Estrangeiros	744
Folhetos	270
Catálogos de exposições de arte	2.246
Nacionais	1.253
Estrangeiros	993
Convites de exposições e catálogos simples de artistas plásticos	2.026
Nacionais	1.654
Estrangeiros	672
Lâminas soltas ou reproduções de arte	783
Nacionais	185
Estrangeiras	598
Estampas e gravuras	-----
Nacionais	-----
Estrangeiras	-----
Calendários	325
Hemeroteca de arte	14.500

Fonte: *A Sala de Artes Sérgio Milliet, uma visão histórica e novas perspectivas*. Documento interno preparado pela equipe da Sala de Artes em 1997.

33. Zanini, Idem, ibidem.

A aquisição de material bibliográfico era centralizada no Departamento de Bibliotecas Públicas, sob a responsabilidade da Divisão de Processos Técnicos.[34] No entanto, a BMA tinha precedência sobre as demais bibliotecas da rede de bibliotecas públicas no caso da aquisição de um ou poucos exemplares de determinada obra; isso ajudou a garantir a entrada de algumas obras no acervo. Comparado ao material nacional e importado disponível na praça, o crescimento do acervo da Sala de Artes foi ínfimo, nos anos 90, e, no final desse período, era notória a desatualização do acervo.

Observa-se que, infelizmente, a situação que Walter Zanini identificou, em 1964, não só não mudou como, pior que isso, parece ter-se agravado no final da década de 1990.[35] Naquela ocasião, afirmava o referido professor:

> Os fichários demonstram que as compras permanecem esporádicas, com seu cortejo de empecilhos [...] das verbas totais destinadas à Biblioteca, o que presumimos deva chegar ao Serviço de Arte anualmente é inferior ao que um indivíduo modesto pode adquirir.[36]

Além da crônica falta de recursos da Secretaria Municipal de Cultura para as bibliotecas, a falta de pessoal para o processamento técnico do material, a necessidade de racionalização dos procedimentos, de modernização de equipamentos e de infraestrutura mínima nas

34. A Biblioteca Mário de Andrade foi, até 2005, subordinada ao Departamento de Bibliotecas Públicas da Secretaria Municipal de Cultura e não era unidade orçamentária. A Divisão de Processos Técnicos desse Departamento era responsável pela aquisição e processamento de material da Biblioteca e da Circulante, da Biblioteca Sérgio Milliet (do CCSP), das 26 ramais em funcionamento, de um acervo de reserva e dos acervos do ônibus-biblioteca e do Bosque da Leitura (no Parque Ibirapuera).

35. A dotação orçamentária para a aquisição de material bibliográfico para as bibliotecas da Secretaria Municipal da Cultura em 1997 não foi integralmente utilizada, pois os recursos não foram liberados a tempo. Os procedimentos de aquisição de livros, na Prefeitura do Município, eram e ainda são muito morosos em função de exigências burocráticas; por essa razão não se conseguiu, naquele ano, gastar o total da verba disponível. Já em 1998, a dotação orçamentária foi irrisória – desta vez, os obstáculos eram mesmo financeiros e não burocráticos... Em artigo sobre o assunto publicado, em 1997, na *Folha de S. Paulo*, o jornalista Elio Gaspari comentou: "O esvaziamento das bibliotecas é produto de um sistema perfeitamente controlado pela burocracia. Não funciona e custa o dobro, mas está dentro das normas." GASPARI, Elio. Comprar livro é mais difícil do que comprar cocaína. *Folha de S. Paulo*, 26 out. 1997. p.12. Caderno 1.

36. ZANINI. Idem, ibidem.

bibliotecas, tornava esse serviço muito moroso, implicando grande lapso de tempo entre a aquisição e a inserção no acervo[37].

Quanto ao número de funcionários, a Sala de Artes contava, no final de 1997, com quatro bibliotecários e dois auxiliares, encarregados do atendimento, da organização da hemeroteca de arte, da coleta e do processamento de doações de livros, folhetos, catálogos de exposições e periódicos e da indexação de alguns títulos de periódicos.

Dos bibliotecários da Sala de Artes não se exigia nenhuma formação especializada. Desta forma, sua aproximação da área se fazia gradativamente, pelo contato com o acervo e pelas pesquisas feitas durante o atendimento ao público. Por iniciativa e esforço pessoal, as bibliotecárias procuravam enriquecer seus conhecimentos participando de cursos, palestras e eventos da área, quase sempre fora de seu horário de expediente.

As atividades da hemeroteca envolviam a leitura, recorte, indexação e armazenamento de matérias de quatro jornais paulistanos – *Folha de S. Paulo*, *O Estado de S. Paulo*, *Jornal da Tarde* e *Diário Popular* – além da revista *Veja* e de outras que a bibliotecária encarregada se empenhava pessoalmente em obter.

O atendimento ao público era personalizado, mas enfrentava algumas dificuldades: de um lado, apesar de parte da coleção estar informatizada, não havia terminal nem computador na Sala, o que obrigava o usuário a utilizar o tradicional fichário; de outro lado, apenas a coleção de referência era de livre acesso, estando o restante da coleção disperso em três andares diferentes e, mesmo assim, em espaço insuficiente. Além disso, parte da coleção estava inacessível por falta de armazenamento adequado, como era o caso das reproduções, lâminas soltas, estampas, calendários e fotos. A falta de atualização do acervo e o atraso no processamento dos livros, a que nos referimos acima, também prejudicavam o bom desempenho da biblioteca.

O usuário da Sala de Artes era diversificado, tanto em relação à formação e escolaridade, quanto ao local de residência. Um estudo

37. No final de 1997, havia oito bibliotecários envolvidos nos serviços de processamento técnico de todos os tipos de materiais (livros, periódicos, CDs, mapas, vídeos, etc), recebidos tanto por compra como por doação. Muitas obras recebidas em doação pelas bibliotecas eram processadas nessas unidades, para poderem ser imediatamente consultadas. Ficavam, no entanto, fora da base de dados centralizada, como se não existissem na rede...

realizado por amostragem, a partir das fichas de requisição de obras, demonstrou que o público que utilizava a Sala era composto principalmente por estudantes de primeiro, segundo e terceiro graus, com maior incidência sobre a segunda categoria, e que a maioria desse público morava ou no Centro e em bairros próximos, como Santa Cecília, Bela Vista, Higienópolis e Consolação, ou em bairros mais distantes, em que talvez não houvesse uma biblioteca ramal próxima. Vários usuários vinham, ainda, de cidades vizinhas – a maioria da Grande São Paulo, como Ferraz de Vasconcelos, Guarulhos, Osasco, Santo André, Carapicuíba, Embu e outras.

Outros usuários, não estudantes, também frequentavam a Sala de Artes, sendo alguns profissionais de áreas de arte ou correlatas – tais como: desenhistas, fotógrafos, produtores, projetistas, antiquários, animadores culturais, jornalistas etc. – e outros, profissionais liberais – advogados, médicos, engenheiros etc. – ou trabalhadores de instituições públicas ou privadas – funcionários públicos, bancários, professores, comerciantes, auxiliares administrativos etc. Destacava-se, ainda, a presença de desempregados na Sala de Artes, embora a sua maior afluência se verificasse em outras áreas da Biblioteca, particularmente na sala de leitura de jornais (Sala de Atualidades). O pesquisador continuava frequentando eventualmente a Sala de Artes, porque sabia que encontraria lá material não disponível em outras bibliotecas, mas o usuário artista era raro.

Quanto ao volume de público, de acordo com os relatórios, a Sala de Artes apresentou, no período de 1987 a 1997, uma média aproximada de 776 usuários por mês.[38] Considerando-se que nessas estatísticas entram todos os usuários da Sala de Artes – não apenas os interessados em Artes Plásticas – trata-se de um número relativamente baixo de consultas, se comparado a outras bibliotecas com a mesma gama de assuntos. Pode contribuir para isso não apenas o fato de suas coleções não serem de livre acesso ao usuário, o que os deixaria mais à vontade para consultar o acervo, mas também a falta de atualização

38. Fonte: Relatórios da Sala de Artes, 1987-1997. É importante registrar que não houve atendimento no período de agosto de 1991 a dezembro de 1992, quando a Biblioteca passou por uma grande reforma. De 1993 em diante, o atendimento foi restrito a livros e hemeroteca, por estar o restante do material em difíceis condições de acesso.

Sala de Artes Sérgio Milliet.
Foto: Sylvia Masini, 2011.

do acervo e a falta de divulgação do mesmo, sobretudo junto às faculdades e escolas de arte da cidade.

A Sala de Artes, apesar de contar com funcionários interessados em reanimá-la, mantinha relações apenas eventuais com bibliotecas e serviços de documentação afins da própria Secretaria Municipal de Cultura – como a Biblioteca Alfredo Volpi e o Arquivo Multimeios do CCSP – e raras com outras bibliotecas de arte. Não havia uma troca sistemática de informações, experiências e materiais entre essas bibliotecas, que talvez pudesse contribuir para ampliar seu público e seu acervo e evitar a duplicação de serviços.

A questão dos funcionários era grave nas bibliotecas da Prefeitura no final dos anos 1990, pois, em razão da crise na área de Saúde, provocada pela criação do PAS[39], muitos funcionários daquela área fo-

39. O PAS (Plano de Atendimento à Saúde) foi criado pelo ex-prefeito Paulo Maluf em 1995 e implementado, a partir de 1996, na forma de uma cooperativa de trabalho; posteriormente, foi absorvido pelo SUS, em 2001. Na época, centenas de funcionários públicos estáveis, que não quiseram se desligar da Prefeitura para se reunir em cooperativa, foram transferidos para outras secretarias, principalmente a SMC, carente de recursos humanos.

ram transferidos para as bibliotecas públicas, apesar de sua formação especializada: assistentes sociais, auxiliares de enfermagem e outros. Esses funcionários não tinham formação adequada para desenvolver atividades na área de Cultura. Alguns, poucos, receberam treinamento, envolveram-se com as novas atividades e apresentaram bom desempenho. Mas constituíam exceções. A maioria não se adaptou e, revoltada com a sua situação, além de se mostrar improdutiva, perturbava o ambiente de trabalho.

O abandono das bibliotecas públicas e, dentro delas, de seus setores de arte, retratava o estado lastimável em que se encontravam as instituições públicas paulistanas e é metonímia para a falência do setor público em nosso país. As bibliotecas de arte foram gradualmente perdendo seus públicos e ficaram praticamente homogeneizadas no atendimento ao estudante. Saídas para esta situação poderiam ser buscadas nos valores presentes na própria história da instituição, que denotam comprometimento com a sociedade, e na busca de articulações que permitissem um trabalho diferenciado na área, fundado, sobretudo, na parcela de seu acervo dificilmente encontrada em outra biblioteca.

Os anos 2000

> *"Não se pode acreditar que a situação observada possa perdurar, 'para grande perda de uma cidade que não pode crescer apenas pela altura de seus edifícios'."*
>
> Zanini, p. 1[40]

A Biblioteca Mário de Andrade não conseguia, no final dos anos 1990, esconder sinais de anos de decadência: o espaço era inadequado; os funcionários – os poucos que ficaram, levando-se em conta que uma boa parte do pessoal mais antigo se aposentou e outra parte pediu demissão ou afastamento – encontravam-se desmotivados, sem liderança e sem direção, cabendo aos funcionários mais comprometidos com a história e a missão da instituição um papel de resistência, no esforço para impedir o caos. Quanto ao acervo, em razão da falta crônica de recursos, mostrava-se esfacelado e desatualizado. A

40. Zanini. Idem, ibidem.

Biblioteca deixou de caracterizar-se como um espaço especializado, atendendo a pesquisadores, artistas e intelectuais, e passou a atender, como de sorte as outras áreas da Biblioteca, a um público constituído, em sua grande maioria, por estudantes de segundo grau.

A situação da área de bibliotecas no momento em que a nova prefeita – Marta Suplicy – assumiu, em 2001, era, portanto, desanimadora: não havia política, não havia projeto e, arrisco-me a dizer, não havia mais equipe. A crise na Prefeitura do Município e o descaso com a área de cultura nas duas gestões precedentes foram fatores relevantes na perda dos funcionários mais antigos e familiarizados com a área e com o acervo de arte e na desatualização dos acervos.

A BMA foi, nessa gestão, objeto de um projeto de reestruturação de serviços, modernização de instalações e equipamentos e de ampliação e reforma de espaço físico. No entanto, em que pese o esforço dos dirigentes, as ações realizadas não conseguiram superar a situação de fragilidade da Biblioteca, que atingiu, naturalmente, sua área de artes.

No final da gestão de Marta Suplicy, a reforma e ampliação do espaço físico, que seria financiada pelo Banco Interamericano de Desenvolvimento (BID), ainda não se havia efetivado. Da mesma forma, a situação da estrutura organizacional da Biblioteca não chegou a ser alterada apesar dos estudos desenvolvidos e de propostas nesse sentido.[41] A BMA continuava dependendo do Departamento de Bibliotecas Públicas para tudo e, mais especificamente, da sua área de Processos Técnicos para as aquisições e processamento técnico, sem uma política própria de aquisição e desenvolvimento de coleções.

Nessas condições, o acervo da Sala de Artes não foi significativamente ampliado em relação à situação encontrada em 1997. Apenas para ilustrar, pode-se verificar um rápido quadro comparativo da situação em 1997 e em 2004, em relação a dois acervos importantes, o de livros e o de periódicos:

41. Em 6 de outubro de 2005, pelo Decreto n. 46.434, foi criado o Sistema Municipal de Bibliotecas (foram extintos o Departamento de Bibliotecas Públicas e o Departamento de Bibliotecas Infanto-Juvenis), e o Departamento Biblioteca Mário de Andrade. Criaram-se, então, alguns cargos, mas a Biblioteca ainda não passou a ser, nesse momento, unidade orçamentária. Isso só ocorreu em 30 de dezembro de 2009, pela Lei n. 15.052, que reorganizou a Biblioteca, possibilitando a ampliação da estrutura organizacional e de cargos e melhores condições de funcionamento.

Acervo da Sala de Artes em 1997 e 2004

Tipos de materiais		1997	2004
Livros		23.162	ca. 24.500
periódicos	Nacionais	309	374
	estrangeiros	744	754

Considerando-se que a indústria editorial apresentou um crescimento acentuado nos últimos anos, um crescimento inferior a 200 volumes anuais nas áreas de artes é irrisório, sobretudo porque nesse total incluem-se também as obras recebidas em doação. Em relação aos periódicos, vale registrar que, lamentavelmente, quase todos os títulos existentes no acervo estavam descontinuados, o que significa que a Sala de Artes não possuía um acervo atualizado e representativo do panorama das artes no Brasil e no mundo.

Sem a mudança da estrutura organizacional, também a situação orçamentária e de recursos humanos não melhorou. Os funcionários da Sala de Artes resumiam-se, no início do ano 2000 a apenas dois – uma bibliotecária encarregada do Setor (oficialmente, a Sala de Artes era o Setor de Iconografia da Seção de Obras Raras e Especiais da BMA), e uma auxiliar de biblioteca – além de um estagiário em tempo parcial, que ajudava no atendimento e na guarda de material.

As estatísticas relativas ao público da Sala de Artes certamente seriam mais animadoras se o acervo fosse mais atualizado e tivesse boa divulgação. Registrou-se, em 2004, a média de 200 usuários por mês, o que significa cerca de 10 usuários por dia. Quanto às consultas, verificou-se uma média mensal de 340 volumes de livros, 40 títulos de revistas e 35 pastas de hemeroteca (basicamente em Música, Pintura, História da Arte e Arquitetura).

Em janeiro de 2005, com o início do governo de José Serra, houve mudanças na Diretoria da Biblioteca – Luis Francisco de Carvalho Filho, advogado e escritor, foi nomeado Diretor – embora o quadro técnico não tenha sido alterado. Conseguiu-se, finalmente, nessa gestão, aprovação de um novo projeto de modernização e restauro da BMA dentro do programa de revitalização do centro de São Paulo, financiado pelo BID (gestão Carlos Augusto Calil, 2005-2012).

Entre 2007 e 2010 a Biblioteca permaneceu fechada para reforma de suas instalações, restauro e modernização. Nessa ocasião, graças à implantação de sua nova estrutura organizacional e à ampliação de seu quadro de pessoal, foi possível reabrir a BMA com melhores condições de funcionamento, embora ainda longe do ideal, considerando o atraso crônico nos serviços ligados à preservação e tratamento técnico do acervo. A Sala de Artes contava, no final de 2010, com 27.000 livros, cerca de 1.200 títulos de periódicos (alguns dos quais não existem em outras bibliotecas brasileiras) e cerca de 70.000 materiais diversos de Artes, mas a maior parte desse acervo não estava catalogado *online* – era, ainda, uma coleção praticamente invisível em tempos em que os documentos que não podem ser buscados na *internet* são praticamente indisponíveis. Apenas em 2004 o acervo havia começado a ser disponibilizado *online*.

Acervo de livros catalogados (no sistema online e em fichas)

Tipos de materiais	2010	2011	setembro 2012
Livros	ca. 27.000	28.454	29.279

Em 2011, com a reabertura da Biblioteca, foi definida a equipe que trabalharia em Artes e foram normalizadas as condições de atendimento ao público. O primeiro desafio enfrentado foi recuperar os antigos frequentadores e atrair novos. Para tanto, além de um atendimento de qualidade, foram iniciados contatos com instituições de ensino, galerias de arte e instituições culturais, no sentido de divulgar o acervo e os serviços da Sala de Artes. Paralelamente, foram desenvolvidos projetos culturais voltados à aproximação de públicos especializados e à formação de públicos para a pesquisa em arte. Destacam-se, especialmente, as atividades na área de música, palestras na área de Patrimônio Cultural e cursos relacionados à história da arte[42].

42. O ciclo *História(s) da Arte no Brasil* visa apresentar ao público um panorama do que se escreveu e discutiu sobre a história da arte no Brasil, desde as primeiras iniciativas ocorridas ainda no século 19 até o fim do século 20, e, com isso, atrair pesquisadores, ajudar na redescoberta de obras e autores e destacar a multiplicidade das formas de afirmação das narrativas sobre a história da arte em nosso país (ver maiores informações na seção Miscelânea, nesta Revista).

O horário de atendimento ao público foi ampliado de forma a atrair os públicos frequentadores da programação cultural. Além disso, a Sala de Artes integrou-se à programação cultural da Biblioteca, organizando exposição de seu acervo e preparando material informativo. Com isso, pouco a pouco a Biblioteca vem-se firmando como espaço de pesquisa nas áreas de Artes, recuperando antigos públicos e formando novos. Esse trabalho é longo, mas já se começam a sentir os primeiros indicadores de intensificação de uso da Sala de Artes. A média de frequentadores da Sala, que ainda consideramos muito baixa, foi, no primeiro ano de reabertura da Biblioteca, de 450 usuários por mês, com uma consulta média de 750 obras. Um estudo de perfil de público e de índice de satisfação com acervo e serviços está planejado e pretende-se que seja, nos próximos meses, implementado.

Apesar de considerada uma das prioridades da Biblioteca, ainda não houve condições de se proceder à catalogação *online* das coleções retrospectivas de livros e periódicos. Apenas os periódicos correntes e as novas aquisições estão acessíveis *online*. No que diz respeito aos livros, uma das dificuldades encontradas consiste na dificuldade de adoção de um vocabulário controlado nas áreas de artes pelo Sistema Municipal de Bibliotecas.

O acervo de Artes é muito volumoso e levará tempo para ser inventariado e disponibilizado *online*, levando-se em conta a reduzida equipe de Artes. No entanto, há políticas para o acervo e para o atendimento e procedimentos já implantados, o que garante uma direção aos trabalhos, ainda que estes não possam ser finalizados com a desejada rapidez.

Ainda que não tenha atingido a situação ideal de atendimento e de organização dos acervos, a BMA já retomou seu espaço na cidade e a Sala de Artes vai, pouco a pouco, sendo descoberta pelas novas gerações de pesquisadores e público em geral, e redescoberta pelos que, por razões diversas, deixaram de frequentar o espaço. São Paulo mudou. Na São Paulo de hoje, cheia de museus, galerias e centros culturais, não existe, naturalmente, a expectativa de que a Seção de Arte volte a ser um espaço privilegiado de contato com a arte. Suas funções mudaram; no entanto, como fonte de informação, sua função continua a mesma.

Sala de Artes Sérgio Milliet.

Foto: Sylvia Masini, 2011.

O acervo das bibliotecas universitárias – particularmente das públicas – foram reforçados. A internet surgiu, contribuindo também para alterar hábitos de pesquisa. No entanto, há indícios de que a Sala de Artes tem potencial para voltar a ser polo privilegiado de pesquisa em razão de seu acervo, da qualidade de seu atendimento e das ações culturais integradas desenvolvidas na Biblioteca Mário de Andrade para ampliar conhecimento, discutir ideias, formar público para as artes, apurar o gosto artístico e estético, ou, simplesmente, usufruir bens e serviços que lhe são gratuitamente oferecidos.[43]

Agradecimento

A Rizio Bruno Sant'Ana, curador de Obras Raras e Especiais da BMA, pela colaboração na elaboração deste artigo.

43. Merecem destaque especial aqui, além de cursos, os concertos regulares do *Quarteto de Cordas da Cidade de São Paulo* (programa mensal regular desde janeiro de 2011) e as palestras integradas ao programa operístico do Theatro Municipal (iniciado no segundo semestre de 2012).

Fac-Símile

Nesta seção, o poeta, pesquisador e professor Omar Khouri revela uma obra muito significativa que pertence à Coleção de Obras Raras e Especiais da Biblioteca Mário de Andrade. Trata-se do livro-objeto *I CHING CHANCE CHANGE*, de Julio Plaza, obra artesanal concebida e confeccionada pelo próprio artista entre 1977 e 1978. O exemplar da Biblioteca (que é um dos 5 exemplares publicados) foi adquirido na Livraria Kosmos, em 1981. *I CHING CHANCE CHANGE* traz, "a começar pelo título"– como aponta Omar Khouri, que conviveu com Julio Plaza e vários poetas e artistas-pensadores na cidade de São Paulo – "uma enorme carga de referências, que se estende de Oriente a Ocidente, de Confúcio e seus antecessores a Augusto de Campos e companheiros".

Julio Plaza e o livro pensado como objeto artístico

OMAR KHOURI*

> *O meu primeiro "paideuma" artístico aconteceu no Museu do Prado em Madrid. [...] Naquela época, eu já manifestava o desejo de construir e não de expressar. [...] Começo a perceber uma Espanha da expressão que oculta e abafa uma Espanha da construção.*
>
> Julio Plaza. *Memorial...*, 1994

Penso que, quando se for fazer um levantamento e estudo histórico-crítico acerca dos estrangeiros que tiveram papel de relevo na arte brasileira – tanto aqueles que aqui chegaram ainda durante a infância, como os que já aportaram com uma certa maturidade, ou mesmo os que marcaram presença e retornaram à terra de origem – o nome de Julio Plaza González (Madrid, 1938–São Paulo, 2003) aparecerá com grande destaque, ao lado de artistas como Eliseu Visconti, Victor Brecheret, Lasar Segall, Alfredo Volpi, Franz Weissmann, Ernesto de Fiori, Sanson Flexor, Tomie Ohtake, Lothar Charoux, Mira Schendel, León Ferrari, Antonio Lizárraga e outros. Tendo chegado ao país (no Rio de Janeiro) em fins dos anos 60 do século passado – e com um afastamento de quatro anos (1969-1973), que foi quando permaneceu em Porto Rico, em função de atividade

* Omar Khouri é Mestre e Doutor em Comunicação e Semiótica: Literaturas-Artes pela PUC-SP e Livre-Docente em Teoria e Crítica da Arte pelo Instituto de Artes da Unesp, do qual é professor. Poeta e crítico de linguagens, é autor de *Jogos e fazimentos*, *Poemas: sob a égide de Eros*, *Poemas da mãe* e *Revistas na era pós-verso*, e tem participação em revistas como *Artéria*, *Zero à Esquerda*, *Qorpo Estranho*, *Muda*, *Caspa*, *Kataloki*, *Atlas* e outras.

docente e artística, já casado com a também artista Regina Silveira – construiu aqui uma vida em que a Arte, ou o que entendemos por Arte, deu a tônica. Presença singularíssima no ambiente artístico da Pauliceia, atuou em várias vertentes: da programação gráfica à docência, passando por "fazedor", em seu sentido o mais amplo, laborando em um universo sem fronteiras, que abrangia artes visuais, poesia, teoria, pesquisa em novas tecnologias/novas linguagens.

Em São Paulo, a partir de 1973, residiu à Rua Baronesa de Bela Vista (próximo ao Aeroporto de Congonhas), Rua Capital Federal (Perdizes) – aqui, algumas errâncias – e terminando na Rua Agissê (Pinheiros), onde um AVC o matou em questão de horas. Julio Plaza: um artista-crítico-pensador: o rigor presente em todas as seções atingidas pela sua curiosidade (entendida como etapa inicial para se chegar ao estágio do conhecimento).

É grande a contribuição artística de Júlio Plaza em seu percurso brasileiro, a qual merecerá muitos estudos, tais como:

1. A fase construtiva, em que a abstração geométrica (bi e tridimensional/tridimensionalizável) dá a tônica.

2. Os trabalhos em parceria com Augusto de Campos: *Poemóbiles*[1], *Caixa Preta*[2] e *Reduchamp*[3].

3. Metalinguagem: a que comparece em seus trabalhos artísticos – a arte tratada pela arte – e em seus textos teóricos, do videotexto às poéticas digitais. Veja-se a exposição *Os/As Meninos/Meninas*[4], uma releitura de e homenagem a Velázquez – um verdadeiro *site specific*, em 1977 – o conceitualismo que perpassa a sua obra.

4. Reprodutibilidade: um valor que veio a possibilitar a um número muito maior de pessoas o acesso a obras de alto nível. Ou seja, a elaboração de trabalhos que poderiam ser reproduzidos, sem perda de informação estética.

5. Sua colaboração com revistas de poetas intersemióticos: de *Código* a *Artéria* e *Qorpo Estranho*, além das que ele ajudou a editar e/ou elaborar o projeto gráfico.

1. CAMPOS, Augusto de; PLAZA, Julio. *Poemóbiles*. São Paulo: Edição dos Autores, 1974. [3.ed., 2010]
2. CAMPOS, Augusto de; PLAZA, Julio. *Caixa preta*. São Paulo: Edições Invenção, 1975.
3. CAMPOS, Augusto de; PLAZA, Julio. *Reduchamp*. São Paulo: Edições STRIP, 1976. [2.ed., 2009]
4. Os/As Meninos/Meninas. Catálogo da mostra. São Paulo: Galeria Arte Global, 1977.

6. Livro de artista: Julio Plaza não só realizou alguns importantes trabalhos nesta área (como o que é o objeto central deste texto), como teorizou sobre o assunto, elaborando uma classificação bastante útil.

7. O encantamento pelas palavras: jogos anagramáticos e paronomásicos (trocadilhescos), os palíndromos.

8. *Tradução intersemiótica*[5]: tese que ele desenvolveu a partir de uma preciosa sugestão em texto do linguista Roman Jakobson[6], e sua frutificação, em termos de trabalhos criativos, como decorrência dessa experiência teórica.

9. As novas tecnologias: videotexto, holografia, computador foram-se tornando recursos corriqueiros na vida de Julio Plaza. Foi pioneiro, no Brasil, na utilização do videotexto[7] como instrumento para a arte.

10. Sua atividade docente: desenvolvida mormente na FAAP e na ECA-USP, mas também no Aster (centro de estudos e escola de arte que funcionou por pouco tempo – de 1978 a 1981 – numa casa da Rua Cardoso de Almeida, bairro das Perdizes, em São Paulo, capital, tendo à frente Julio Plaza, Regina Silveira, Donato Ferrari e Walter Zanini. Oferecia toda uma diversidade de cursos práticos e teóricos, da litografia ao vídeo, passando pela semiótica das artes) e na Unicamp, e que abrangeu três gerações de alunos, das quais emergiram artistas atuantes em São Paulo, em todo o Brasil e no exterior.

A questão livro de artista entra, na obra de Julio Plaza, como um dentre os muitos capítulos que se entrelaçam e formam um conjunto que, muito embora recuse rótulos ou estilo definido, apresenta coerência. Paul Valéry, num texto teórico primoroso e muito útil, intitulado "Poesia e pensamento abstrato"[8], vê o poeta – e poderíamos estender isto aos artistas de um modo geral – como alguém que não só é capaz de pensamento abstrato, mas que faz deste condição indispensável para que ele possa vir a ser um poeta. O artista sempre se ocupa da reflexão acerca de seu afazer, explicitando ou não seu

5. PLAZA, Julio. *Tradução intersemiótica*. São Paulo: Perspectiva; Brasília: CNPQ, 1987.
6. JAKOBSON, Roman. *Linguística e comunicação*; trad. de Izidoro Blikstein e José Paulo Paes. 7.ed. São Paulo: Cultrix, 1974. [21.ed., 2008]
7. PLAZA, Julio. *Videografia em videotexto*. São Paulo: Hucitec, 1986.
8. VALÉRY, Paul. *Variedades*; trad. de Maiza Martins de Siqueira. São Paulo: Iluminuras, 1991. [3.reimpr., 2007]

pensamento por meio de discurso oral ou escrito, porém a reflexão em forma de texto tornou-se marca registrada da atuação artística, do Modernismo à Contemporaneidade.

Julio Plaza se enquadra na estirpe de artistas-pensadores que se preocupam com fazer textos críticos e teóricos, além de toda uma descoberta do potencial poético do verbal, fruto de sua convivência com grandes poetas, principalmente os da vertente do Concretismo, na cidade de São Paulo. Daí ter produzido textos teóricos, como *Videografia em videotexto*, sua dissertação de mestrado, e *Tradução intersemiótica*, sua tese de doutorado, além de muitos outros de menor extensão, preocupado que andou com classificações, a partir principalmente de seus estudos da semiótica peirceana, o que tem tudo a ver com sua pós-graduação em Comunicação e Semiótica, na PUC-SP.

Seu texto sobre 'livro de artista'[9], que apareceu em duas partes na revista *Arte em São Paulo*, no ano de 1982, diz o quanto esteve preocupado com classificações (que continuarão no centro de suas cogitações), 'livro de artista' este que, desde muito antes, o atraía enquanto uma das modalidades artísticas ao alcance dos "fazedores" – e o linguista-pensador sensível que foi Roman Jakobson chegou a norteá-lo em algumas ocasiões: no que diz respeito à Função Poética – isto é, quando ocorre a paradigmatização do sintagma – e à Tradução Intersemiótica ou Transmutação, ou mesmo Transcodificação. A teoria jakobsoniana o auxiliou na explicação do que faz do livro-enquanto-objeto uma obra de arte, ou seja, o que faz do objeto-livro arte, chamando a atenção para a sua fisicalidade-livro. Já desde os anos 1960 Julio Plaza elaborava livros de artista, carregados de herança construtiva e impregnados de um conceitualismo que cada vez mais determinou a sua obra, que se foi tornando cada vez mais seca e rara. Plaza se encantou em expressar-se verbalmente, também enquanto poeta, trabalhando ambiguidades, paronomásias e anagramas (paragramas), palíndromos, tanto em textos de teor poético, que se integravam a formas do universo da visualidade – *a vela a leva* e *braque quebra*, entre outros – como em aforismos, que traziam uma dimensão de humor e corrosão – *cítricos para críticos*.

9. PLAZA, Julio. O livro como forma de arte (I). *Arte em São Paulo*, São Paulo, n. 6, abril 1982; PLAZA, Julio. O livro como forma de arte (II). *Arte em São Paulo*, São Paulo, n. 7, maio 1982, ambas editadas por L. P. Baravelli.

Julio Plaza, nos anos 1970, realizou, com o poeta Augusto de Campos, importantíssimos trabalhos que contam muito para as artes-gráficas-plásticas-poéticas do país. Foram três obras que fizeram, à época de sua publicação, a alegria dos aficionados da experimentação artística: *Poemóbiles* (1974), *Caixa preta* (1975) e *Reduchamp* (1976). Uma quarta obra seria a leitura grafo-semântico-sonora do "Inferno de Wall Street", do Canto Décimo do *Guesa*, de Sousândrade, que ficou nos primeiros estudos, alguns dos quais mostrou-me, à época, Julio Plaza.

Poemóbiles: conjunto "verbivocovisual" e táctil, precedido pelos *Objetos* serigráficos de Julio Plaza, edição 1969 de Julio Pacello[10], que já vêm com um poema de Augusto de Campos – "Abre" – tridimensionalizado e cromatizado. *Caixa preta*: inacreditável exposição portátil – comportando interatividade, pois trazia peças de Julio Plaza e Augusto de Campos a serem montadas pelo leitor-apreciador e, por outro lado, um disco (compacto simples) em que Caetano Veloso oralizava/cantava dois poemas de Augusto de Campos. *Reduchamp*: com texto poético-metalinguístico de Augusto de Campos + ícones de Julio Plaza: uma bela avaliação/leitura verbal/não-verbal da obra de Marcel Duchamp, artista este que mudou a concepção que se tinha de objeto artístico, assim como apontou para a prevalência da ideia, do conceito na Arte. Outros trabalhos apareceram com algum grau de colaboração entre os dois, tais como diagramação, utilização das novas tecnologias, estas muito apreciadas por Augusto de Campos – como já se podia ver no seu texto-manifesto de apresentação do *Poetamenos*[11], de 1953 – participação em eventos vários: revistas, exposições de poemas – da holografia, em que teve papel importante Moysés Baumstein, ao videotexto e luminosos computadorizados, laser-poemas etc.

O livro artesanal de Julio Plaza *I Ching Chance Change*[12] é o menos conhecido de seus livros de artista, primeiro, porque sendo totalmente artesanal, teve uma tiragem diminuta – talvez (não se sabe ao certo) tenham sido feitos apenas 5 exemplares. Ou seja, tornou-se raridade logo que, em fins dos anos 1970, foi confeccionado pelo próprio artista no muque/na raça. Eu, particularmente, tive notícias da obra

10. Plaza, Julio. *Objetos*. São Paulo: Julio Pacello, 1969.
11. Campos, Augusto de. *Poetamenos*. São Paulo: Edições Invenção, 1973.
12. Plaza, Julio. *I Ching chance change*. São Paulo: Edição do Autor, 1979.

pelo próprio Julio Plaza que ma mostrou (residindo, então, à Rua Baronesa de Bela Vista), com quase nenhum comentário, dizendo, no entanto, que ofereceria um exemplar, tinha a intenção de vendê-lo ao velho Braga, o Edgard Braga (1897-1985), obstetra e poeta, espécie de guru para os então jovens poetas Tadeu Jungle, Walter Silveira, Arnaldo Antunes. Pouco ou quase-nada sabia eu sobre o *Livro das Mutações*[13] chinês, alguma coisa, talvez, sobre hexagramas, e o teor oracular impregnado de acaso que a coisa trazia. Vaga ideia. Plaza tornou algumas páginas do enorme livro, com o sorriso que o caracterizava e apenas fez menção à estranheza dos materiais por ele utilizados para confeccioná-lo.

Num memorial circunstanciado, apresentado para concurso na ECA-USP[14], em 1994, não menciona este, mas outro livro (um certo Oriente atraía o madrileno, assim como o poeta curitibano Paulo Leminski que, nos anos 1970, frequentava, quando em São Paulo, a residência de Julio Plaza e Regina Silveira): *I Ching change*[15], em offset, papel cuchê, tiragem: 300 exemplares, que traz a chancela de edições STRIP (às vezes S.T.R.I.P. = Sindicato dos Trabalhadores na Indústria

13. WILHELM, Richard. *I Ching: o livro das mutações*; trad. de Alayde Mutzenbecher e Gustavo Alberto Corrêa Pinto. São Paulo: Pensamento, 2006.
14. *Memorial circunstanciado* [de formação artística, científica e atividades... apresentado ao Depto. de Artes Plásticas da ECA-USP (para fins de concurso)]. São Paulo, março de 1994.
15. PLAZA, Julio. *I Ching change*. São Paulo: Edições STRIP, 1978.

Poética), selo parodístico criado dentro de um espírito de Tropicália, por Luís Carlos Borges, e utilizado principalmente por Villari Herrmann para a publicação de muitos de seus livros e poemas, editados quase que sempre de maneira autônoma e autofinanciados (Plaza chegou a utilizar a sigla em algumas outras de suas publicações).

A obra vem datada de "1978, SP BR", sendo dedicada ao trio noigandres: "Para Augusto de Campos Décio Pignatari Haroldo de Campos", e traz 14 hexagramas, construídos, ao invés de linhas, com faixas (inteiras e partidas), sendo que o elemento linha entra para delimitar as mencionadas faixas (no *Memorial*, Plaza cita a obra com incorreções, a começar pelo título que, ao invés de *change* traz *chance* – I Ching-Chance, e o data de 1979). Há um extremo rigor na geometria dos hexagramas que, somado à perfeita simetria, devem ter provocado o fascínio no artista que, como complementação, elaborou três quadros – tinta acrílica sobre tela colada em placas de Duratex 100 x 70 cm – em que aparecem os hexagramas de números 1, 2 e 11 (ou 12, com um giro de 180 graus). O poema-epígrafe de Paulo Leminski – "p leminsky" – datado de 78: "um pouco de mao / em cada poema que ensina / quanto menor / mais do tamanho da china".

O livro artesanal *I Ching chance change* participou em 1994 da Bienal Brasil Século XX, conforme etiqueta colada no fundo (canto inferior esquerdo) da caixa-invólucro do exemplar pertencente à coleção de Obras Raras e Especiais da Biblioteca Mário de Andrade, por empréstimo da Instituição, conforme catálogo da mostra que traz, à página 510, um índice da seção "Livros de Artistas"[16]: "JÚLIO PLAZA. *I Ching*. São Paulo, ed. do artista, 1979. Col. Acervo da Biblioteca Mário de Andrade. Tiragem: 5 exemplares". Tais informações devem ter sido passadas à época pelo próprio Julio Plaza a Cacilda Teixeira da Costa, curadora dessa seção da grande mostra, juntamente com Walter Zanini. A obra também participou da exposição *Livro-Objeto: a fronteira dos vazios*[17], no MAM-SP, com curadoria de Marcio Doctors, em março-abril de 1995, constando, no catálogo, do "Elenco de obras", à página 33: "77 – JULIO PLAZA, I CHING, 40 x 40 cm c., técnica mista,

16. BIENAL Brasil Século XX. Catálogo da exposição; curador geral Nelson Aguilar. São Paulo: Fundação Bienal de São Paulo, 1994.

17. LIVRO-Objeto: a fronteira dos vazios. Catálogo da mostra; curador Marcio Doctors. São Paulo: MAM, 1995.

ed. da (sic) artista, 1979 c. Tiragem: 5 exemplares s/ assinatura. (Col. particular)". Dos 5 exemplares referidos, localizei 2: o da Biblioteca Mário de Andrade, que deu origem a este artigo e que pude consultar, e o da Pinacoteca do Estado, doação de Regina Silveira, que o havia adquirido em época recente. O exemplar da Mário de Andrade, como consta de anotação a lápis na terceira folha (canto superior esquerdo), foi adquirido na (Livraria) Kosmos, por 88.000,00 (cruzeiros), em 16.04.81. Outra pesquisa poderá esclarecer o paradeiro dos demais exemplares que, certamente, ainda existem.

I Ching chance change, livro artesanal de Julio Plaza, traz, a começar pelo título, uma enorme carga de referências, que se estende de Oriente a Ocidente, de Confúcio e seus antecessores a Augusto de Campos e companheiros, cuja influência sobre o artista espanhol (que bem poderia ter integrado o Grupo Fluxus) vem desde a época de Espanha, intensificando-se no Brasil, onde acabou por fixar residência. É de 1974 a primeira publicação do texto de Augusto de Campos *Cage: chance: change*[18] que, como o título já evidencia, trata do músico, escritor-poeta e *performer* estadunidense, criador que mais contribuiu para a dissolução das fronteiras entre sons musicais e os ditos sons-não-musicais, músico que valorizou imensamente o acaso no processo de criação – daí, entra o I Ching como um precioso recurso – assim como o ruído e o silêncio. Antes (anos 1960), já havia o importante ensaio de Haroldo de Campos – *A arte no horizonte do provável* [19] – em que o autor discorre sobre obra aberta, acaso e controle, permutação e processo combinatório na criação e fruição da obra de arte, citado com grande admiração por Plaza no mencionado *Memorial*. Bem, o título de Augusto de Campos é apropriado/parodiado (paródia = canto paralelo) por Plaza, porém ao utilizar *IChing* sem separação dos elementos que compõem o título chinês transliterado e a sequência *Chance Change* equaciona 6 6 6 letras. O texto de Augusto de Campos teve inúmeras publicações, com a adição de uma ou outra ilustração. Em 1977, o autor de *Poetamenos* cria e publica (seguida de muitas outras publicações) uma prancha solta com um poema visual (então, se dizia 'poema intersemiótico') em preto-e-branco, edição do

18. Campos, Augusto de. *O anticrítico*. São Paulo: Companhia das Letras, 1986.
19. Campos, Haroldo de. *A arte no horizonte do provável e outros ensaios*. 2. ed. São Paulo: Perspectiva, 1972. [5. ed., 2010]

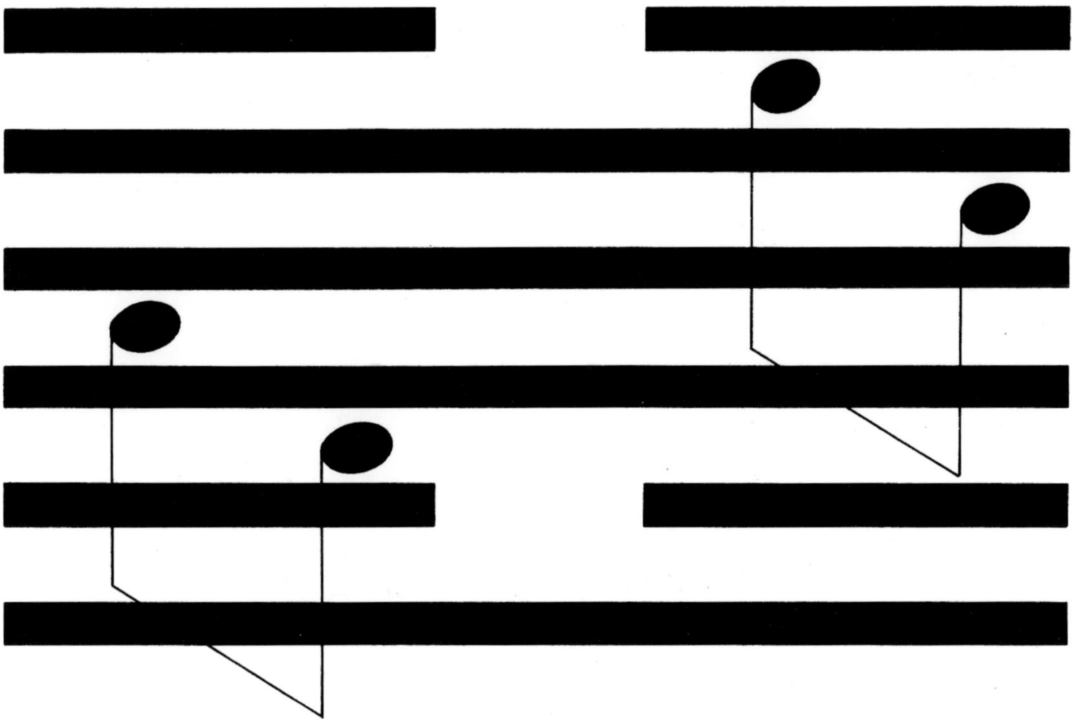

autor, artefinalizado por Marcelo Nepomuceno, em que novamente homenageia o autor das 'peças para piano preparado': *Cage: Chance: Change – Pentahexagram for John Cage*.[20]

Veem-se linhas, transformadas em barras, que se dispõem horizontalmente: 6 linhas, as quais podem ser tomadas como um hexagrama, composto dos trigramas de "lago" (acima) e "fogo" (abaixo), ou seja das seis linhas/barras, a contar de cima para baixo, a 1ª é seccionada (trigrama de lago), assim como a 5ª (trigrama de fogo), sendo que o conjunto LAGO-FOGO se configura como o hexagrama de nº 49 = REVOLUÇÃO (e também MUDA, MUDANÇA). Se se toma a configuração das linhas/barras como um pentagrama, há que se considerar a existência de uma linha suplementar superior. Daí, termos colcheias inseridas em lugares estratégicos para que, de acordo com o sistema universal de notação musical, se configure o nome do músico (supondo-se a existência da clave de sol): dó lá sol mi = c a g e!

20. CAMPOS, Augusto de. *Cage: chance: change*; pentahexagram for John Cage. São Paulo: Edição do Autor, 1977. (Prancha solta)

No mais, o hexagrama se nos apresenta como uma espécie de gaiola (*cage*) unindo em definitivo o músico à sua condição de revolucionário da linguagem musical, um inventor, como diria Ezra Pound[21], dos que inovam radicalmente a sua arte.

A obra em questão, o livro-objeto de Julio Plaza *I Ching Chance Change*, possui dimensões e peso consideráveis e vem acondicionado numa caixa-invólucro-proteção de papelão, forrada de tecido preto, com as seguintes dimensões: 44 cm (altura) x 41 (largura) x 7,5 (espessura), pesando 9,4 kg (7 kg apenas o livro). A caixa se abre, liberando a lombada, o que possibilita o manuseio do livro nela contido, sem que se o tire da mesma. Uma espécie de malha emborrachada faz as vezes de capa inteiriça ou sobrecapa, sendo que a 1ª e a 4ª capas recebem um reforço – espécie de tapete de borracha, constituído de tarjas em relevo, com espaços intervalares, que se dispõem horizontalmente, o que remete ao conteúdo principal do livro-objeto: trigramas e hexagramas configurados ou por configurar. Essa sobrecapa apresenta uma lombada curva, um meio-cilindro, justamente para abrigar a espiral metálica que estrutura o conjunto de folhas-páginas. O volume, a considerar a sobrecapa, possui 40,5 cm de altura x 38 de largura x 5 de espessura.

Na sobrecapa de borracha, 17 tarjas em relevo, com intervalos – na 4ª, de baixo para cima, o nome quase imperceptível: Julio Plaza, numa helvética caixa-alta (letraset, provavelmente) num tom algo lilás no preto do material. Difícil o manuseio do volume (o virar as páginas e meias-páginas). Abrindo-se-o, placas 37 x 34 cm, em duplo papel cartão. Inicialmente, uma sequência de 3 páginas (sendo que a primeira pode ser tomada como capa), frente branca, verso preto, o mesmo material, a mesma gramatura alta. Na primeira (capa?) etiqueta auto-adesiva branca com moldura interna azul-marinho, cantos arredondados, 7 cm de altura por 11 de largura, situada na metade superior da superfície-folha, com o título da obra em caixa-alta com tipo claro serifado, corpo 12, provavelmente impresso, o texto, com uma máquina de escrever IBM de esfera:

21. Pound, Ezra. *ABC da literatura*; trad. de Augusto de Campos e José Paulo Paes. São Paulo: Cultrix; CEC, 1970. [7. ed., 1995]

ICHING
CHANCE
CHANGE

Sinais do tempo já se notam nos papéis e outros materiais, em todo o volume, inclusive a inevitável sujeira impregnando superfícies, e os estragos na etiqueta, certamente reação química motivada pela cola. Do mesmo modo, sinais provocados pelo manuseio, muito embora raro, da peça. É frágil a espiral metálica que estrutura o volume, frente à natureza dos materiais contidos nas páginas.

A segunda folha faz as vezes de página de rosto, trazendo etiqueta autoadesiva idêntica à primeira, com a mesma diagramação e tipomorfia:

ICHING
CHANCE
CHANGE
JULIO PLAZA 77/78
SÃO PAULO BRASIL

Poderíamos crer que, concebido e elaborado entre 1977 e 1978, o livro só fosse dado como terminado para destinação aos raros compradores no ano de 1979, como consta dos catálogos da *Bienal Brasil do Século XX* e da exposição *Livro-Objeto: a fronteira dos vazios*, e que deve ter sido a informação passada aos curadores das mostras pelo próprio Julio Plaza.

Na terceira folha, uma etiqueta menor (5,3 cm de altura x 8 de largura), com moldura vermelha, também na metade superior, centralizada no sentido da largura: texto com o mesmo tipo serifado claro, porém, tudo em caixa-baixa, a epígrafe-poema:

um pouco de mao
em cada poema que ensina
quanto menor
mais do tamanho da china
p leminsky
78

O poema vem datado, por Plaza, de 1978 e deve, mesmo, ser desse ano, tendo sido comunicado diretamente pelo poeta ao artista plástico. De qualquer modo, esta peça faz parte do conjunto mais significativo de poemas curtos de Paulo Leminski, que encantou jovens da época, assim como os mais experientes, poemas esses que já vinham sendo publicados pelo menos desde 1977 (*Muda*[22]) e que foram reunidos em volume dado a público em 1980 (*Não fosse isso e era menos, não fosse tanto e era quase*[23]), em que o poema aparece com uma modificação: "*um pouco de mao / em* todo *poema que ensina / quanto menor / mais do tamanho da china*".

A seguir, o conteúdo do livro: 7 folhas seccionadas ao meio, no sentido da altura, donde resultam duas metades de 18,5 x 34 cm (aproximadamente), presas à espiral metálica, as quais podem ser viradas de modo independente. A última folha, não seccionada, está presa à sobrecapa de borracha e é, portanto, fixa; porém, o virar das metades precedentes propiciará, com seus dois trigramas, várias combinações. Na sequência, a cada folha – pois apenas a página ímpar contém material legível – têm-se 2 trigramas idênticos, que formam hexagramas: 8 dos 64. Daí: o trigrama de céu superposto ao trigrama de céu, terra terra, trovão trovão, monte (montanha) monte, fogo fogo, água(s) água, lago lago, vento vento. Os trigramas/hexagramas, constituídos por faixas separadas por espaços (à exceção da página trovão trovão) ocupam uma mancha, que não chega a ser regular, apresentando (dado o fato da confecção ter sido manual) diferenças mais que milimétricas, com algumas irregularidades na altura e/ou largura: 28,5 cm (alt.) x 22,5 (larg). Inicialmente, cada conjunto de 2 trigramas idênticos é construído por faixas de um mesmo material, sendo utilizados na sequência de céu céu, até vento vento: chumbo; couro em sua face áspera; esteira de canículas de madeira amarradas com barbante; lixa; tecido de fundo claro com estampa floral (chita); fibra de vidro; lâmina de vidro; lâmina de madeira. Esses materiais, com maior ou menor pertinência, comparecem para colocar em relevo ainda maior a materialidade do livro-objeto em

22. *Muda*, São Paulo, 1977. Revista editada por Antonio Risério e Régis Bonvicino.

23. Leminski, Paulo. *Não fosse isso e era menos, não fosse tanto e era quase*: 80 poemas (de 63 pra cá). Curitiba: Edição zap, 1980.

questão, evidenciando por similaridade ou estranhamento o que por si só já é impactante.

Plaza nomeou os trigramas na parte superior, colocando a palavra correspondente em português no canto superior esquerdo, variando o número de letras de cada uma, de 3, 4, 5 ou 6 (daí montanha, que possui 8 letras, ter sido substituída por MONTE, com 5 letras e ÁGUAS estar no plural para alcançar as 5 letras de OESTE); inicialmente, os trigramas abaixo (parte inferior) recebem uma outra denominação, com alguma pertinência em relação ao trigrama que nomeia ou ao hexagrama resultante da junção de duas meias-páginas, com o mesmo número de letras, no canto inferior direito, o que dá pertinência na diversidade. Assim, configuram-se: 1. CEU SUL, 2. TERRA NORTE, 3. TROVÃO BROTAR, 4. MONTE VENTO, 5. FOGO ESTE, 6. AGUAS OESTE, 7. LAGO AGUA e 8. VENTO SUAVE. Para imprimir as palavras, são utilizados carimbos com tinta preta: palavras todas em caixa-alta em tipomorfia não-serifada, sem acentos, só comparecendo o sinal diacrítico "til", em TROVÃO. A disposição das palavras em diagonal – do alto à esquerda para a parte inferior direita – quebra, com suavidade, a rigidez da simetria da mancha na página. As palavras, em sua maior parte substantivos, convivem com um verbo no infinitivo e um adjetivo. O leitor/fruidor, ao virar as meias-páginas a seu bel-prazer, vai obtendo configurações várias, que chegam aos 64 hexagramas, que são justamente as possibilidades no I Ching.

Por exemplo, teremos, num dado momento, acima o trigrama de lago, com a denominação LAGO, constituído de lâmina de vidro e, abaixo, o trigrama de fogo, com a denominação ESTE (leste), constituído pelo tecido estampado, o que formará o hexagrama 49 = REVOLUÇÃO. Já tendo acima o trigrama de MONTE (lixa) e abaixo o trigrama de água com a denominação OESTE (fibra de vidro) ter-se-á como resultado o hexagrama 4 = A INSENSATEZ JUVENIL. A operação acaso, aí, acaba sendo complexificada pelo uso da língua portuguesa e de materiais diversos, que funcionam como ruídos, perturbações, como reza a cartilha da Teoria da Informação e da Comunicação – acaso gera ruído e o ruído, como na música de John Cage, é elevado à categoria de elemento constitutivo estrutural da obra de arte. Aliás, o livro-objeto de Julio Plaza chega a ser um objeto indesejável, ele-mesmo um grande ruído, e de difícil e incômodo manuseio. Reduto oracular e/ou de sabedoria, o I Ching elaborado por Julio Plaza faz pensar além de presumíveis probabilidades, fruto talvez da possibilidade pouca que um ocidental tenha de penetrar na alma de um certo Oriente e por isto mesmo o interpreta de um modo impensável – quem o saberá? – para um oriental. Um belo, estranho e intratável objeto nos deixou Julio Plaza, tão estranho como o imaginado "*libro de arena*" de infinitas páginas não-retornáveis, uma vez viradas, de Jorge Luis Borges.[24]

Plaza praticou, além da teoria/esforço classificatório, as modalidades principais de livro. No que diz respeito ao livro-de-virar-a-página (códice), podem ser observadas três modalidades básicas:

1. o livro veículo de conteúdos a partir principalmente do código verbal, incluindo aí ilustrações figurativas ou não, que vêm reforçar a semântica do texto;
2. o livro que é uma reflexão sobre o livro e que chega a subvertê-lo enquanto *medium* – uma forte dose de conceitualismo e/ou metalinguagem o impregna. Pode ser até bidimensionalizável, por meio do registro em fotografia;
3. o livro-objeto, o livro ele-mesmo uma obra de arte, o livro que, ao se apresentar como um livro de virar a página, chama a atenção para a sua própria realidade enquanto livro, sem excluir toda uma semântica advinda do emprego do verbal e do não-verbal e do tátil, podendo comportar uma perfeita integração de diversos códigos, enquanto complexo sígnico que é.

Julio Plaza é um desses artistas raros em qualquer contexto e, entre nós do Brasil, é único – aquele que mais se aproximou do ideal duchampiano de não construir uma obra com estilo, o que, em última instância, implicaria repetição, redundância. Não foi tolerante com o chamado bom-gosto ou bom-tom, absorvendo a lição de rigor do mestre, que chegou a afirmar que o gosto, tanto o bom como o mau é o maior inimigo da arte[25]. Competentíssimo, não se deixou seduzir pelas facilidades. Plaza foi um apropriador com criatividade. Múltiplo sem ser eclético, não construiu estilo; porém, veem-se constantes de rigor e secura (antissentimentalismo) em sua obra. Rompeu com a

24. Borges, Jorge Luis. *El libro de arena*. 5. ed. Madrid: Alianza Editorial; Buenos Aires: Emecé, 1983. [tradução brasileira: *O livro de areia*. São Paulo: Folha de S. Paulo, 2012]

25. Kuh, Katharine. *Diálogo com a arte moderna*; trad. de Jaime Monteiro. Rio de Janeiro: Lidador, 1965.

crítica e o mercado de arte, mas foi portador de luz e treinou a competência de muitos, seus alunos na Universidade. Grande aquisição para o Brasil. Julio Plaza!

Depoimentos

Alice Ruiz, por e-mail, em ago. 2012.
Augusto de Campos, por telefone, em 9 set. 2012.
Cacilda Teixeira da Costa, por telefone, em 17 set. 2012.
Regina Silveira, pessoalmente, em ago. e set. 2012.
Villari Herrmann, por telefone, em 16 de set. 2012.

Agradecimentos

À Biblioteca Mário de Andrade, Coleção de Obras Raras e Especiais, na pessoa de Rizio Bruno Sant'Ana, a Alice Ruiz, Augusto de Campos, Cacilda Teixeira da Costa, Regina Silveira, Villari Herrmann e Peter de Brito.

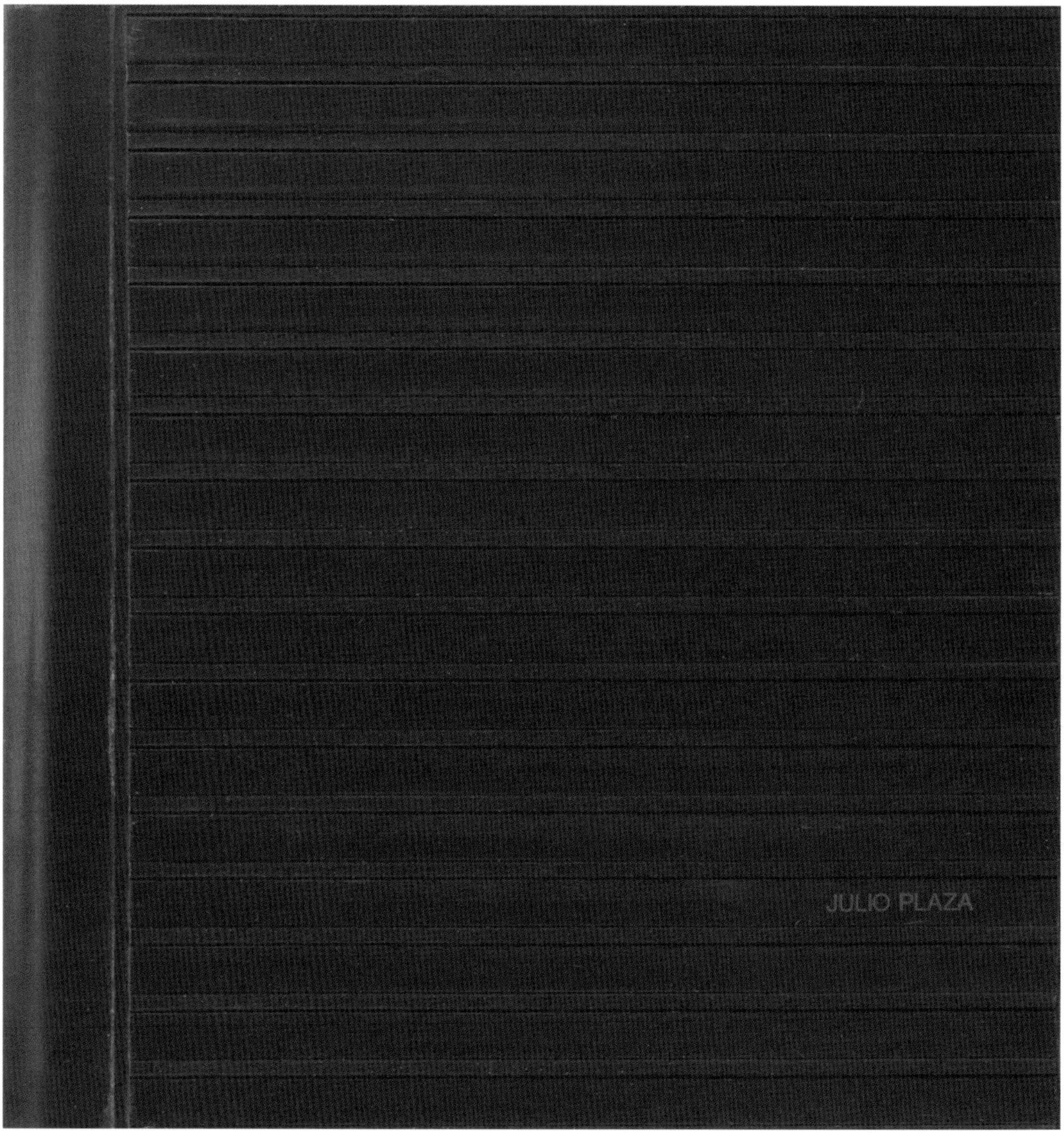
JULIO PLAZA

I CHING
CHANCE
CHANGE

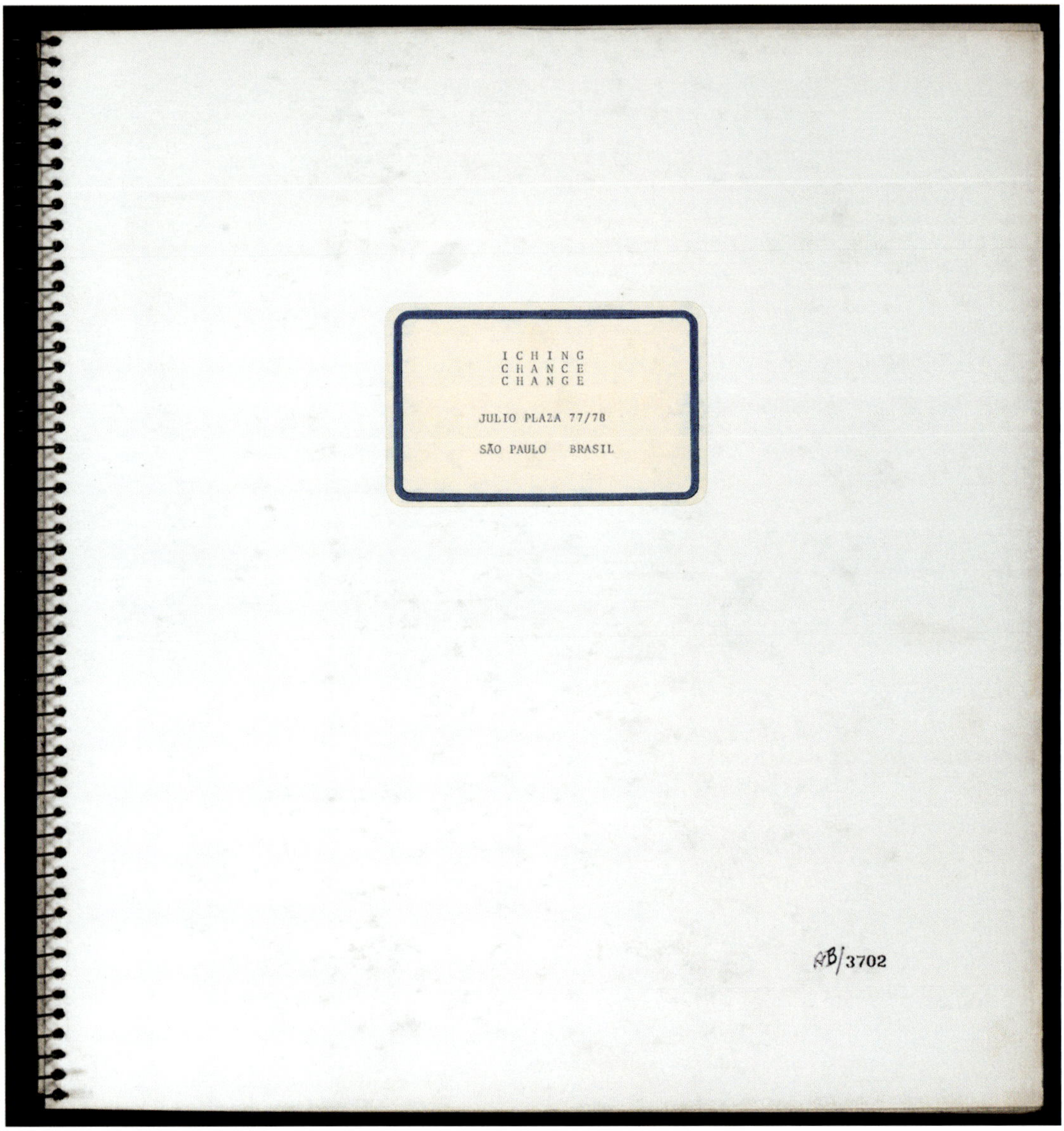
I C H I N G
C H A N C E
C H A N G E
JULIO PLAZA 77/78
SÃO PAULO BRASIL
AB/3702

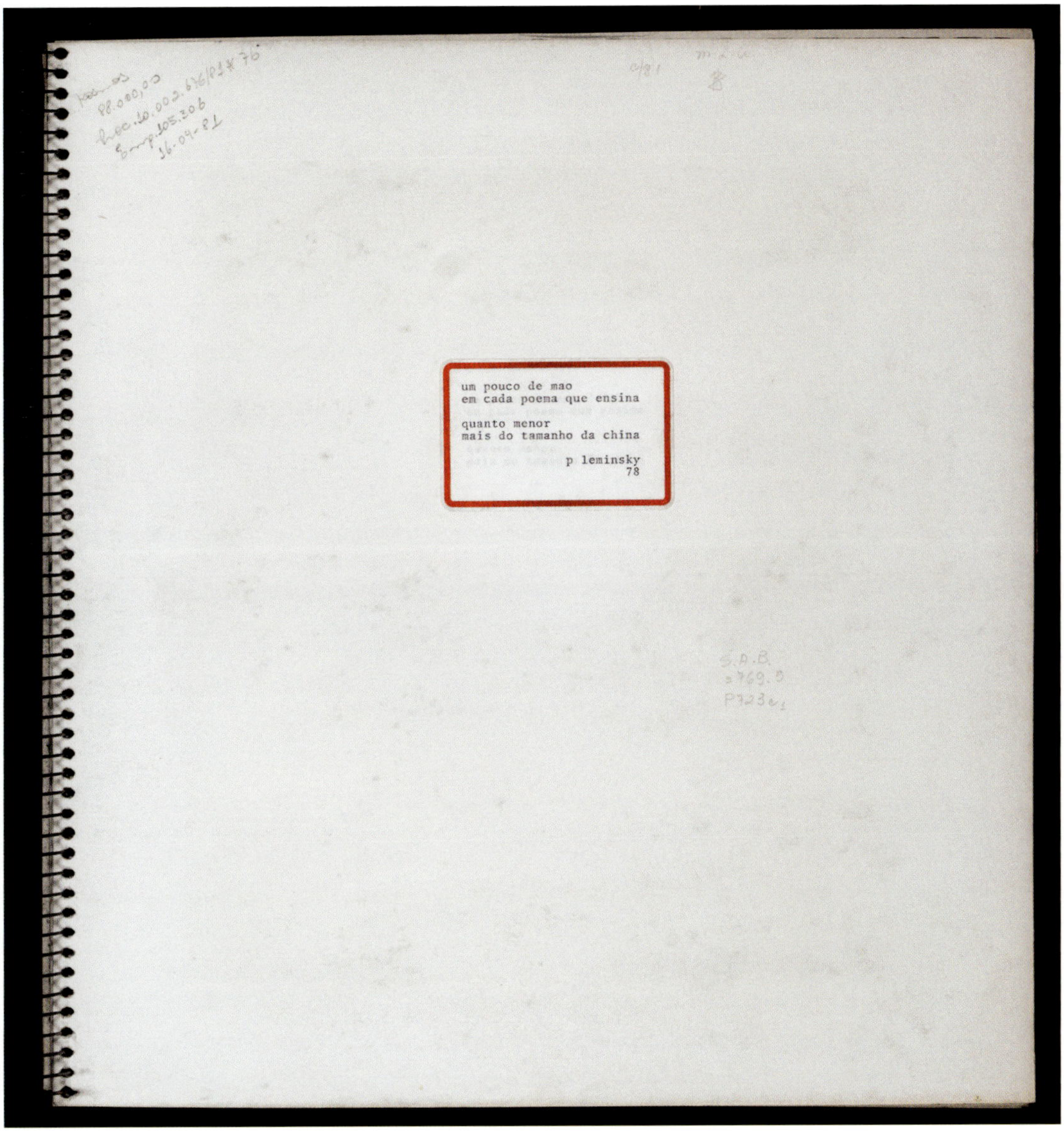
um pouco de mao
em cada poema que ensina
quanto menor
mais do tamanho da china
p leminsky
78

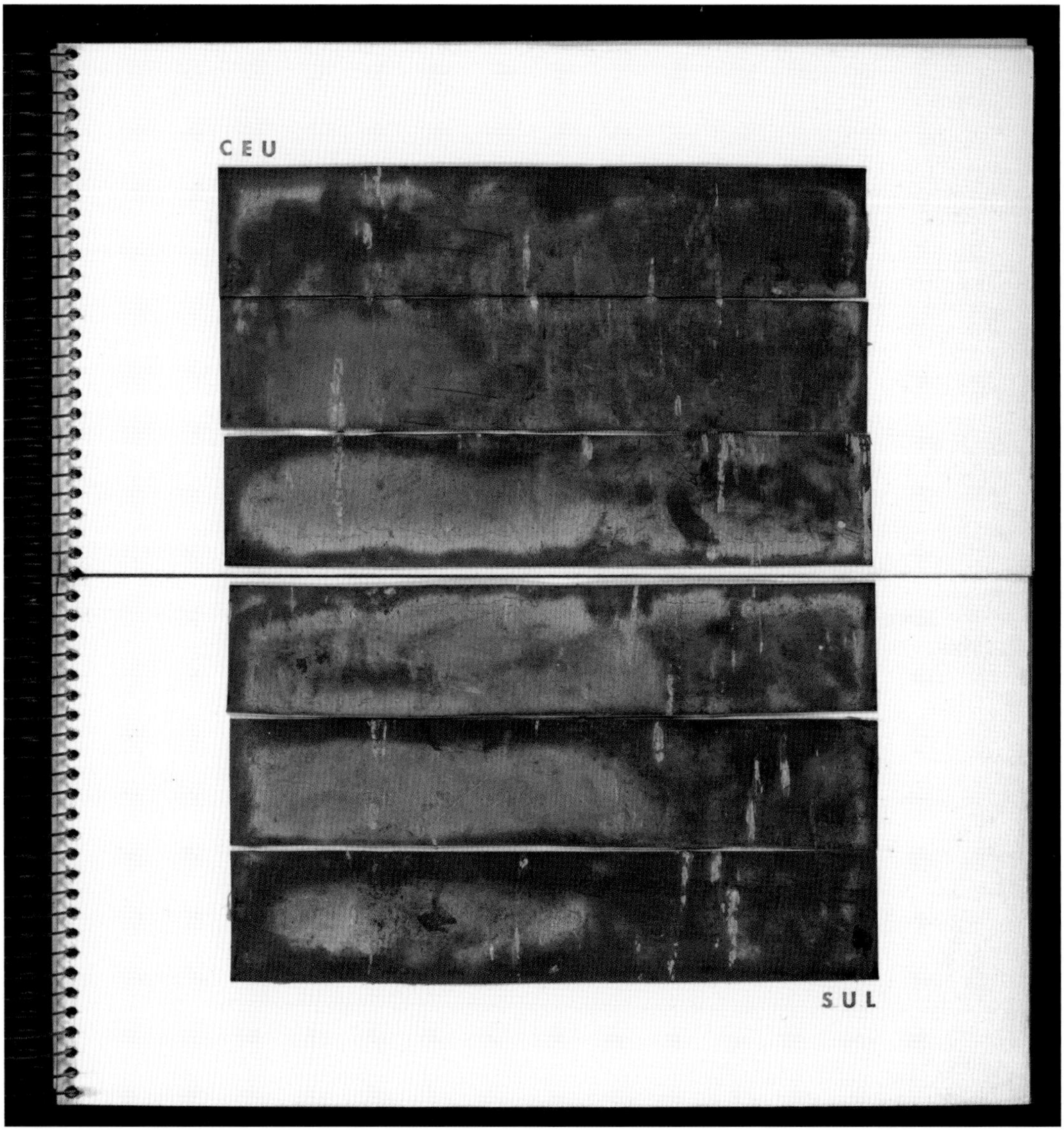
CEU
SUL

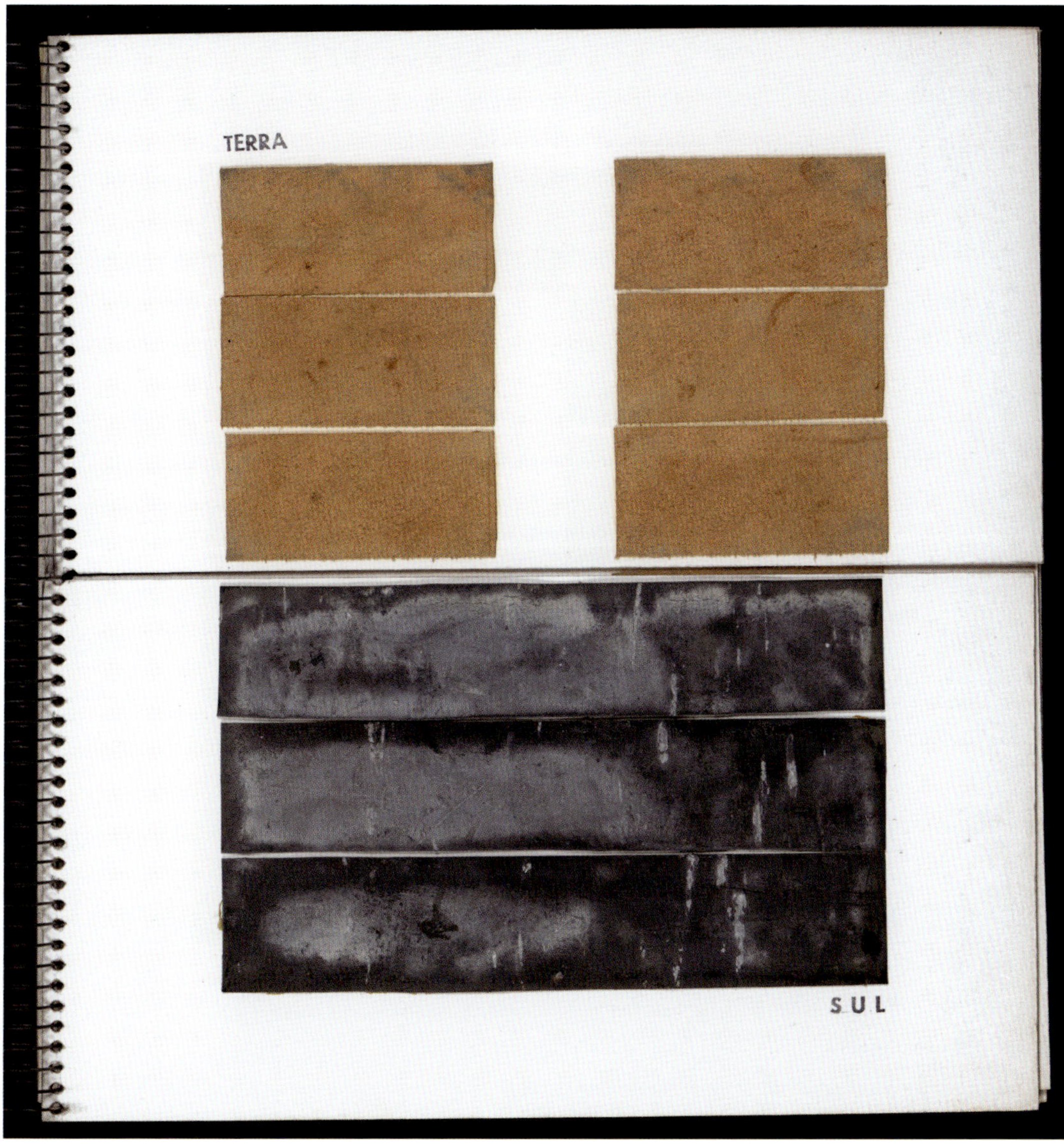
TERRA
SUL

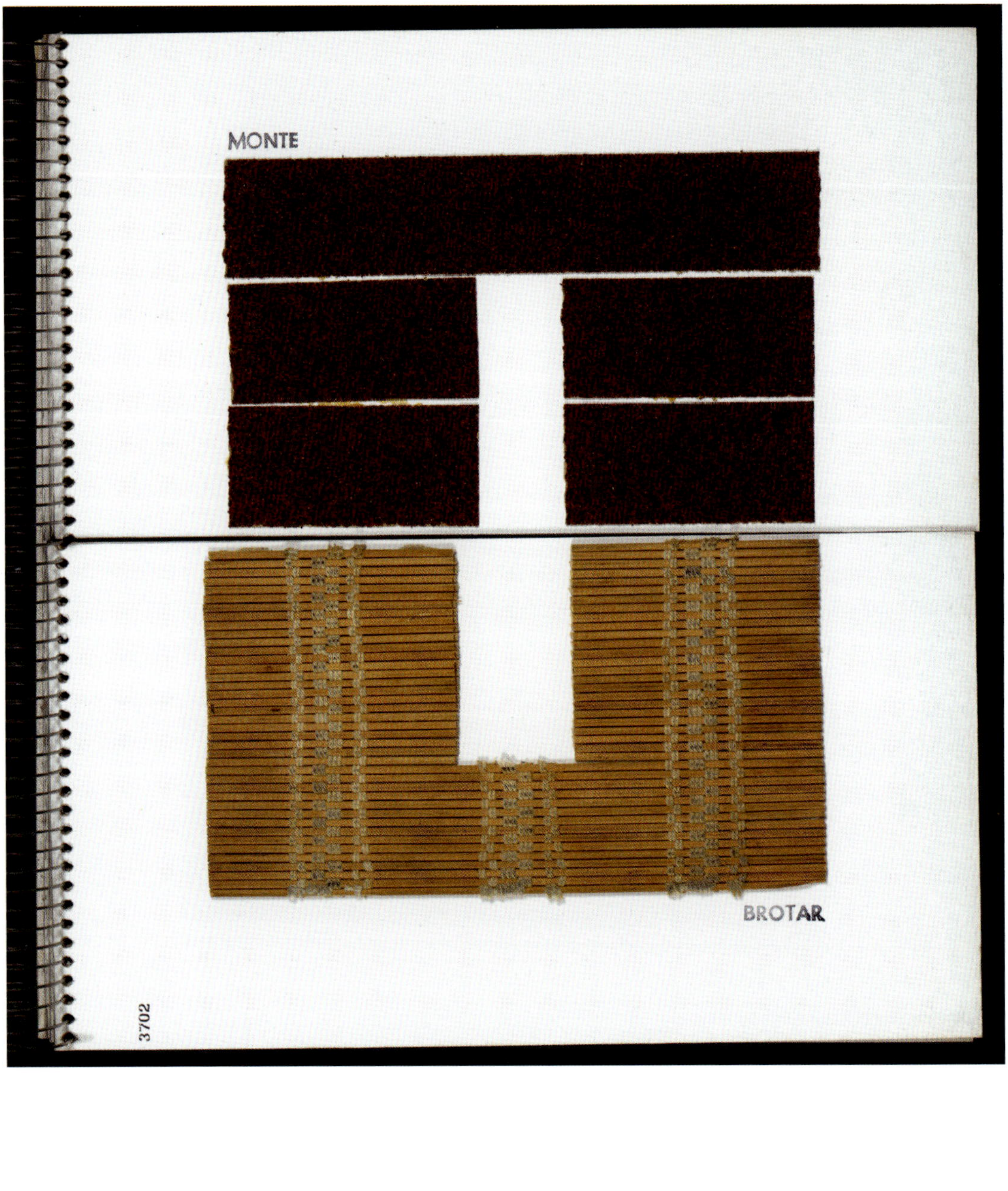
MONTE
BROTAR
3702

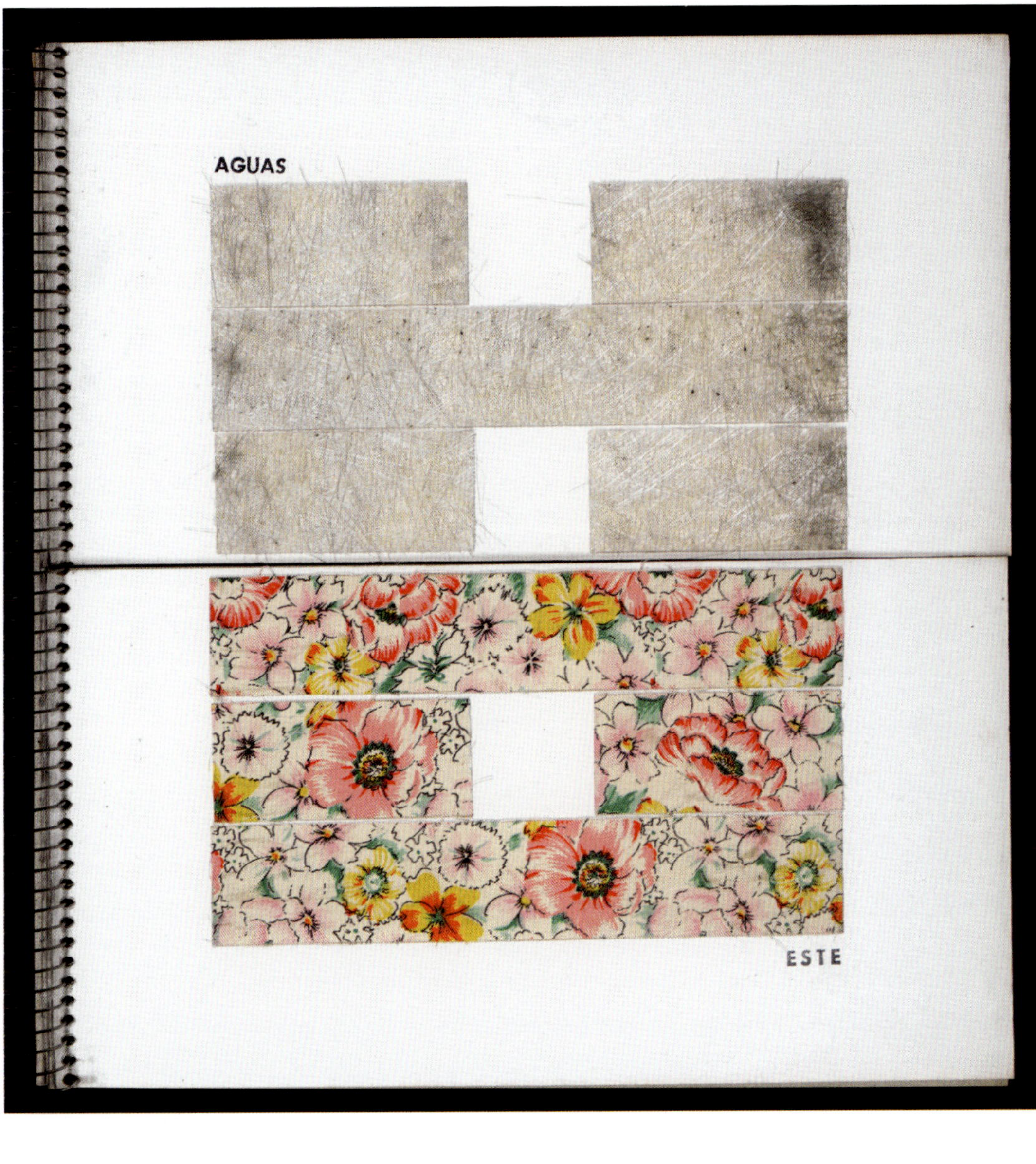
AGUAS
ESTE

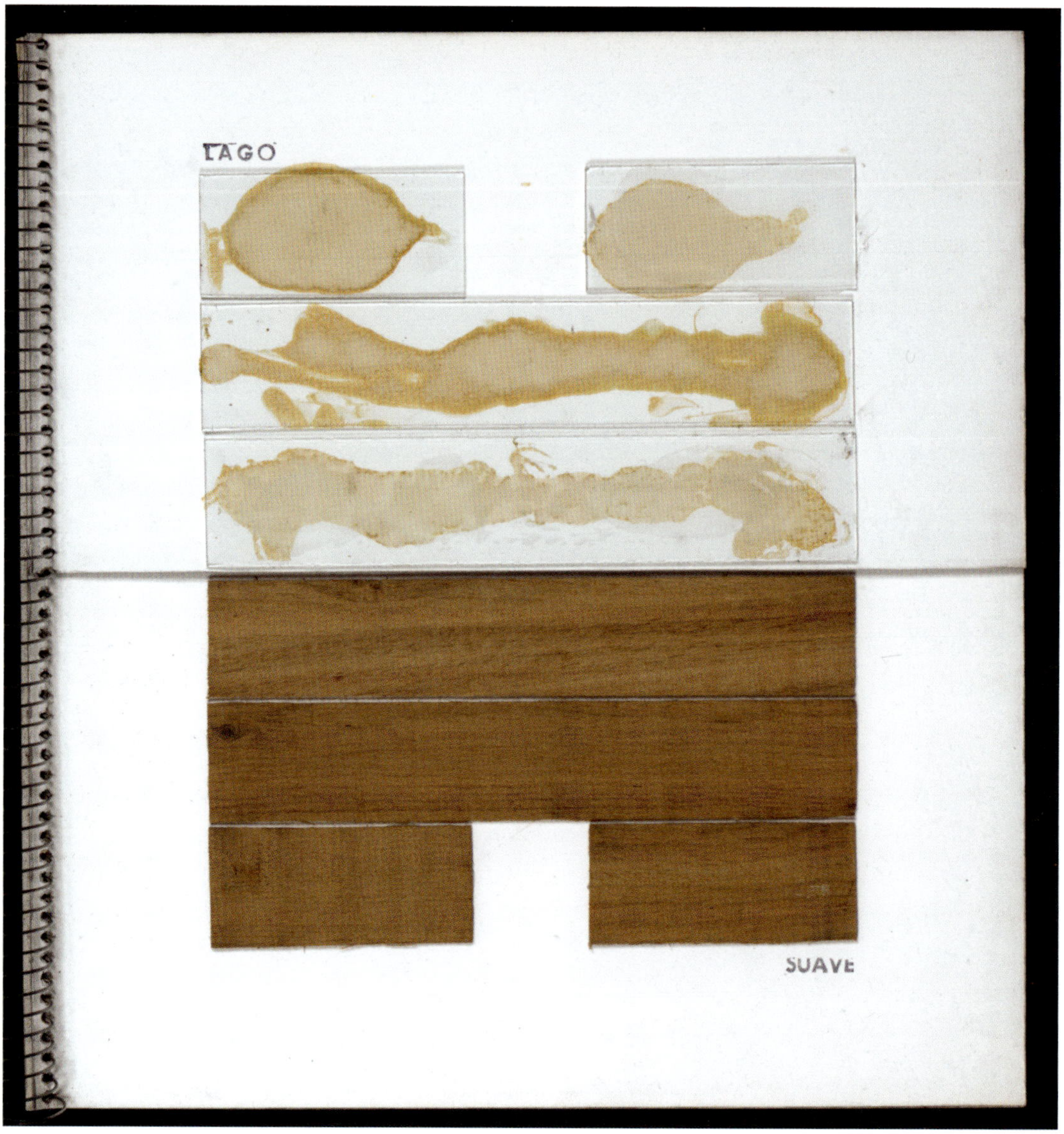
LAGO
SUAVE

LAGO
ESTE

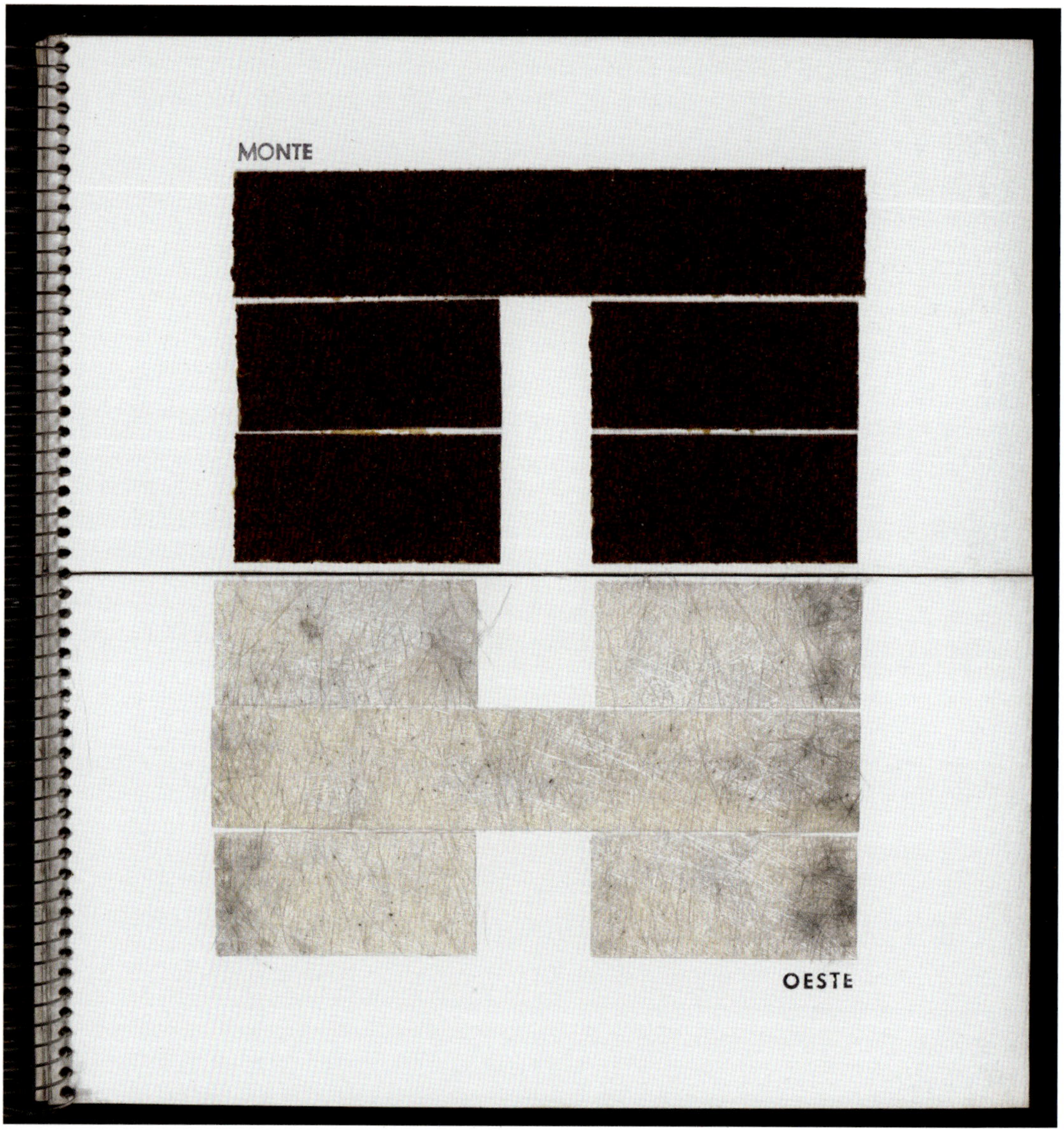
MONTE
OESTE

DOSSIÊ CICLO SÃO PAULO

Dossiê Ciclo São Paulo

O Ciclo *São Paulo: seus povos e suas músicas* comemorou a reabertura da Biblioteca Mário de Andrade em 2011 e foi um dos maiores destaques da programação cultural daquele ano. Teve como objetivo difundir e valorizar a diversidade cultural que caracteriza esta cidade e mostrar como se articulam e se integram os povos que a constituem. Este Dossiê traz uma parte dos trabalhos apresentados durante o Ciclo, devendo os demais ser publicados nos próximos números desta Revista. Encontram-se aqui os trabalhos sobre os imigrantes espanhóis, da pesquisadora Elena Pajaro Peres; sobre os japoneses, de Madalena Natsuko Hashimoto Cordaro; e sobre os judeus, por Maria Luiza Tucci; além do texto de Willi Bolle, quase um depoimento de um alemão muito brasileiro.

Os espanhóis de São Paulo: diversidade cultural, espalhamento e identidade*

ELENA PAJARO PERES**

Quando iniciei meus estudos sobre imigração espanhola, em 1995, um dos primeiros livros sobre o tema com o qual tive contato foi o do professor e antropólogo Jeferson Bacelar, intitulado *Negros e espanhóis*: identidade e ideologia étnica em Salvador, publicado em 1983.[1] Foi na Biblioteca Mário de Andrade que encontrei um exemplar dessa publicação, difícil de ser localizada em São Paulo. Os trabalhos sobre a cidade de Salvador são importantes para quem se propõe a pesquisar a imigração espanhola, uma vez que a capital baiana, apesar de ter recebido poucos imigrantes durante o século XX, teve como principal grupo justamente o dos espanhóis.

Quase todos os espanhóis de Salvador vieram de Pontevedra, uma das quatro províncias da Galícia, região localizada no Noroeste da Espanha. Essa predominância galega foi revelada pelo estudo pioneiro no Brasil, *Galegos no paraíso racial*, também de autoria de Jeferson Bacelar.[2] Por se tratar do maior grupo estrangeiro na cidade de

* Artigo originado da palestra apresentada na Biblioteca Mário de Andrade em 2 de abril de 2011 no Ciclo *São Paulo: seus povos e suas músicas*.

** Elena Pajaro Peres é Doutora em História pela Universidade de São Paulo. Autora de *A inexistência da terra firme*: a imigração galega em São Paulo. (Edusp, Imesp, Fapesp, 2003).

1. BACELAR, Jeferson. *Negros e espanhóis*: identidade e ideologia étnica em Salvador. Salvador: Centro de Estudos Baianos da Universidade Federal da Bahia, 1983.
2. BACELAR, Jeferson. *Galegos no paraíso racial*. Salvador: Ianamá/CEAO/CED, 1994. Outro trabalho pioneiro é o de BRAGA, Célia Maria Leal. *Memórias de imigrantes galegos*. Salvador: Universidade Federal da Bahia, 1995.

Salvador e também porque muitos desses imigrantes chegaram em data mais recente, nas décadas de 1950 e 1960, eles adquiriram uma grande visibilidade. Por essa razão, muitas pessoas ainda hoje acreditam que a maior imigração espanhola para o Brasil dirigiu-se para Salvador; entretanto, esse não é um dado verdadeiro.

Outra região que recebeu muitos espanhóis, bem mais do que a cidade de Salvador, foi o Rio de Janeiro. Esses imigrantes eram também em sua maioria galegos e concentraram-se na capital, onde ficaram quantitativamente atrás apenas dos portugueses. A esse respeito podemos lembrar do romance *A república dos sonhos*, da escritora Nélida Piñon, que recria ficcionalmente, mas de forma muito vívida e intensa, a saga de um grupo de espanhóis e de seus descendentes na cidade do Rio de Janeiro, com todas as idas e vindas, intrigas familiares, sucessos e perturbações que compuseram a vida desses imigrantes.[3] Entretanto, a capital fluminense também não foi o destino principal dos mais de 700 mil espanhóis que vieram para o Brasil entre os séculos XIX e XX.[4]

Os espanhóis dirigiram-se a vários outros lugares do Brasil: estado do Paraná, mais do que para a Bahia, diversos estados do Nordeste, Rio Grande do Sul e Minas Gerais, Amazônia, onde muitos se empregaram na construção da estrada de ferro Madeira-Mamoré.[5]

Apesar de sua presença em diversos pontos do país, foi para o estado de São Paulo que a maioria dos espanhóis veio e muitos acabaram tendo como destino final a capital paulista, a exemplo de outras tantas etnias. Não há definição possível para a cidade de São Paulo que não leve em conta o percurso dos povos que nela se entrecruzaram, como podemos ver pelos livros expostos na sala dedicada à *Coleção São Paulo* na Biblioteca Mário de Andrade. Essa permanência do tema das migrações demonstra ser este um elemento constitutivo da cidade e, portanto, também da história da Biblioteca Mário de Andrade, frequentada desde sua inauguração por imigrantes, migrantes e mais ainda por seus descendentes.

3. Piñon, Nélida. *A república dos sonhos*. Rio de Janeiro: Francisco Alves, 1984.
4. Klein, Herbert. *A imigração espanhola no Brasil*. São Paulo: Editora Sumaré, Fapesp, 1994. p. 107.
5. Foot-Hardman, Francisco. *Trem fantasma*: a ferrovia Madeira-Mamoré e a modernidade na selva. São Paulo: Companhia das Letras, 1988.

Os espanhóis, tanto no Brasil como em São Paulo, formaram o terceiro grupo de maior imigração, ficando atrás apenas dos italianos e portugueses. Apesar dessa importância numérica, ainda há poucas publicações específicas sobre o assunto. Um dos primeiros estudos, e que deve sempre ser lembrado, foi o dos professores Antonio Jordão Netto e Santa Helena Bosco, publicado em 1963 com o título *O imigrante espanhol em São Paulo*.[6] Nesse trabalho de sociologia, os pesquisadores acompanharam a trajetória de 41 imigrantes espanhóis – técnicos e operários qualificados ou semiqualificados – chegados ao Brasil em 1960 com passagens pagas pelo *Comitê Intergovernamental para as Migrações Europeias*, conhecido pela sigla CIME, ou pela *Comissão Internacional Católica*.

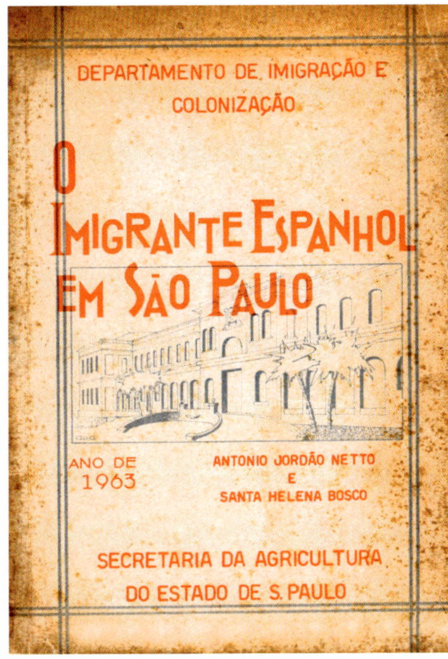

Jordão Netto, Antonio; Bosco, Santa Helena. *O imigrante espanhol em São Paulo*. São Paulo: Depto. de Imigração e Colonização, 1963.
Acervo BMA.

Em nenhum momento, naquela pesquisa, houve a intenção de generalizar os dados para todos os imigrantes espanhóis, embora o título do livro apontasse para essa generalização: "o imigrante espanhol". Os autores reconhecem os limites aos quais a investigação estava sujeita, devido à falta de informações mais apuradas naquele momento, mas, de qualquer maneira, Jordão Netto e Bosco chegaram a conclusões significativas.

Um dos dados mais valiosos obtidos na época foi que 90% daquele grupo, mesmo com a qualificação profissional e com a passagem subsidiada, chegou ao Brasil sem a menor ideia de onde iria trabalhar. Vieram dispostos ao risco e a enfrentar as adversidades, mas sonhavam em conseguir uma boa colocação, com excelente salário, apesar da pouquíssima informação que tinham sobre o Brasil.

Essa pesquisa também demonstrou que os fatores que determinaram a emigração, segundo os entrevistados, foram múltiplos e pouco precisos. Eles não tinham um motivo muito contundente para escolher o Brasil e, como foi dito, apenas possuíam vagas notícias sobre o

6. Jordão Netto, Antonio; Bosco, Santa Helena. *O imigrante espanhol em São Paulo*. São Paulo: Departamento de Imigração e Colonização, 1963.

país. Um fator importante teria sido a facilidade, naquele momento, de obtenção do visto de entrada. Hoje sabemos que um dos fatores determinantes para a escolha do Brasil foi o fato de terem algum familiar ou conhecido que tivesse vindo anteriormente, constituindo a chamada rede de relações. Os que aqui estavam mandavam fotografias em que apareciam vestidos com suas melhores roupas, procurando retratar São Paulo como uma moderna cidade americana.[7]

Os recém-chegados que vinham com as passagens subvencionadas ficavam na *Hospedaria dos Imigrantes*, no edifício onde atualmente está instalado o *Museu da Imigração*, no bairro do Brás. Como demonstrou o professor José de Souza Martins, também foi assim para muitos imigrantes no início do século XX que, da mesma forma, embarcavam com auxílio governamental.[8] Na década de 1960, alguns chegaram a permanecer na Hospedaria de vinte a sessenta dias até conseguirem um lugar para morar.[9]

Como pude constatar em minha pesquisa sobre os galegos, em geral a primeira moradia dos imigrantes, após deixarem a Hospedaria ou quando a viagem era feita por conta própria, era em pensões na região central da cidade, próximas à estação ferroviária da Luz e à avenida Tiradentes. Essas pensões estavam instaladas na rua Aurora, na rua da Conceição, na rua do Triunfo, na rua Dr. Rodrigo de Barros etc. Grande parte desses estabelecimentos pertencia a espanhóis e já eram conhecidos na Espanha. Os imigrantes, principalmente aqueles que vinham sem nenhuma ajuda governamental, por vezes aqui chegavam com o endereço no bolso, indicado por algum amigo ou parente que viera antes. Pensões e hotéis famosos para espanhóis eram o Gaúcho, a pensão do seu Galdino (um italiano casado com a espanhola dona Dolores), a pensão do casal Lola e Manolo, e também o hotel Coimbra, que tinha proprietários portugueses. Nos anos 50 estavam todos com a lotação esgotada. Os imigrantes sujeitavam-se a dormir nos corredores e porões.[10]

7. PERES, Elena Pajaro. *A inexistência da terra firme*: a imigração galega em São Paulo, 1946-1964. São Paulo: Edusp/ Imesp/ Fapesp, 2003. p. 251-252.
8. MARTINS, José de Souza. A imigração espanhola no Brasil e a formação da força de trabalho na economia cafeeira: 1880-1930. *Revista de História*, São Paulo, p. 9, ago./dez., 1989.
9. JORDÃO NETTO; Bosco. *Op. cit.*, p. 22.
10. PERES. *Op. cit.*, p. 256.

Alguns, depois de certo tempo, chegavam a alugar apartamento com amigos, geralmente também espanhóis. Outros passavam para quartos em casa de famílias espanholas, uma opção muito procurada pelas mulheres imigrantes. O passo seguinte era trazer membros da família que ainda estavam na Espanha e alugar uma casa ou apartamento.[11]

Segundo a pesquisa de Jordão Netto e Bosco, os espanhóis não tiveram a mesma preocupação de outros grupos de imigrantes em morar perto de outros patrícios, pois o que mais importava naquele momento era estarem próximos ao local de trabalho. Isso se explicaria também pelo fato de não terem o objetivo de, passados alguns anos, regressar à Espanha, o que, na maioria dos casos, de fato não aconteceu.[12]

A conclusão principal daquele trabalho foi que, no tocante à convivência na sociedade brasileira, não houve problema algum, pois os espanhóis teriam se integrado a tal ponto e tão rapidamente que se tornou difícil a sua localização espacial na cidade.[13]

A dificuldade em localizar os espanhóis e seus descendentes na cidade de São Paulo, assim como acervos e documentação sobre sua presença no Brasil, foi questão apontada por quase todos os trabalhos escritos posteriormente sobre o assunto. Os pesquisadores, cada um à sua maneira, tentaram encontrar respostas a essa velha questão.[14]

Sabemos que a pouca visibilidade dos espanhóis ocorreu sobretudo na cidade de São Paulo, onde eles se misturaram a outros grupos imigrantes, especialmente às imensas levas de italianos e portugueses, e também aos migrantes vindos de outras regiões do Brasil. Esse fator parece ter diluído um pouco mais sua presença.

A disputa por espaço e posição também foi maior na capital paulista. A enormidade que a cidade atingiu – espalhando-se para todos os lados, especialmente após os anos de 1940, com o surgimento de

11. Idem, p. 255-265; Jordão Netto; Bosco. *Op. cit.*, p. 74.

12. Jordão Netto; Bosco. *Op. cit.*, p. 45 e 47.

13. Idem, p. 82.

14. Alguns trabalhos, entre outros, que tocam na questão da pouca visibilidade do imigrante espanhol, já levantada por Jordão Netto e Bosco (1963) são, além de Klein (1994) e Martins (1989), já citados: Aguiar, Cláudio. *Os espanhóis no Brasil*. Rio de Janeiro: Tempo Brasileiro, 1991; Antonacci, Maria Antonieta Martinez; Maciel, Laura Antunes. Espanhóis em São Paulo: modos de vida e experiência na associação. *Projeto História*, São Paulo, n. 12, p. 173-192, out. 1995; Cánovas, Marília Dalva K. *Imigrantes espanhóis na paulicéia*: trabalho e sociabilidade urbana, 1800-1922. São Paulo: Edusp, Fapesp, 2010; Gattaz, André Castanheira. *Braços da resistência*: história oral da imigração espanhola. São Paulo: Xamã, 1996.

novos e distantes bairros –, suas múltiplas esferas populacionais e o entrecruzamento de culturas nunca antes visto no Brasil, torna essa região especialmente interessante para ser estudada. São Paulo o tempo todo nos convida a questionamentos; a imigração espanhola, por seus mistérios, também.[15]

Estudar historicamente a imigração, seja ela qual for, não é simplesmente narrar a história de famílias ou indivíduos, é preciso problematizar. Tentar entender o porquê daquela imigração, tentar inserir a história dos indivíduos numa dimensão mais ampla, coletiva, pois toda imigração tem conotações políticas, econômicas e culturais, não dependendo apenas de uma decisão de âmbito pessoal. Entretanto, não se pode fechar os olhos àquilo que destoa da explicação mais geral e desestabiliza simplificações que possam ser feitas. Neste sentido, a memória de cada indivíduo é importante.[16]

Afinal quem eram e quem são esses espanhóis que vieram para São Paulo?

Sabe-se que os espanhóis ou castelhanos estavam em São Paulo desde o período colonial[17], mas o que caracterizamos mais propriamente como imigração espanhola é o movimento que teve início a partir do final do século XIX. O auge dessa imigração se deu entre 1910 e 1914. Somente nesses quatro anos, 143.485 espanhóis entraram oficialmente no Brasil, sendo que 108.154 radicaram-se no estado de São Paulo.[18] Acredita-se que a maioria deles era proveniente da Andaluzia e grande parte era formada por imigrantes iletrados, provenientes do campo, o que não os diferenciava da população brasileira, que também era marcadamente de origem rural, mesmo nos

15. Sobre as populações moventes de São Paulo, seu espalhamento e cultura após a década de 1940, ver: PERES, Elena Pajaro. *Exuberância e invisibilidade*: populações moventes e cultura em São Paulo, 1942 ao início dos anos 70. São Paulo: FFLCH/USP, 2007. (Tese de doutoramento em História Social)

16. Tratei dessa questão teórico-metodológica na resenha sobre o livro de Ismara Izepe de Souza, *Espanhóis: história e engajamento* (São Paulo: Nacional, 2006). Cf. PERES, Elena Pajaro. Espanhóis no Brasil: a experiência plural de uma imigração singular. *Extensão e Cultura*, Goiânia, v. 10, p. 174-176, 2011. Disponível em: http://www.proec.ufg.br/revista_ufg/Revista%20UFG%20Julho%20-%202011. Acesso em 23/10/2012.

17. VILARDAGA, José Carlos. *São Paulo na órbita do Império dos Felipes*: conexões castelhanas de uma vila da América Portuguesa durante a União Ibérica, 1580-1640. São Paulo: FFLCH/USP, 2011. (Tese de doutoramento em História Social)

18. KLEIN, Herbert. *Op. cit.*, p. 109.

grandes centros urbanos, e tinha um alto índice de analfabetismo que beirava a cifra de 80% no início do século XX.

É importante lembrar que, se essa primeira onda imigratória foi marcada pela vinda de trabalhadores para as fazendas de café, também incluiu uma parcela de espanhóis que veio para a cidade, para se dedicar aos mais variados serviços: eram carroceiros, artesãos, comerciantes, garçons, artistas circenses etc. Por outro lado, operários espanhóis tornaram-se conhecidos, ao lado dos italianos, por terem dado força ao movimento trabalhista, seja organizando greves, seja divulgando ideias anarquistas.

A partir dos anos 30, a imigração declinou, afetada, no âmbito internacional, pela crise de 1929, pela restrição à emigração por parte dos países europeus e pela eclosão da Segunda Guerra Mundial em 1939.[19] O governo brasileiro proibiu a imigração em 1941, temendo a entrada dos chamados estrangeiros "indesejáveis", que eram todos aqueles que fugiam desesperadamente da situação de guerra na Europa ou que tinham ideias consideradas politicamente perigosas na época.[20] Vivíamos naquele momento sob a égide de um regime de tendência fascista, o Estado Novo do ditador Getúlio Vargas, que tinha como uma de suas ambições a seleção racial e política da população.[21]

Após a Segunda Guerra, com a assinatura do Decreto-lei nº 7967 de 18 de setembro de 1945, a entrada de imigrantes foi novamente permitida.[22] Pretendia-se, entretanto, que essa imigração fosse feita de forma controlada, dando continuidade a uma política discriminatória que podemos observar nas páginas da *Revista de Imigração e Colonização*, publicada entre 1945 e 1955 pelo governo brasileiro.[23]

19. Fausto, Boris. *Historiografia da imigração para São Paulo.* São Paulo: Editora Sumaré/Fapesp, 1994. p. 48.
20. Sobre a proibição da imigração em 1941 cf. Relatório das Atividades do Conselho de Imigração e Colonização no ano de 1944. *Revista de Imigração e Colonização*, Rio de Janeiro, v. 1, p. 17, mar. 1945.
21. Carneiro, Maria Luiza Tucci. *O anti-semitismo na Era Vargas*: fantasmas de uma geração, 1930-1945. 2. ed., São Paulo: Brasiliense, 1995.
22. Publicado no Diário Oficial em 6 de outubro de 1945. Para ler o Decreto-lei na íntegra consultar *Coleção das Leis da República dos Estados Unidos do Brasil. Atos do Poder Executivo*, v. 7, p. 378-390, out./dez. 1945. O Decreto-lei também foi publicado na *Revista de Imigração e Colonização*, v. 4, p. 445-455, dez. 1945.
23. Para um estudo aprofundado sobre a *Revista de Imigração e Colonização* ver Peres, Elena Pajaro. "Proverbial hospitalidade"? A Revista de Imigração e Colonização e o discurso oficial sobre o imigrante: 1945-1955. *Acervo: Revista do Arquivo Nacional*, Rio de Janeiro, v. 10, n. 2,

Na década de 50, houve um novo impulso imigratório da Espanha para o Brasil, incentivado em parte pelo próprio governo espanhol com a *Orden del Ministerio del Trabajo*, de 29 de março de 1946, que facilitou a emissão de passaportes.

Fazendo a contagem de todos os nomes que constam nas listas de desembarque dos navios chegados ao Porto de Santos, de 1946 a 1964, pude apurar que, dos cerca de 120 mil imigrantes espanhóis que vieram para o Brasil nesse período, 77.801 entraram legalmente no estado de São Paulo e um terço deles, ou seja, mais de 26 mil, tinha passaportes galegos. Não se incluem nesta contagem os que vieram por transporte aéreo ou que desembarcaram em outros portos e seguiram depois para São Paulo por trem ou ônibus. Esses números também não incluem, obviamente, os clandestinos, que viajavam nos porões dos navios.

As listas de desembarque de passageiros no Porto de Santos, que se encontram no arquivo do *Museu da Imigração* de São Paulo (antigo *Memorial do Imigrante*), além de determinarem a importância numérica dessa imigração, trazem dados como: gênero, idade, estado civil, religião, profissão alegada, composição familiar, instrução, última residência, porto de procedência, destino, tipo de visto e local de emissão dos passaportes. Para os anos de 1946 a 1952, anotei, durante a minha pesquisa de mestrado, as informações de todos os espanhóis que desembarcaram em Santos. A partir de 1953, devido ao interesse específico do meu trabalho, compilei os dados completos apenas dos imigrantes que tiveram seu passaporte emitido na Galícia, com visto permanente números 9 ou 10, não deixando de contabilizar os demais por questões estatísticas. Com as informações sobre os 26.072 imigrantes com passaportes galegos, compus um banco de dados que permite a busca imediata a partir de qualquer um dos campos apresentados nas listas. Com esse valioso instrumento de trabalho, pude elaborar gráficos e analisar dados estatísticos que foram publicados em 2003 no livro *A inexistência da terra firme*: a imigração galega em São Paulo, 1946-1964.[24]

p. 85-102, jul./dez. 1997. (Dossiê Imigração). Disponível em: http://revistaacervo.an.gov.br/seer/index.php/info/article/view/292/254. Acesso em 23/10/2012.

24. Peres. *A inexistência da terra firme*. *Op. cit.*

Uma das primeiras providências ao chegar a São Paulo era tirar uma fotografia para enviar aos amigos e familiares na Espanha. Foto do imigrante galego Isaac García Gamallo, enviada a seu sobrinho Ismael, na década de 1950. Isaac chegou em 1951 e trabalhava como canteiro, decorando fachadas com pedras, em São Paulo.

Acervo pessoal Elena Pajaro Peres.

Verso da fotografia de Isaac García Gamallo, com a dedicatória "Desde Brasil con mucho cariño a mí querido sobriño".

Acervo pessoal Elena Pajaro Peres.

Sobre essa imigração após a Segunda Guerra, muitas vezes se disse e se continua dizendo equivocadamente que foi composta exclusivamente por exilados da Guerra Civil Espanhola e por trabalhadores especializados, principalmente destinados à indústria automobilística, esses últimos vindos por meio da imigração subvencionada. Mas essas afirmações não condizem com os relatos dos imigrantes e tampouco estão de acordo com as fontes documentais disponíveis.

A maioria dos espanhóis veio para o Brasil sem qualquer tipo de ajuda governamental e não possuía relações mais estreitas com a militância política, como pude constatar nos documentos dos arquivos diplomáticos do Itamaraty no Rio de Janeiro e em Brasília. O montante maior da imigração do pós-guerra concentrou-se nos primeiros anos da década de 50, quando a Espanha ainda não participava do *Comitê Intergovernamental para as Migrações Europeias*, o que só veio a acontecer em 1956. E nem todos imigrantes que tiveram a passagem paga pelo CIME eram técnicos, pois alguns estavam incluídos no *Plano de Reunião Familiar*, um programa que teve início em 1958, com o apoio da Igreja Católica, e era executado pela *Misión Católica Española*. Esse programa visava reunir membros de famílias dispersas pela emigração e por ele vieram principalmente idosos, mulheres e crianças.[25]

25. *Idem*, p. 35.

Os imigrantes que vinham por conta própria traziam uma carta de chamada de algum parente ou conhecido e uma declaração que atestava que possuíam uma profissão considerada útil ao Brasil. Muitas vezes, para conseguir o visto, os candidatos à imigração apresentavam uma declaração de profissão falsa, como se pode constatar na correspondência diplomática arquivada no Itamaraty e confirmar pelos relatos de vários dos protagonistas dessa história.

Em São Paulo, trabalharam em diversos setores, especialmente na construção civil, com a colocação de pedras e fachadas (profissão exercida pelos famosos canteiros galegos), nos transportes, nos trabalhos artesanais, como marcenaria, carpintaria e alfaiataria, no setor de bares e restaurantes, pensões, hotéis e diversos ramos do comércio. As mulheres, em geral, eram donas de casa, quando casadas, mas ajudavam na composição da renda familiar trabalhando como lavadeiras, costureiras, cozinheiras, balconistas ou atuando ao lado dos maridos na direção de algum pequeno negócio. As solteiras trabalhavam em pequenas confecções ou como empregadas domésticas. Homens e mulheres também se arriscaram por outros campos como, por exemplo, a fotografia ambulante, as empresas de entretenimento e o serviço de fotocópias. Alguns, com o passar dos anos, tornaram-se empresários bem sucedidos.

Esses imigrantes do pós-guerra, como também os do final do século XIX e início do XX, vinham em sua maioria das zonas rurais da Espanha. Muitos tinham poucos anos de escolaridade, mas traziam conhecimentos tradicionais de base popular altamente sofisticados e uma cultura que era composta, desde os tempos mais remotos, por elementos de mobilidade. Os povos da Espanha, como também os de Portugal – a quem o historiador Américo Castro chamava de galegos do Sul[26] – estavam acostumados a se moverem por toda Península Ibérica e pelo restante da Europa em busca de trabalho, conquistando territórios, pastoreando rebanhos, vendendo e comprando mercadorias. Nesse sentido, sair de uma pequena aldeia e ir para uma grande cidade era costumeiro na vida de muitas famílias, algo que passava de geração a geração. Eles faziam isso transitoriamente. A diferença era que quando a imigração tinha por destino a América, a distância

26. Castro, Américo. *La realidad histórica de España*. 8. ed. México: Editorial Porrúa, 1982. p. 32.

e o alto custo das passagens dificultavam a volta. A viagem de navio demorava em torno de 20 dias.

Para voltar, mesmo que a passeio, era preciso adquirir capital e isso, quando acontecia, demandava longos anos de trabalho. Após a Segunda Guerra Mundial, voltar era, além de tudo, mais dramático, porque a aceleração das mudanças no campo espanhol foi cada vez mais drástica depois dos acordos assinados entre Espanha e Estados Unidos, em 1953. Esses acordos permitiram a instalação de bases militares norte-americanas em território espanhol em troca de ajuda econômica, técnica e militar e acabaram por levar elementos de modernização para a zona rural. O imigrante, após algumas décadas, podia retornar à sua pequena aldeia, mas o que encontrava era o mesmo espaço em outro tempo.

Os galegos que entrevistei relataram que esse foi o momento mais difícil da imigração: voltar e rever o que haviam deixado, mostrar-se novamente aos que estavam longe e agora diferentes, inclusive fisicamente mais velhos, como eles próprios. A chegada ao Brasil havia sido igualmente difícil, mas era marcada pelo sonho, pelo desejo de prosperar.

De qualquer maneira, a migração fazia parte do cotidiano coletivo, especialmente dos galegos, o grupo mais andante entre os espanhóis, a ponto do escritor castelhano Miguel Delibes explicar, em seu livro *Diario de un Emigrante*, de 1958, o impulso de emigrar com a expressão "Sentí el expréss de Galicia".[27]

Certamente os andaluzes e os galegos foram os maiores grupos de espanhóis que vieram para o Brasil e para São Paulo no período das imigrações. No caso galego, nas décadas de 1950 e 1960, o Brasil foi o terceiro destino mais procurado, atrás apenas da Argentina e da Venezuela.[28] Isso só mudou a partir de 1964, quando o fluxo da imigração voltou-se para os países europeus (França, Suíça e Alemanha) e quando o *Acordo de Migração* entre Brasil e Espanha, firmado em 1960, começou a vigorar. Esse acordo só permitia a entrada de tra-

27. Delibes, Miguel. *Diario de un emigrante*. 3. ed. Barcelona: Destino, 1971.

28. Eiras Roel, Antonio. La emigración gallega a las Américas en los siglos xix y xx: nueva panorama revisada. In: *Aportaciones al estudio de la emigración gallega*: un enfoque Comarcal. Santiago de Compostela: Xunta de Galicia, 1992. p. 189, 197, 200.

Em 1960, o sobrinho veio se reunir ao tio em São Paulo e também enviou fotografias aos familiares que ficaram na Espanha. Foto do imigrante galego Ismael Pajaro García.
Acervo pessoal Elena Pajaro Peres.

Secretaria da Segurança Pública

DIRETORIA DO SERVIÇO DE TRÂNSITO DO ESTADO DE SÃO PAULO

ESCOLA OFICIAL DE TRÂNSITO

O Sr. Ismael Pajaro Garcia

.... freqüentou o Curso de Seleção, sendo julgado em condições para trabalhar como

COBRADOR DE ONIBUS

Reg. Geral N.º 2.841.021 -M.19

Processo N.º 8.083/61.

São Paulo, 24 de Fev. de 1961.

DIRETOR

Não tendo se adaptado à profissão de canteiro, o imigrante Ismael, aconselhado por um amigo espanhol, começou a trabalhar no ramo dos transportes. Carteira de identificação de Ismael Pajaro García como cobrador de ônibus, em 1961.
Acervo pessoal Elena Pajaro Peres.

balhadores que tivessem as profissões preestabelecidas pelo governo brasileiro, ou seja, quase ninguém.[29]

Um ponto essencial para a compreensão da imigração espanhola para São Paulo é saber que eles vieram, em proporções diferenciadas, de todas as regiões da Espanha: são andaluzes, galegos, bascos, catalães, valencianos, castelhanos, asturianos etc. É impossível homogeneizar esse grupo. Os estereótipos geralmente usados para identificar os espanhóis não levam em conta essa multiplicidade e por isso são inadequados. Nem todos têm como primeiro idioma o castelhano, tocam castanholas ou têm por hábito comer *paella*. Eles também trouxeram e recriaram no Brasil elementos culturais mais desconhecidos, mas não menos autênticos, como as *gaitas*, *pandeiretas* e os *aturuxos* – que são os gritos característicos que acompanham as músicas de gaita galega. Os idiomas falados pelos imigrantes também eram diferentes – galego, euskera, catalão, castelhano, valenciano – e aqui se mesclaram ao português. Por isso, quando se pensa em Espanha e em imigração espanhola, é preciso pensar em multiplicidade, mais do que em um padrão único.

29. Peres. *A inexistência da terra firme*. *Op. cit.*, p. 35.

Além da diversidade cultural sempre marcante na história da Espanha, houve períodos de forte divisão política. Esse aspecto mostrou seu lado mais trágico no século XX com a separação entre republicanos e franquistas durante e após a Guerra Civil Espanhola (1936-39), mas vinha desde o período da unificação espanhola com os reis católicos no século XV.[30]

As diferenças entre os espanhóis, que levaram a muitas divisões entre esses imigrantes em São Paulo, não podem ser vistas, entretanto, como "regionalismo retrógrado" ou como "rinhas de colônia", como por vezes foi dito ou insinuado. Elas são constituintes da formação da Espanha como Estado Nacional. Não há Espanha sem diversidade e divergência e isso acabou por reproduzir-se também entre os imigrantes.

Essas diferenças de certa forma explicam a dificuldade de se encontrar o espanhol de São Paulo. Quem os procura não pode ter em mente um modelo, aquilo que foi dito ser próprio do espanhol. Os espanhóis de São Paulo são, antes de tudo, múltiplos, e isso é o que mais pode nos encantar. Eles não se revelam facilmente, são reservados em relação às suas memórias. As culturas camponesas europeias que vieram com uma grande parcela desses imigrantes são muito delicadas, apesar de rústicas. Tendem a se esconder, quando acuadas. Foram perseguidas nos grandes centros europeus, especialmente no século XX, e por isso se tornaram tímidas, tendo chegado aqui fragmentadas e necessitando de recriação. Mas, como dizia o escritor paulista Mário de Andrade: "o espírito dos grandes centros continua rural".[31] As culturas rurais são tão contemporâneas quanto as culturas urbanas; além disso, a própria população de São Paulo era e ainda hoje é preponderantemente de origem rural.

O fato de não haver muitos registros sistematizados não significa que a participação dos espanhóis na composição da cidade de São Paulo não tenha sido grande. É preciso procurar nas fontes que nos revelam o cotidiano. Para se encontrar os espanhóis é preciso saber

30. SOUZA, Ismara Izepe de. *Solidariedade internacional*: a comunidade espanhola do Estado de São Paulo e a polícia política diante da Guerra Civil da Espanha, 1936-1946. São Paulo: Humanitas, Fapesp, 2005.

31. LOPEZ, Telê Ancona. *Mário de Andrade:* ramais e caminhos. São Paulo: Duas Cidades, 1972. p. 125.

PERES, Elena Pajaro. *A inexistência da terra firme*: a imigração galega em São Paulo, 1946-1964. São Paulo: Edusp; Imesp; Fapesp, 2003.
Acervo BMA.

procurá-los, fugindo-se dos discursos propagandísticos que pretendem disciplina-los em categorias artificiais. Não há acervos prontos e acabados, é preciso sair a campo.

Apesar do caráter disperso da documentação, várias são as fontes às quais podemos recorrer para conhecer melhor a história dos espanhóis em São Paulo. Entre elas a literatura é uma fonte privilegiada – tanto a literatura espanhola, que menciona o Brasil e a América, como a literatura brasileira, que traz aspectos quase esquecidos sobre o cotidiano de São Paulo e revela as tensões presentes na cidade.

As edificações urbanas são outra fonte. Desde os monumentos, como o Miguel de Cervantes esculpido pelo artista hispano-paulistano Rafael Galvez, até as fachadas trabalhadas pelos canteiros galegos e que ainda estão espalhadas pelos bairros da cidade.

A música é uma fonte de estudo pouco explorada. Canções de emigração e canções da imigração. A própria formação dos grupos culturais precisa ser mais investigada, como, por exemplo, a história do coral *Lembranza y Agarimo*, que foi fundado em 1953 e deu origem à Casa de Galícia, em 1955.[32]

Além disso, temos os periódicos, as fontes oficiais dos arquivos diplomáticos, a documentação das associações de imigrantes, a documentação portuária e os depoimentos dos próprios imigrantes e seus descendentes. Se começarmos a indagar pela cidade, há muitas histórias de bisavós andaluzes com suas *guitarras flamencas* e avôs galegos com suas *pandeiretas* e *gaitas*, entre tantas outras. A memória, nos estudos sobre os imigrantes, é algo de um fascínio peculiar que nos permite perceber que, se foi na cidade de São Paulo que os espanhóis se espalharam, como muitas pesquisas atestaram, foi aqui também o local onde se encontraram e passaram a ser definidos e a se definirem

32. Essa história pode ser acompanhada pela leitura dos livros de Atas das reuniões da Junta Diretiva da Casa de Galicia (1954-1972), que tive a oportunidade de consultar nos arquivos da *Sociedade Hispano Brasileira de Socorros Mútuos em São Paulo*, no bairro do Ipiranga.

de forma mais coesa. Foi na América que, de fato, eles se tornaram mais do que nunca os espanhóis, como eram chamados pelos outros povos da Europa desde o século XII.[33] Nesta cidade eles se tornaram, com o passar dos anos, os espanhóis de São Paulo. As diversas culturas hispânicas se encontraram na imigração de forma mais contundente do que na própria Espanha. De repente estavam todos na mesma cidade, compartilhando as ruas, os locais de trabalho, disputando espaços, tendo que reinventar seus modos de vida e suas tradições. Eles não se encaixam nos modelos preconcebidos em que muitas vezes são colocados. Não são fáceis, não são simples, nunca foram, mas são espanhóis, os nossos espanhóis de São Paulo, que são, antes de tudo, valencianos, castelhanos, bascos, galegos, andaluzes, asturianos...

33. CASTRO, Américo. *Op. cit.*, p. 57.

A cultura e a ação japonesa na pauliceia desenraizada*

MADALENA NATSUKO HASHIMOTO CORDARO**

A Biblioteca Mário de Andrade ocupa um lugar especial na minha formação intelectual, destino que foi dos preferidos durante os anos de estudante da Escola de Comunicações e Artes da USP quando procurava conhecer a arte de modo geral e a gráfica de modo particular. A maravilhosa coleção de Livros Raros era o local mágico onde Hans Staden se tornava contemporâneo para mim e meus colegas que visitavam as páginas de sua *America tertia pars memorabile provinciae Brasiliae historiam contines* (impresso por Theodor de Bry, 1595). Havia também Jean Baptiste Debret, com sua *Voyage pittoresque et historique au Brésil, ou, Séjour d'un artiste français au Brésil, depuis 1816 jusqu'en 1831* (Paris: Firmin Didot, 1834).

Em especial me recordo das obras de poetas e pintores do século XX: o *Jazz* de Henri Matisse (Paris: Tériade, 1947), o *Cirque* de Fernand Léger (Paris: Tériade, 1950), o álbum de maravilhosas xilogravuras de Oswaldo Goeldi (Rio de Janeiro: Pongetti, 1930), o álbum *Mangue* de Lasar Segall (Rio de Janeiro: RA Editores, 1943), as gravuras de Livio Abramo, Darel, Poty Lazzarotto, Marcelo Grassmann, Cicero Dias e Iberê Camargo que ilustraram textos de Castro Alves, Guimarães Rosa, Mário de Andrade, impressas pela Sociedade dos Cem Bibliófilos do Brasil.

* Artigo originado da palestra apresentada na Biblioteca Mário de Andrade em 19 de fevereiro de 2011 no Ciclo *São Paulo: seus povos e suas músicas*.

** Madalena Natsuko Hashimoto Cordaro é Professora Associada da Faculdade de Filosofia, Letras e Ciências Humanas da USP, onde leciona literatura e arte japonesa.

Há anos, quando eu cursava a primeira graduação na USP, era outra a São Paulo. Mais distante no tempo, ainda, está a São Paulo de Mário de Andrade, como se lê no poema "Inspiração"[1]:

> São Paulo! Comoção de minha vida...
> Os meus amores são flores feitas de original!...
> Arlequinal!... Trajes de losangos... Cinza e ouro...
> Luz e bruma... Forno e inverno morno...
> Elegâncias sutis sem escândalos, sem ciúmes...
> Perfumes de Paris... Arys!
> Bofetadas líricas no Trianon... Algodoal!...
> (...)
> São Paulo! Comoção de minha vida...
> Galicismo a berrar nos desertos da América!

Ainda dominada pela cultura francesa, "a berrar nos desertos da América", a *Pauliceia desvairada* de Mário de Andrade foi cantada no poema que consta de livro homônimo publicado em 1920-21, quando já fazia doze anos que os imigrantes japoneses se haviam instalado em fazendas de café e algodão desde a região noroeste de São Paulo até o norte do Paraná, e alguns já faziam sua presença notada na capital, pois fugidos de uma labuta que não lhes era nada propícia.

Em 2008 comemorou-se o centenário de tal movimento de imigração, com grande pompa e muitas circunstâncias no Brasil todo, incluindo os portos e hospedarias dos locais de partida em Kobe no Japão e de chegada em Santos, com grande séquito representado pelo príncipe imperial Naruhito. Foram eventos variados, como espetáculos de danças folclóricas e contemporâneas, exposições de arte e de objetos históricos, retrospectivas de pintores nipo-brasileiros. Se a sofisticada cerimônia do chá foi bastante praticada e difundida entre os brasileiros mais comuns, também os tambores regionais *taiko* se fizeram muito presentes em centenas de apresentações Brasil afora, incluindo festivais no Japão.

1. ANDRADE, Mário de. Paulicéia desvairada, 1920-21. In: ____. *Poesias completas*. Edição crítica de Diléa Zanotto Manfio. Belo Horizonte: Itatiaia; São Paulo: Edusp, 1987. p. 83.

Dignas de nota também foram as exposições que privilegiaram a arte pop e contemporânea, como as do Museu de Arte Moderna (*Quando vidas se tornam formas: diálogos com o futuro – Brasil e Japão*, curadoria de Yuko Hasegawa), da Caixa Cultural (*O Japão de Pierre Verger*, fotografias com curadoria de Alex Baradel), do Sesi-Paulista (*Toquiogaqui*, curadoria de Christine Greiner e R. M. Fernandes). O Centro Cultural Banco do Brasil apresentou no Rio de Janeiro e em Brasília uma ampla visada de aspectos culturais do Japão, sob a curadoria de Denise Mattar, que a intitulou *Nippon*. O Instituto Moreira Salles preparou seu acervo de *ukiyo-e*, com curadoria e texto meus, obras visuais de minha produção em mostra intitulada *Das dez mil faces*, enquanto artista contemporânea *sansei*, e instigantes fotografias do imigrante Haruo Ohara, com curadoria de Sergio Burgi. Especialmente notável naquele ano de 2008 foi a colaboração da Agência de Cultura do Japão com a Pinacoteca do Estado na exposição *Período Edo: o florescer das cores*, com curadoria de Saito Takamasa, cujo catálogo tive a honra de traduzir. E aconteceu, ainda, mega evento ocorrido durante uma semana toda no Sambódromo do Anhembi, orquestrado por Jo Takahashi.

No campo das publicações, verificou-se um leque antes impensado de variantes, desde a produção acadêmica relacionada aos estudos japoneses, às áreas da economia, administração, arquitetura e cultura japonesa em geral. A tradução de obras japonesas relacionadas à imigração japonesa ao Brasil, como, por exemplo, *Sôbô*, de Ishikawa Tatsuzô, também encontrou apoio para publicação pela Ateliê Editorial. Apareceram compilações históricas que tentaram registrar o movimento e o êxodo dos japoneses e seus descendentes por terras brasileiras, seja do ponto de vista dos *nikkeis* ou da história oficial. Produziram-se interpretações ensaísticas que trataram de assuntos culturais tipicamente nipônicos, sobre a história do ensino da língua japonesa, a já aculturada culinária, as comunidades nipônicas, como os estudos fotográficos de Yuba, por Lucille Kanzawa, que foram expostos na Pinacoteca do Estado e tiveram publicação póstuma (São Paulo: Terra Virgem, 2010). A seleção chega até às publicações de cunho biográfico a cultuar os tidos homens melhores de seu grupo. Casas comerciais e industriais também engendraram genealogias.

Se existe ainda, por um lado, o culto ao particularmente nipônico, o apego à tradição e a resistência à assimilação, ou melhor, o cultivo

Tinturaria de imigrante da leva de 1908, no bairro da Liberdade, São Paulo.

Acervo do Museu Histórico da Imigração Japonesa no Brasil.

da repetição sempre renovada, nota-se que estes traços têm demonstrado cada vez menos densidade, a se contar pelo percentual de 61% de mestiços da quarta geração (*yonsei*). Por outro lado, nota-se também a quase total ignorância das coisas do Japão entre a maioria que fala somente a língua portuguesa, embora o movimento decasségui esteja modificando este percentual. Com efeito, muitos de meus primos que permanecem no interior do estado de São Paulo poderiam ter sido modelos para personagens de Mauricio de Souza (que, aliás, conta com notável número de *nikkeis* em seu quadro de funcionários). O rapazote *sansei* ou *yonsei* que vende comida japonesa no varejão que frequento desconhecia as comemorações tradicionais, tão alheias a seu universo cultural.

Além de pesquisadores japoneses e brasileiros, que são na maior parte de ascendência japonesa, também têm vindo às nossas terras intelectuais dos Estados Unidos, Itália, Porto Rico, México, Portugal e Espanha, interessados nos fatos históricos de tão intensa relação e tão flagrantes processos de aculturação nipo-brasileira, que se tornou um laboratório vivo de transformações culturais.

Mas este texto não quer se demorar em dados estatísticos ou históricos que podem ser consultados na internet. Numa ocasião como esta, de reabertura da Biblioteca Mário de Andrade ao público da cidade de São Paulo, que elegeu como tema de seu evento comemorativo *São Paulo: seus povos e suas músicas*, parece-nos mais que oportuno pensar de modo comparativo nessa gente que aqui mora, trabalha e se relaciona.

Assim, a percepção dos paulistanos, dos descendentes de bandeirantes (mais ou menos mitificados) de antanho, com seus poucos agregados negros e mulatos, à diferença da antiga capital no Rio de Janeiro, vê-se no início do século XX cercada por imigrantes novos da Itália, da Inglaterra, da Espanha, do Líbano, do Japão.

A associação a estrangeiros é encontrada em outros versos da *Pauliceia desvairada*: "*Bon giorno, caro!*"[2]; uma citação inserida em poema sobre a cidade; "São Paulo é um palco de bailados russos"[3] é outro verso significativo; "Costureirinha de São Paulo, / ítalo-franco-luso-brasílico-saxônica"[4] são linhas que tentam captar a contemporânea vista urbana, numa percepção já do calidoscópio em que ela estava se transformando.

E, se a maior parte dos japoneses viera para trabalhar e enriquecer no cultivo do café e do algodão para depois regressarem à então depauperada terra natal, minhas famílias inclusive, o que fazer quando o produto-chave perde seu valor? Outra vez, tomemos Mário de Andrade como testemunha:

> Os caminhões rodando, as carroças rodando,
> Rápidas as ruas se desenrolando,

2. Os cortejos. Idem, p. 84.
3. Paisagem n. 2. Idem, p. 97.
4. Tu. Idem, p. 98.

Rumor surdo e rouco, estrépitos, estalidos...
E o largo coro de ouro das sacas de café!...

Na confluência o grito inglês da São Paulo Railway...
Mas as ventaneiras da desilusão! a baixa do café!...
As quebras, as ameaças, as audácias superfinas!
Fogem os fazendeiros para o lar!... Cincinato Braga!...
Muito ao longe o Brasil com seus braços cruzados...
Oh! as indiferenças maternais!...[5]

Diversificar. Dedicar-se a outras lides, outras produções agrícolas ou industriosas, entrar no comércio pequeno ou grande, servir como copeiro, mordomo ou garçom, estudar para exercer profissões liberais: como dentista, médico, engenheiro.

É como habitante da cidade e não do campo que Anita Malfatti retrata o homem japonês. Assim também o fez seu colega Mário de Andrade na obra *Amar, verbo intransitivo*. A obra de Anita foi apresentada na Exposição de Pintura Moderna em 1918 e foi considerada o estopim da Semana de Arte Moderna. Tida como uma de suas obras mais importantes, mostra um japonês imponente em sua gravata borboleta e colarinho alto, quase um dândi em seu porte altivo. Entretanto, existem também críticas à obra, por apresentar uma estereotipia de traços que contrastam com certo tipo tido como "autóctone brasileiro". Faziam parte também da exposição o quadro *A estudante russa*, a gravura *Boneca japonesa* e a pintura *O homem amarelo* (que, na verdade, retratava um italiano...). O interesse por um nativo nacional, que seria "bandeirante", tornava-se fundamental e, claro, mitificado, já que com tão diferentes faces.

Mas o japonês de Mário de Andrade não se mostra assim tão altivo. Com efeito, Tanaka é um criado que serve na mansão dos *quatrocentões* Sousa Costas, que habitam uma mansão em Higienópolis. Sua relação com outra personagem imigrante, Fräulein, não é exatamente de camaradagem, rivais que são na conquista da América.

5. Paisagem n. 4. Idem, p. 102.

Telê Ancona Lopez[6], uma das maiores especialistas em Mário de Andrade, em sua análise da obra *Amar, verbo intransitivo*, pontua:

> O Narrador possui 'razões', que não declara, para não focalizar os amantes. Vai gastar seu 'fim de noite' tratando das relações entre *estrangeiros:* Tanaka, o criado japonês da família, e Fräulein, inimigos de dia e companheiros dialogando na sala, à noite. Já aproximei aqui a escolha do estrangeiro por parte de Mário de Andrade à escolha idêntica no expressionismo. Continuo, lembrando o japonês, ser enigmático em Hugo von Hofmansthal ou O *Japonês* pintado por Anita Malfatti. Em *Amar verbo intransitivo,* Tanaka é o estrangeiro, o exilado, figura marginal, turva que, juntamente com Fräulein, falando mal dos patrões e do Brasil, forma o par de tigres, feras do escuro, ameaça latente... mas pouco perigosa. Acossados pela queimada da servidão e da pobreza, resta-lhes a evocação emocionada do passado e a luta de classe do lacaio, a mais miúda e inexpressiva: falar mal.

A se crer na análise de Telê Ancona, pode-se dizer que o japonês Tanaka e a alemã Fräulein não são representados exatamente com muita simpatia. De fato, o próprio narrador deixa claro o antagonismo aos recém-vindos quando faz uma digressão no enredo da lição de amar e analisa as relações entre eles, iniciando com uma cena ampla de muitas estrangeirices:

> Em que companhia horrorosa a gente Sousa Costa foi se meter! Porém no Brasil é assim mesmo e nada se pode melhorar mais! Os empregos brasileiros rareiam, brasileiro só serve pra empregado-público. Aqui o copeiro é sebastianista quando não é sectário de Mussolini. Porém os italianos preferem guiar automóveis, fazer a barba da gente, ou vender jornais. Se é que não partiram pro interior em busca de fazenda por colonizar. Depois compram um lote nos latifúndios tradicionais, desmembrados em fazendas e estas em sítios de dez mil pés. Um belo dia surgem com automovelão na porta do palacete luís-dezesseis na Avenida Paulista. Quem é, heim? É o ricaço Salom Qualquer-Coisa, que não é

6. Lopez, Telê Ancona. Uma difícil conjugação. In: Andrade, Mário de. *Amar, verbo intransitivo*. 16. ed. Belo Horizonte: Villa Rica, 1996. p. 26. (Biblioteca de Literatura Brasileira, 2).

nome italiano mas, como verdade, é também duma exatidão serena. Porém se o copeiro não é fascista, a arrumadeira de quarto é belga. Muitas vezes, suíça. O encerador é polaco. Outros dias é russo, príncipe russo.

E assim aos poucos o Brasil fica pertencendo aos brasileiros, graças a Deus! dona Maria Wight Blavatsky, dona Carlotinha não-sei-que-lá Manolo.

Quando tem doença em casa, vem o dr. Sarapião de Lucca. O engenheiro do bangalô neo-colonial (Ásia e duas Américas! Pois não: Chandernagor, Bay Shore e Tabatingüera) é o snr. Peri Sternheim. Nas mansões tradicionalistas só as cozinheiras continuam ainda mulatas ou cafusas, gordas e pachorrentas negras da minha mocidade!... Brasil, ai, Brasil![7]

Assim introduzidos, os dois tigres são dissecados em suas características de "almas desinfelizes exiladas" e recentes: ele, servil, malvado, de carantonha chata, um tigre contorcido; ela, superior na hierarquia, tigre longo, desgracioso, espiritual. Deixemos falar ainda o escritor Mário de Andrade, em *Amar, verbo intransitivo*, sobre seus dois estrangeiros, Tanaka e Fräulein:

Os dois tigres ofegam. Falta de ar. Sufocam, meu Deus! Deus? Porém que deus? Odin de drama lírico, sáxeo Budá no contraforte das cavernas? Mas porém sobre a queimada, Tupã retumba inda mais mucudo, de lá dos araxás de Tapuirama. Por enquanto. Creio mesmo que vencerá. Os dois tigres acabarão por desaparecer assimilados.

Mesmo o japonês? Homem, não sei. Avisto Gobineau fraudulento a estudar o facies de Tupã. Odin e Budá inda Tupã podia vencer, que em brigas entre iguais a vitória parece discutível. Mas Gobineau é homem, Homo Europeus, e sempre constatei que os homens são muito mais fortes que os deuses. Gobineau vencerá para maior gozo de alemães.[8]

Parece-nos fundamental a frase "os dois tigres acabarão por desaparecer assimilados". Hoje, passados exatos 84 anos desde a criação da obra de Mário de Andrade, como comentar tal metáfora? Com

7. *Op. cit.*, p. 97-8.
8. *Op. cit.*, p. 99-100.

efeito, "tigres asiáticos" já foi imagem utilizada para os países do leste em termos de competitividade econômica na década de 1980, mas abarcando Hong Kong, Coréia do Sul, Singapura e Taiwan... não o Japão. Tupã, deus criador da luz e morador do sol, não vence Buda (Budá, como transcreveu Mário de Andrade), mas se transfigura em Amaterasu, a deusa-sol do xintoísmo. O teórico das raças, aristocrata francês Joseph Arthur Comte de Gobineau, que engendrou a grande catástrofe da ideia ariana de existência, também não venceu, para maior gozo de todos nós, hoje multiculturais. Se os "tigres" foram, sim, assimilados de certa forma, por outro lado, não parecem ter desaparecido... Com efeito, a presença sushi junto às saladas como entrada em churrascarias bem atesta a sua permanência.

No livro *A costela do grã cão*, de 1933, Mário de Andrade tem um poema intitulado "Grã cão do outubro"[9], dividido em cinco partes, do qual destaco a última, intitulada "Dor", que também se refere a japoneses:

> E agora apontai-me, janelas do Martinelli,
> Calçadas, ruas, ruas ladeiras rodantes, viadutos,
> Onde estão os judeus de consciência lívida?
> Os tortuosos japoneses que flertam São Paulo?
> Os ágeis brasileiros no Nordeste? os coloridos?
> Onde estão os coloridos italianos? onde estão os turcomanos?
> Onde estão os pardais, madame la Françoise,
> Ergo, ego, Ega, égua, água, iota, calúnia e notícias,
> Balouçantes nas marquesas dos roxos arranha-céus?...

Vemos, então, a cidade de São Paulo já tomada por muitas gentes, numa vocação única no Brasil. "Tortuosos" certamente é adjetivo que bem cabe a qualificar os japoneses que então ensaiavam o domínio linguístico da nova pátria, através de uma tradução cultural de seu viés indireto, hierárquico e coletivista. Dito de um modo mais poético: não "tortuosos", mas "oblíquos". De tanto flertarem, acabaram por contrair núpcias e fincar raízes.

9. Andrade, Mário de. *Poesias completas*, *Op. cit.*, p. 318.

E para lembrar mais um poema[10] de Mário de Andrade, ainda válido até hoje, quando todos ainda continuam a vir a esta cidade, que continua a todos abrigando:

Garoa do meu São Paulo,
– Timbre triste de martírios –
Um negro vem vindo, é branco!
Só bem perto fica negro,
Passa e torna a ficar branco

Meu São Paulo da garoa,
– Londres das neblinas finas! –
Um pobre vem vindo, é rico!
Só bem perto fica pobre,
Passa e torna a ficar rico.

Garoa do meu São Paulo,
– Costureira de malditos –
Vem um rico, vem um branco,
São sempre brancos e ricos...

Garoa, sai dos meus olhos.

Quem negaria que esta garoa de Mário de Andrade ainda exista? Se não física, pelo menos econômica?

Com a Segunda Guerra e o tremendo trauma imposto aos sonhos de retorno ao Japão, a proibição do estudo da língua pátria (a japonesa) e as mudanças sociais, a aculturação se tornou imperativa. Os sonhos deveriam se adequar à ascensão econômica inserida na realidade brasileira. Para atingir tal objetivo, sobretudo, dever-se-ia partir para a cidade que poderia se tornar grande, uma metrópole, uma megalópole: a São Paulo dos anos 60, que também acolheu Tom Zé[11]:

10. Lira paulistana. *Op. cit.*, p. 353.
11. Disponível em: http:/www.tomze.com.br. Acesso em 23/10/2012.

São, São Paulo quanta dor
São, São Paulo meu amor

São oito milhões de habitantes
De todo canto e nação
Que se agridem cortesmente
Correndo a todo vapor
E amando com todo ódio
Se odeiam com todo amor

São oito milhões de habitantes
Aglomerada solidão
Por mil chaminés e carros
Gaseados a prestação
Porém com todo defeito
Te carrego no meu peito

E, finalizando a canção, tem-se uma imagem de outras cidades que ainda se mantém atual nos dias de hoje:

Em Brasília é veraneio
No Rio é banho de mar
O país todo de férias
E aqui é só trabalhar
Porém com todo defeito
Te carrego no meu peito

Paulistanos que trabalham, que sabem pouco de veraneios e banhos de mar. Pauliceia desvairada, cheia de atividades pungentes, hoje a décima-sexta cidade em potência econômica, cantada com grande pompa e esplendor no Chile por Nicolás Luco[12] por seus museus e coleções maravilhosas: o Masp, o MAM, o MAC.

12. Jornal *El Mercúrio*, Santiago, 3 feb. 2010. Nicolás Luco é editor de Ciência e Tecnologia do referido jornal, e esteve em São Paulo para participar de feira tecnológica no Pavilhão da Bienal do Ibirapuera. A fonte foi encontrada por acaso, ao retornar de uma viagem de férias; não se discute seu valor acadêmico.

Descendentes do casal Kawabata, que chegou ao Brasil em 1908 no navio Kasato Maru.

Acervo pessoal da Família Nakamura e Onishi/ Gentilmente cedida pela Editora Biluma Cultural.

Durante quatro anos, de 1992 a 1996, quando morava no estado do Missouri, perturbava-me a ideia da falta de museus e galerias de São Paulo, com seu número equivalente ao dos que existiam em Saint Louis, uma cidade de apenas dois milhões de habitantes. Entretanto, nota-se, tudo se relativiza frente à carência sul-americana.

Assim, também, a nossa área acadêmica referente aos estudos linguísticos, literários e culturais do Japão pode, à primeira vista, parecer ínfima comparada à de países com mais tradição. O Centro de Estudos Japoneses da Universidade de São Paulo, conquanto modesto frente à riqueza de seus iguais norte-americanos e europeus, detém a maior biblioteca especializada na área da América Latina e o maior número de pesquisadores das línguas portuguesa e espanhola.

A literatura japonesa, ainda que bastante distante linguisticamente, encontrou grandes admiradores entre os escritores brasileiros. Aos pesquisadores e tradutores há ainda tarefas hercúleas na área de apresentação de obras clássicas e modernas, que somente na última década começa a ser praticada com mais frequência.

Um dos escritores brasileiros mais entusiastas da literatura japonesa, além de Haroldo de Campos (1929-2003), foi o faixa preta em judô e poeta Paulo Leminski (1944-1989), que escreveu um texto que sintetiza bem a contribuição e o intercâmbio entre as duas gentes. Para homenagear este curitibano de pai polonês e mãe negra, lembro algumas de suas afirmações que constam de *Bonsai: niponização e miniaturização da poesia brasileira*:

> O Japão é o olho-de-ciclone do entrecruzamento Oriente/Ocidente, horizontal/vertical.
>
> Estranho de tudo é que as mais recentes conquistas da arte ocidental coincidem com características da arte japonesa mais tradicional:
>
> – "montagem atrativa" (Eisenstein): ideograma, nô, kabúki;
>
> – "distanciamento épico" (Brecht): Nô, kabúki;
>
> – "port-manteau-words", montagens verbais lewis-carrol-joycianas: "kakekotoba", as "palavras penduradas" da literatura japonesa (Nô, waka, tanka, senryu, hai-kai);
>
> – música "minimal" (Glass): música japonesa tradicional; miniaturização e síntese poética (e. e. cummings, Pound, Wiliam Carlos Wiliams, Oswald, poesia concreta): hai-kai, waka, tanka;
>
> – linguagem analógica, ideogrâmica, não discursiva (McLuhan, poesia concreta).
>
> No Brasil, a primeira influência direta da poesia japonesa parece ter sido sobre os Modernistas de 22, através de traduções francesas.
>
> Guilherme de Almeida, nos anos 20, fez os primeiros "hai-kais", adotando as três linhas (versos com cinco, sete e cinco sílabas), mas introduzindo um artificioso e maneirista sistema de rimas, que não existem em japonês (o super-ego parnasiano do soneto era muito forte).
>
> Oswald de Andrade, amigo e parceiro de Guilherme, deve ter tirado do hai-kai a ideia para seus "poemas-minuto", milionários segundos de ultra-informação.
>
> O ideal de brevidade advindo do hai-kai não morreu com 22. Pode ser encontrado em Drummond, em cujo caminho havia uma certa pe-

dra. Ou no Drummond que se perguntava: "Stop. A vida parou. Ou foi o automóvel?"

O imagismo do hai-kai ainda compareceria na poesia altamente icônica de Murilo Mendes. Ou na do isolado Mário Quintana.

A soneteira e soporífera Geração de 45 demonstrou todo o seu baixo repertório, ignorando-o.

Nos anos 50, a palavra hai-kai é incorporada ao vocabulário brasileiro, através do humorista Millôr Fernandes, que popularizou a palavra entre nós. Millôr é autor de inúmeros hai-kais notáveis.

Nessa mesma década, em São Paulo, a poesia concreta proclamou a excelência do pensamento ideogrâmico como método de composição poética. E começou a praticar uma poesia breve, sintética, anti-discursiva, verdadeiros hai-kais industriais.

Nos anos 70, por fim, a garotada da "poesia marginal" ou "alternativa", crescida com manchetes de jornal, frases de *out-door* e grafittis nas paredes das cidades que inchavam, começou a fazer hai-kais, até sem querer. Waly, Chico Alvim, Chacal, Régis, Ana Cristina César, Alice Ruiz, todos o fizeram. Fazem. E farão.

Hai-kai é o nosso tempo, *baby*. Um tempo compacto, um tempo *clip*, um tempo *bip*, um tempo *chips*.

Essas brevidades lembram aquelas árvores japonesas, as árvores *bonsai*, carvalhos criados dentro de vasos minúsculos, signos de seres vivos, produtos da arte e da paciência.

Hai-kai é *bonsai* da linguagem.

Explique quem puder. Os japoneses já estavam lá[13].

Fosse este texto escrito por um *nikkei*, certamente o tom seria bem mais discreto, mas justamente nesse aspecto reside sua singularidade brasileira. Comovente é o opúsculo *Bashô, o Mestre Bananeira* que Leminski dedicou ao poeta japonês.

O haicai referido pelo poeta Leminski certamente merece mais estudos no Brasil. Lembremos o poema de Nenpuku Sato (1898-1979) que imigrou ao Brasil em 1927 e se estabeleceu em Mirandópolis (SP):

13. LEMINSKI, Paulo. Bonsai: niponização e miniaturização da poesia brasileira. *Ímã*, Vitória, n. 3, p. 37-38, 1986. Disponível em: http://www.elsonfroes.com.br/kamiquase/ensaioPL5.htm. Acesso em 24/08/2012.

De sol a sol: o Japão que nasce no Brasil: os nisseis, sua tradição e integração. São Paulo: Terceiro Nome; Fund. Kunito Miyasaka, 2008. Acervo BMA.

Ishikawa, Tatsuzô. *Sôbô*: uma saga da imigração japonesa. Cotia: Ateliê, 2008. Acervo BMA.

ijûshite tôzai wakazu michi ochiba	移住して 東西わかず 道落葉	depois de migrarem folhas caídas no chão sem leste ou oeste

E, para fazer uma âncora menos poética, invento uma frase que meu filho poderia dizer, parodiando Chico Buarque: "Os meus pais são paulistanos; meus avôs, do interior paulista de Promissão e Ituverava; minhas avós, de Fukuoka e São Paulo; meus bisavôs, de Fukuoka, Catanzaro e Hamburgo; minhas bisavós, de Fukuoka, Toscana e Calábria, e eu, eu nasci em pleno miolo americano, em Saint Louis..."

Após esta imagem bastante heterogênea sobre os japoneses em São Paulo, caberia talvez terminar com mais um poema[14] de Mário de Andrade, que sintetiza nossa cidade, em sua complexidade, variedade e riqueza étnica e cultural, e que também poderia servir para demonstrar os espelhos de batalhas de identidades culturais das gentes transplantadas:

14. Primeiro poema do livro *Poesias*, publicado em 1941. In: Andrade, Mário de. *Op. cit.*, p. 211.

Eu sou trezentos, sou trezentos-e-cincoenta,
As sensações renascem de si mesmas sem repouso,
Ôh espelhos, ôh Pireneus! ôh caiçaras!
Si um deus morrer, irei no Piauí buscar outro!

Abraço no meu leito as milhores palavras,
E os suspiros que dou são violinos alheios;
Eu piso a terra como quem descobre a furto
Nas esquinas, nos táxis, nas camarinhas seus próprios beijos!

Eu sou trezentos, sou trezentos-e-cincoenta,
Mais um dia afinal eu toparei comigo...
Tenhamos paciência, andorinhas curtas,
Só o esquecimento é que condensa,
E então minha alma servirá de abrigo.

E que mais podemos dizer? Quando é que São Paulo vai "topar-se consigo"? Pois se continua ainda a se transformar... Nosso Mário de Andrade, se poetasse nas ruas de hoje, haveria de incluir novos forasteiros: chineses, coreanos, argentinos, mexicanos, bolivianos, finlandeses, dinamarqueses... Quiçá incluísse a comunidade global toda do *facebook*...

Os judeus em São Paulo: mosaico de nacionalidades*

MARIA LUIZA TUCCI CARNEIRO**

São Paulo, dentre tantas outras cidades brasileiras, pode ser considerada como uma das principais comunidades de recepção da moderna imigração judaica que tem seu início na primeira década do século XIX. Esta mobilização deve ser compreendida como um processo histórico decorrente da emancipação dos judeus na Europa, das manifestações do antissemitismo emergente em vários países do continente europeu, do fim do Império Czarista e a Revolução Bolchevique de 1917, da desintegração do Império Otomano, dentre outras razões. Este momento coincide com o crescimento demográfico na Europa, que provocava o empobrecimento da população judaica maltratada pela pobreza e falta de oportunidades de trabalho. O difícil acesso à propriedade fundiária colaborava também para provocar a saída dos judeus da Europa em direção à América, movimento alimentado pelo sonho de riqueza fácil.

* Artigo originado da palestra apresentada na Biblioteca Mário de Andrade em 26 de março de 2011 no Ciclo *São Paulo: seus povos e suas músicas*.

** Maria Luiza Tucci Carneiro é Historiadora, professora Livre Docente e coordenadora do LEER – Laboratório de Estudos sobre Etnicidade, Racismo e Discriminação do Departamento de História da Universidade de São Paulo. Autora de *O anti-semitismo na era Vargas* (3. ed. São Paulo: Perspectiva, 2001); *Preconceito racial em Portugal e Brasil Colônia* (3. ed. São Paulo: Perspectiva, 2003); *Cidadão do mundo*: o Brasil diante do holocausto e dos judeus refugiados do nazifascimo, 1933-1948 (São Paulo: Perspectiva, 2010); *Judeus e judaísmo na obra de Lasar Segall*, em coautoria com Celso Lafer (Cotia: Ateliê Editorial, 2004), dentre outros.

A imigração estrangeira para o Brasil, de forma geral, cresceu a partir das décadas de 1870 e 1880 e se estendeu até meados do século xx, quando o governo republicano adotou políticas de controle e incentivo à imigração[1]. O recrutamento do imigrante destinado ao trabalho nas grandes lavouras de café passou a fazer parte da "imigração subvencionada" assim como a sua instalação em núcleos coloniais. Concomitantemente, havia aqueles que, espontaneamente, dirigiam-se para os centros urbanos para tentar a vida no comércio ou exercer profissões liberais, segmento que atendia ao fluxo emigratório de judeus desde os tempos do Brasil Império.

Calcula-se que cerca de 7,5 milhões de judeus se deslocaram de um continente a outro acompanhando o processo de emancipação que, aos poucos, manifestava-se em vários países da Europa. Após 1880 registraram-se grandes fluxos de judeus provenientes da Europa Oriental em direção à América e, após 1904, à Palestina.[2] Esse movimento em direção a Eretz Israel alterou-se, entre 1920 e 1930, a partir da instituição de políticas emigratórias restritivas como, por exemplo, a imposição de cotas pelos Estados Unidos (1922 e 1924), a adoção da política restritiva dos *Livros Brancos* na Palestina sob o mandato britânico, a implantação de uma política imigratória antissemita pela Argentina e a adoção do sistema de cotas (1934) seguida de Circulares Secretas antissemitas pelo Brasil (1937-1948).[3]

Até o final da Primeira Guerra Mundial, o movimento da Diáspora atraiu para os territórios latino-americanos cerca de 150 mil judeus de todas as origens, transformando Buenos Aires na segunda maior

1. Prado Jr., Caio. *História econômica do Brasil*. 22. ed. São Paulo: Brasiliense, 1979. p. 188-189.
2. Entre 1881-1939 foram realizadas cinco *aliyots* (levas de emigrantes) que, lentamente, foram modificando a população de Eretz Israel através de sistemáticos movimentos de colonização. Em maio de 1916, os acordos *Sykes-Picot* dividiram o Império Otomano em zonas de influência britânica, francesa e russa, "criando" assim o chamado Oriente Próximo. Barnavi, Élie (Dir.). *História universal dos judeus*: da gênese ao fim do século xx. Belém: Ed. Sidou, 1996. p. 195, 202-203.
3. Sobre a postura antissemita ou filossemita adotada pelos países das Américas, ver Gurevich, Beatriz; Escudé, Carlos. *El genocídio ante la historia y la natureza humana*. Buenos Aires: Universidad Torcuato Di Tella; Grupo Editor Latinoamericano, 1994; Carneiro, Maria Luiza Tucci (Org.). *O anti-semitismo nas Américas*: história e memória. São Paulo: Edusp, 2008; Milgram, Avraham (Org.). *Entre la aceptación y el rechazo*: América Latina y los refugiados judíos del nazismo. Jerusalém: Yad Vashem, 2003; Klich, Ignacio. *Árabes y judíos en América Latina*: historia, representaciones y desafíos. Buenos Aires: Siglo xxi; Ed. Iberoamericana, 2006.

comunidade da América, depois de Nova York. A opção pelo Brasil enquanto comunidade de acolhimento de imigrantes – entre tantos outros países da América, como Estados Unidos, Cuba, Argentina, Chile ou México – se fez, na maioria das vezes, por questões práticas e não ideológicas. Durante mais de dois séculos de construção da nação brasileira, contamos com a presença do povo judeu que proveniente de múltiplos países europeus compõe hoje, de norte a sul, um *mosaico de nacionalidades* distintas por suas trajetórias. Diferenciam-se – e nem poderia ser de outra maneira – pelas suas histórias de origem, cultura e intensidade das tradições que, mescladas à cultura dos trópicos, assumem um colorido especial. Calcula-se que, entre 1840 e 1942, desembarcaram no Brasil aproximadamente 71 mil judeus, porcentagem que, segundo Henrique Rattner, corresponde a 1,8% do total de imigrantes judeus fugidos da Europa em busca de melhores oportunidades no Novo Mundo, na África do Sul e na antiga Palestina.[4]

Considerando-se as comunidades de origem e as razões do ato de emigrar, podemos identificar distintos fluxos imigratórios de judeus radicados no Brasil desde o início do século XIX até os dias atuais, muitos dos quais optaram por radicar-se em São Paulo. Assim, pode-se pensar a história contemporânea dos judeus em São Paulo em três fases distintas, caracterizadas por:

1) *edificação* de suas comunidades, com ênfase na preservação de uma identidade judaica;

2) *consolidação* dessas comunidades, com a (re)criação dos valores judaicos adaptados à realidade nacional e a tentativa de florescimento de uma autonomia cultural judaica; e

3) *assimilação* e *integração* dos grupos judaicos à sociedade brasileira, com a manutenção de um "denominador comum nacional". Essa mudança se processou após a criação do Estado de Israel, em 1948, que gerou uma nova situação: centenas de centros judaicos dispersos pelos vários continentes passaram a coexistir com Israel, acelerando a erosão gradativa da ideia de um único povo judeu concentrado num único Lar Nacional.

4. Rattner, Henrique. *Nos caminhos da diáspora:* uma introdução ao estudo demográfico dos judeus. São Paulo: Centro Brasileiro de Estudos Judaicos, 1972. p. 78 (Tabela 4).

São Paulo, Comunidade de Destino

A persistência, nas comunidades judaicas, de uma estrutura comunitária transplantada e de um conjunto de tradições religiosas é um elemento básico da identidade judaica. Outro elemento é a língua ídiche que, desde a chegada dos primeiros imigrantes asquenaze, prestou-se como meio de comunicação e reforço cultural, colaborando para a sobrevivência dos valores tradicionais e da religião trazida do *schtetl*. Neste contexto de adaptação e transição para uma nova fase, o teatro e a imprensa ídiche floresceram em São Paulo e, principalmente, entre aqueles que habitavam no bairro do Bom Retiro. O ídiche, enquanto língua de origem e tradição, era amplamente difundido entre os judeus da Europa Oriental e Central que, ao chegarem no Brasil, mantiveram-no como língua primeira. Assim, é na documentação histórica herdada das primeiras instituições comunitárias, da organização do movimento sionista no Brasil, bem como do teatro e da imprensa ídiche, que se podem resgatar fragmentos da cultura, das tensões ideológicas e do imaginário social dos múltiplos grupos, de distintas nacionalidades, radicados em São Paulo.

Nesse processo acumulativo, os judeus de São Paulo construíram sua autoimagem tendo como referências as raízes históricas e as diferentes visões de mundo trazidas das comunidades de origem para as comunidades de destino. Para compreender a comunidade judaica de São Paulo, múltiplos conceitos emergem, tendo como parâmetros: as práticas religiosas (judeus ortodoxos, liberais, assimilacionistas); as posturas ideológicas (judeus bundistas[5] e sionistas, progressistas/socialistas e comunistas); a natureza geográfica (judeus asquenaze, sefardi e orientais) ou as histórias de vida na Diáspora (judeus pioneiros, judeus refugiados, *displaced persons*, sobreviventes dos campos de concentração etc.).

5. Partidários do BUND, sigla da Aliança ou União Social-Democrata Judaica, partido socialista fundado em 1897, durante o congresso constituinte dos grupos sociais-democratas em Vilna, agrupando principalmente os elementos semiproletários dos artesãos judeus das regiões da Lituânia, Polônia e Rússia, sendo de grande importância para o movimento revolucionário naqueles países. Surgiu cerca de um ano antes da fundação do Partido Social-Democrata Operário Russo – POSDR (que daria origem ao Partido Comunista da União Soviética). Junto ao POSDR, os bundistas sempre apoiaram a ala dita "oportunista" do partido ("economistas", "mencheviques") e lutaram contra o bolchevismo.

Discriminados em seus países de origem, milhares destes emigrantes judeus fizeram de São Paulo a sua "Terra Prometida", onde procuraram garantir a sobrevivência do patrimônio religioso-cultural do judaísmo através de uma rede de instituições e estratégias educacionais. Transplantando modelos de suas comunidades de origem e adaptando-os à realidade brasileira, conseguiram a observância, nem sempre rígida, das *mitzvot*[6], alteradas no decorrer do tempo. A religião foi, aos poucos, sendo dessacralizada nos espaços privados e relegada a espaços coletivos, como a sinagoga. Nas mesas das festas religiosas, a tradição foi enriquecida com sabores regionais expressando o sincretismo judaico-brasileiro. O estudo dos textos talmúdicos e o uso de vestimentas e alimentos tradicionais ficaram relegados a uma minoria mais radical e ortodoxa, concentrada em distintos espaços da cidade como, por exemplo, nos bairros de Higienópolis e Jardins.

Entre 1933 e 1950, a comunidade judaica de São Paulo começou a receber um tipo diferenciado de judeu: o judeu apátrida. Uma grande distância social, cultural e profissional o separava daquele que havia imigrado para o Brasil no século xix e nas primeiras décadas do século xx. No entanto, devemos considerar o traço psicológico que marcava o perfil deste novo personagem no cenário da Diáspora judaica. Se alemão, portava um passaporte "marcado" por um J vermelho e o nome entrecortado por "Sara" ou "Israel", distinção imposta pelas leis do Terceiro Reich. Suas vidas estavam reduzidas à sobrevivência física e à reconstrução do "eu", dilaceradas pelos atos de terror empreendidos pelo regime nazista alemão e demais governos dos países ocupados.

Conhecida ficou a trajetória do filósofo e crítico literário Anatol Rosenfeld (1912-1973) que, em 1936, fugiu de Berlim para São Paulo, onde reiniciou sua vida como colono numa fazenda do interior

6. *Mitzvot*, de origem hebraica, é o nome dado ao conjunto de todos os mandamentos que, de acordo com o judaísmo, constam da Torá (os cinco livros de Moisés). Somam o total de 613 mandamentos (ou 613 mitzvot), visão tradicional baseada na enumeração de Maimônides. De acordo com essa tradição, estes 613 mandamentos estão divididos em "mandamentos positivos" (*mitzvot assê* = "*faça*") e "mandamentos negativos" que implicam em proibições (*mitzvot ló taassê* = "*não faça*").

Cartão postal do Bom Retiro, São Paulo, 1931.
Acervo do AHJB.

do estado e, depois, tornou-se lustrador de portas no Paraná e vendedor de gravatas Back. Além de atuarem como *clientelchicks*, os primeiros imigrantes judeus – que nem sempre tinham talento para os negócios comerciais – acabavam por desempenhar o papel de ativista político-social, intelectual, professor, *shames* (zelador da sinagoga) ou exercer funções religiosas mais emergentes, como a de *shoichet* (que preparava a carne *casher* de acordo com o ritual judaico), de *hazam* (cantor litúrgico) e *rabino*.

A solidariedade dos judeus a seus semelhantes (judeus e não judeus) sempre se fez notar na cidade de São Paulo, onde criaram raízes. Esta imagem nos remete ao testemunho do bibliófilo José Mindlin (1914-2010) que, em entrevista gravada em 1993, pelo Núcleo de História Oral do Arquivo Histórico Judaico Brasileiro – NHO/AHJB, lembrou-se da "cozinha pública" instalada por seus pais Ephim Mindlin e Fanny Zlatopolsky, imigrantes russos radicados no Brasil desde 1910[7]. A cozinha fora improvisada na própria residência da família, à rua Sena Madureira, para atender o pessoal do bairro da Vila Mariana durante a gripe espanhola que abalou São Paulo em 1918. Segundo José Mindlin, naquela época com apenas 4 anos de idade,

> [...] tinha aqueles caldeirões de comida... Ficavam na frente do portão e o pessoal do bairro vinha e recebia comida. Isso foi em 1918, a gripe espanhola foi nessa época. Eu tenho lembrança nítida desse período que foi uma época de pânico, morria gente como môscas em São Paulo, mas felizmente lá não houve nada.[8]

Em 1919, a cidade de São Paulo tinha cerca 528.000 habitantes. Entre outubro e dezembro, a gripe espanhola "havia matado, oficialmente, 5.331 paulistanos (aproximadamente, 1% da população de São Paulo), sem contar as possíveis complicações fatais. Pelo menos, 116.777 moradores da Capital do estado adoeceram vitimados pela doença".[9] Desta vez, as autoridades de São Paulo voltaram seus olhares para os pobres que viviam principalmente nos bairros operários como Brás, Mooca, Bom Retiro, Belenzinho, Pari e Bexiga. Joseph Kantor, filho de imigrantes judeus russos radicados no Brás desde 1917, lembra-se que, devido à gripe, "morria gente na rua, assim! O único que não pegou nada no meu quarteirão fui eu. O Brás estava cheio de imigrantes, estava cheio de italianos...".[10] Dentre as vítimas estava Salvador Hanson, irmão de Alexandre e Jaime Hanson,

7. Ephim Mindlin e Fanny Zlatopolsky eram da Rússia e viviam em Odessa. Fanny nasceu em Odessa e Ephim em Nicolaiev, uma cidadezinha perto de Odessa, onde se conheceram. Os dois nasceram em 1886 e saíram em 1905, na época do Encouraçado, e se perderam de vista. Em 1910 se reencontraram em Nova York, onde se casaram. Em outubro de 1919 emigraram para Brasil onde, em São Paulo, já viviam dois irmãos de Fanny. Ephim havia atuado como dentista prático nos Estados Unidos, mas ao chegar no Brasil teve que fazer o curso de Odontologia, com vestibular prestado em fevereiro de 1920.
8. Entrevista concedida por José Mindlin a Geber Becker e M. Freidenson. São Paulo: NHO/AHJB, 14 maio 1993. Disponível em: http://www.ahjb.org.br
9. Meyer, C. L.; Teixeira, J. R. A grippe epidemica no Brazil e especialmente em São Paulo. São Paulo: Casa Duprat, 1920; *Apud* Bertucci-Martins, Liane Maria. Conselhos ao povo: educação contra a influenza de 1918. *Cadernos CEDES*, Campinas, v. 23, n. 59, 2003.
10. Entrevista concedida por Joseph Kantor a Myriam Chansky, Feigue Fainguezicht e Marina Grytz. São Paulo: NHO/AHJB, 25 maio 1994. Disponível em: http://www.ahjb.org.br

originários da ilha mediterrânea de Rodes, um dos primeiros judeus sefarditas a instalar-se em São Paulo.[11]

O ato de ajuda tinha início mesmo antes do embarque, quando uma família ou um indivíduo decidia emigrar. Uma carta de chamada, a providência de passaportes ou atestados de batismo (ainda que falsos), ou a compra de um visto de entrada no Brasil, era um primeiro sinal. A certeza de que na comunidade de abrigo haveria alguém para ajudar funcionava como um tônico de incentivo e crença em dias melhores. Após meses de viagem a bordo de grandes navios abarrotados de passageiros, os judeus desembarcavam nos portos brasileiros (principalmente Rio de Janeiro, Recife, Santos, Manaus, Belém e Porto Alegre) onde, geralmente, eram esperados por um amigo, parente ou o representante de alguma associação judaica. Na maioria das vezes, os anfitriões eram os mesmos que haviam providenciado o visto ou a "carta de chamada". Foi com esse espírito que foram criadas a *Sociedade Beneficente das Damas Israelitas* (1915) e a *Sociedade Israelita Amigos dos Pobres* – EZRA (1916), *o Lar das Crianças* e a *Gota de Leite* (*B'nai B'rith*, 1932) que, em 1940, se uniram e formaram a OFIDAS – *Organização Feminina da Assistência Social*.

Os mais antigos se prestavam como referência para os recém-chegados que buscam orientação junto às famílias já estabelecidas. Tanto a EZRA como a *Sociedade Israelita Paulista* (SIP) desempenharam importante papel neste processo de recepção dos imigrantes e refugiados judeus em São Paulo. Estes, após desembarcarem no porto de Santos, tinham muitos problemas para resolver: regularizar a documentação, conseguir um trabalho, alugar um quarto provisório em alguma pensão familiar e obter o mínimo de dinheiro para o seu sustento ou o da família. Os clãs Segall, Warchavchik, Klabin, Lorch e Zausmer, assim como o rabino Fritz Pinkuss (então na SIP), estiveram diretamente envolvidos com a causa dos imigrantes, fornecendo-lhes suporte financeiro, médico e orientação de vida.

Desde a primeira década deste século, a comunidade organizou-se de forma a criar uma infraestrutura de apoio aos imigrantes judeus, com ajuda financeira, cultural e religiosa. Em São Paulo, os

11. MIZRAHI, Rachel. *Judeus*: do descobrimento aos dias atuais. São Paulo: Nacional; Lazuli, 2005. p. 97 (Série Lazuli Imigrantes no Brasil).

Rabino Fritz Pinkuss ministrando aula no Lar das Crianças da SIP, São Paulo.
Acervo do AHJB.

imigrantes que já haviam conseguido certa independência econômica contavam com alguns canais de ajuda contínua, como a *Comissão de Assistência aos Refugiados Israelitas da Alemanha* – CARIA (1933), dirigida por Luis Lorch, Salo Wissmann, Berlie Levi e, posteriormente, pelo rabino Fritz Pinkuss. Durante a Primeira Guerra Mundial, quando a imigração estava interrompida, formaram-se inúmeros comitês de socorro aos necessitados de guerra. Em São Paulo, surgiram comissões de socorro para angariar donativos para os combatentes da Revolução Constitucionalista de 1932 e as vítimas da Segunda Guerra Mundial. Nos anos 30 e 40, em consequência do grande afluxo de refugiados do nazismo provenientes dos países do Leste Europeu, surgiram várias sociedades de ajuda nas comunidades do Sul e Sudeste.

Neste contexto é que devemos interpretar a criação da Sociedade Israelita Paulista (SIP, posteriormente Congregação Israelita Paulista – CIP), em 1936, por um grupo de judeus alemães, dentre os quais o rabino Fritz Pinkuss. Este grupo pensava em uma simbiose judaico-brasileira capaz de somar os princípios do judaísmo aos valores nacionais. A língua portuguesa foi adotada pelos membros da SIP que, às sextas-feiras, assistiam aos cultos regulares. Segundo Pinkuss, "os que na semana anterior tinham chegado como 'refugiados', na próxima iam deixando de sê-lo, pois, efetivamente, a cada sexta-feira se encontravam amparados".[12] Importante atuação teve também o rabino Pinkuss na ajuda aos refugiados alemães que, entre 1942 e 1945, foram perseguidos pelas autoridades do Deops de São Paulo como "súditos do Eixo". O simples fato de falar alemão em público, o que acontecia geralmente com os mais idosos que não dominavam o português, era suficiente para a acusação de crime político sob suspeita de serem "eixistas". Centenas de judeus tiveram seu cotidiano alterado, vigiado, e sua vida devassada.[13]

Uma das iniciativas da SIP foi providenciar um cartão de identificação para os seus associados, ou então procurar obter a naturalização para aqueles que haviam entrado ilegalmente no Brasil ou que portavam visto de turista com data de validade vencida. O rabino Pinkuss chegou a procurar o consulado alemão com o objetivo de conseguir um documento que comprovasse a expatriação coletiva dos judeus que, pelas leis do Terceiro Reich, haviam sido transformados em "apátridas". Tal documento foi recusado, conforme registrou Pinkuss em seu livro de memórias.[14]

Dezenas de outras associações judaicas paulistanas foram criadas para auxiliar os judeus refugiados do nazismo em São Paulo. Dentre estas, cumpre citar: *Associação Israelita Brith Trumpeldor*, *Associação Beneficiente e Religiosa Israelita de Santos*, *Associação Israelita Polonesa de São Paulo*, *Associação Mundial de Movidade Israelita Brith Trumpeldor*, *Centro Hebreu-Brasileiro de Socorro aos Israelitas Vítimas da Guerra na Europa*, *Centro Israelita do Cambuci*, *Círculo Israelita de São Paulo*, *Comitê Israelita*, *Lar da Criança Israelita*, *Organização Feminina de Assistência Social*, *Sociedade Israelita de Beneficiência e Proteção aos Imigrantes* EZRA.[15] Em 1945, autorizada pela Cruz Vermelha Brasileira,

12. PINKUSS, Fritz. *Estudar, ensinar, ajudar:* seis décadas de um rabino em dois continentes. São Paulo: Cultura, 1995. p. 52.
13. BARBOSA, Renata Mazzeo. *Judeus em tempos de guerra*: a comunidade judaica e os "súditos do Eixo". São Paulo: Humanitas; Arqshoah; Fapesp, 2010.
14. PINKUSS, Fritz. *Op. cit.*, p. 60.
15. Pesquisa desenvolvida por BARBOSA, Renata Mazzeo. Utopias de um refúgio. In: CARNEIRO, Maria Luiza Tucci (Org.). *São Paulo*: metrópole das utopias; histórias de repressão e resistência no arquivo Deops. São Paulo: Nacional; Lazuli, 2009. p. 427.

estabeleceu-se no Brasil uma filial da WIZO – *Women's International Zionist Organization*, sob o nome de *Escudo Vermelho de David – Comitê de Socorro das Vítimas de Guerra na Palestina*. E para atender os primeiros sobreviventes dos campos de concentração, formou-se em São Paulo o *Comitê de Emergência aos Imigrantes*, presidido por Hans Hamburger, secretário geral da SIP.

Flagrantes do Cotidiano Urbano

Agrupando-se de acordo com suas comunidades de origem (asquenazi, sefardi e orientais), os imigrantes judeus foram ocupando espaços específicos das áreas urbanas que, em decorrência de suas atividades comerciais, acabaram sendo identificados pelas características étnico-religiosas do grupo. Hoje, nas grandes capitais brasileiras onde ainda persistem tais comunidades, existem locais que ficaram conhecidos como "o bairro judeu" ou "a rua dos judeus" por concentrar suas atividades no comércio atacadista de confecções, móveis e imobiliárias. Os proprietários das lojas e pequenas fabriquetas de fundo de quintal optavam por residir no entorno do seu local de trabalho, situação que reforçava o "perfil judaico" desses bairros. Na maioria das vezes, existia por perto um açougue *cacher*, sinagoga, escola, centros israelitas e uma praça popularizada como "o lugar de se fazer negócios e discutir política" (*platz*). As residências ocupadas pelas famílias pioneiras radicadas nas primeiras décadas deste século seguiam o padrão de casas simples e geminadas, típicas dos bairros operários. Estas casas costumavam possuir o "quarto do meio" conhecido como o *quarto cego*, sem janelas, reservado para as moças solteiras.

Em São Paulo, o bairro do Bom Retiro tornou-se o "bairro judeu", cujo corredor comercial centralizava-se na rua José Paulino. Aqui fixaram-se, principalmente, os imigrantes judeus provenientes do Leste Europeu que alteraram o perfil urbano e o cotidiano do bairro operário do Bom Retiro, próximo da Estação da Luz. Até o início dos anos 20, o local era ocupado por uma grande maioria de italianos. Depois, transformou-se em um pequeno *shtetl* de judeus que começaram a chegar antes mesmo da Primeira Guerra Mundial. Dentre os primeiros poloneses a se instalarem na rua José Paulino estava Meyer Goldstein, sogro de Jacob Hidal Tabacow. Ali surgiram

Rua José Paulino, São Paulo, década de 1930.
Acervo do AHJB.

também as duas primeiras sinagogas da cidade (em 1912 e 1916) e a primeira escola judaica brasileira, a Renascença.[16]

O *Guia Prático da Cidade de São Paulo*, editado anualmente entre 1906 e 1934, demonstra que, ao redor da Estação da Luz, havia muitas alfaiatarias, armazéns, casas importadoras, lojas de calçados, casa de fumos e moda, além de vários círculos associativos, grêmios dramáticos e duas escolas italianas.[17]

Aos italianos, somaram-se as primeiras levas de judeus que começaram a chegar nos anos 20, instalando-se nas ruas próximas à ferrovia. Eram russos, provenientes de regiões do antigo Império czarista, em processo de desagregação, muitos dos quais fugiam da Revolução Bolchevique de 1917. Instalados no Bom Retiro – bairro fabril que abrigava muitas olarias, comércio e fábricas de fiação e tecelagem – muitos desses imigrantes russos recomeçaram a vida como ambulan-

16. PINKUSS, Anita Hedwig. *A utilização dos recursos da comunidade no tratamento social do imigrante israelita em São Paulo.* São Paulo: Escola de Serviço Social da PUC, 1962.
17. TRUZZI, Oswaldo. Etnias em convívio: o bairro do Bom Retiro em São Paulo. *Estudos Históricos*, Rio de Janeiro, n. 28, p. 143-166, 2001.

tes, ficando conhecidos como "os judeus da prestação". Aos poucos, foram progredindo como artesãos, pequenos comerciantes e empresários. Concentraram-se no ramo de vestuário, fabricando e comercializando roupas prontas que, muitas vezes, eram revendidas pelos ambulantes. Vários deles destacaram-se como bons alfaiates: haviam trazido na bagagem o cabeçote da máquina de costurar Singer, posteriormente instalada no porão de alguma casa do Bom Retiro, onde fizeram a sua freguesia. Assim aconteceu com Adolf Silber (ou David Batista, nome adotivo de católico) que ali manteve, durante muitos anos, uma oficina de costuras. Silber chegou ao Brasil em 1924, e, por uns tempos, ficou hospedado na casa de parentes na avenida Rangel Pestana. Como tantos outros judeus, recomeçou sua vida vendendo roupas e tecidos à prestação.

Os porões das casas do Bom Retiro serviram de espaços improvisados para atender ao comércio judaico que, aos poucos, foi ocupando o lugar dos italianos. Um porão que ficou muito conhecido dos mais antigos foi o *Buraco da Sara*, instalado na casa nº 32 da rua da Graça, quase esquina com a rua Ribeiro de Lima. Foi criado em 1964 por Sara Spieghel, uma imigrante judia radicada no Bom Retiro na década de 30. Após sua morte, em 1980, o *Buraco* perdeu o seu posto de restaurante judaico típico. Hoje, restaurado, atende como *Bistrô da Sara*, acompanhando as alterações do bairro, mas durante 40 anos foi o principal reduto da colônia judaica em São Paulo.

Após a chegada dos judeus russos, vieram os judeus poloneses que, nos anos 30 e 40, integraram-se ao cotidiano do bairro, guardando cada qual seus traços identitários. Nas décadas de 70 e 80, começaram a chegar os coreanos e os bolivianos[18], alterando totalmente o perfil étnico-social do Bom Retiro. É comum, ainda hoje, ouvir os mais velhos dizerem que as mulheres polonesas "tinham a cabeça na Polônia": falavam em idíche com as empregadas e faziam questão da manter a cozinha judaica com o sabor dos pratos poloneses. Apesar das tensões geradas pelas disputas culturais ou ideológicas, os judeus

18. Sobre os bolivianos no Bom Retiro, ver Silva, Sidney A. da. *Costurando sonhos*: trajetória de um grupo de imigrantes bolivianos em São Paulo. São Paulo: Paulinas, 1997; e *Bolivianos*: a presença da cultura andina. São Paulo: Nacional; Lazuli, 2005 (Série Lazuli Imigrantes no Brasil).

Sinagoga na Rua da Graça, São Paulo.
Acervo do AHJB.

do Bom Retiro, da praça Onze ou do Bom Fim, encontraram sempre um lugar neutro para se reunirem.

Todos os domingos de manhã, os moradores do bairro do Bom Retiro e judeus de outros bairros concentravam-se no encontro das ruas Ribeiro de Lima, Correa dos Santos, Correa de Mello e da Graça, transformado no *platz*, lugar de fazer negócios e discutir política. Ali vendia-se de tudo: dólar, relógio, cachimbo, chapéu, jóias etc. A conversa era encerrada na *Mercearia Paris*, e se costumava saborear no balcão um magnífico *hering* com cebolas, pastrami e azeitonas pretas, acompanhado de um copo de vodka.

Os judeus radicados na cidade de São Paulo foram-se instalando no Bom Retiro, Brás, Mooca, Belenzinho e, posteriormente, Higienópolis, Consolação e Morumbi. Aos poucos, desenvolveram uma vida comunitária própria, unidos pelo judaísmo e pelas relações de sociabilidade, ainda que distintos por suas opções ideológicas. Em comum, traziam as experiências vividas na Europa, diante do recrudescimento do antissemitismo e da luta política junto aos movimentos de esquerda. Esta vivência explica a existência de várias associações e clubes políticos no bairro do Bom Retiro que, na sua essência, devem ser interpretados como segmento obrigatório do patrimônio cultural judaico.

O Jardim da Luz e o largo do Arouche passaram a receber a vizinhança judaica, que via naqueles espaços históricos uma opção de lazer para os jovens e crianças. Muitas vezes, variava-se com um passeio de trem até a Cantareira, encontros nas sinagogas e reuniões no *Círculo Israelita de São Paulo*, em funcionamento desde 1926. Aqueles que gostavam de esporte poderiam praticá-lo no *Clube Esportivo Israelita Brasileiro*, com sede na rua da Coroa. Desde a primeira década do século, a *Sociedade Philo Dramática* organizava concertos e espetáculos teatrais, difundindo a cultura judaica entre seus sócios. Enquanto isso, o cotidiano dos trabalhadores na praça da República e o vaivém das prostitutas na boca do lixo serviam de inspiração aos artistas judeus que, envolvidos com os movimentos artísticos de vanguarda, projetavam seu olhar crítico sobre a cidade. Expressivas são as telas de Berco Udler que, durante muitos anos, registrou cenas típicas da cidade de São Paulo, como *Namorados na Praça da República*, *Zona* e *Samba Club* (1949).

A "zona" era o espaço do "pecado"; lugar proibido para uns e sedutor para outros que, no auge da sua juventude, tinham ali suas primeiras experiências sexuais. Foi criada durante a gestão do prefeito Prestes Maia que, com o objetivo de higienizar o centro da cidade, transferiu as prostitutas da região central para os prostíbulos localizados entre as ruas Itaboca (depois rua Prof. Lombroso), Aymorés e Silva Pinto. Como zona do meretrício próxima do Bom Retiro, costumava servir também aos jovens judeus. No começo da tarde de sábado, era comum ver rapazes e homens mais velhos saltando do bonde aberto na rua José Paulino, próximo à rua Carmo Cintra, para ir saciar seus desejos naquela zona proibida. As moças, algumas "polacas judias", ficavam na porta ou recuadas para o lado de dentro, à espera de seus clientes. Criança de boa família estava proibida de passar por ali ou de olhar para dentro das casas das "mulheres de vida fácil", personagens das telas de Berco Udler e do conto *As irmãs*, de Meir Kucinski.[19]

19. Kucinski, Meir. As irmãs. In: Berezin, Jaffa Rifka; Cytrynowicz, Hadassa (Orgs.). *Imigrantes, mascates e doutores*. Cotia: Ateliê Editorial, 2002. p. 47.

O Bom Retiro deixou boas lembranças entre os judeus que por ali viveram até o final dos anos 1970, quando parte deles optou por viver no bairro de Higienópolis. Não há quem não se lembre da *Padaria Rússia*, propriedade de Isaac Casoy, localizada na rua José Paulino, logo após a rua Silva Pinto. Jaime, um dos seus antigos empregados, anos depois, saiu para montar a sua própria mercearia, especializando-se em pepino azedo, arenque e pão preto. Ainda hoje se ouve falar do famoso "pão do Jaime", lá do Bom Retiro, enfim uma contribuição desses imigrantes para a memória e a gastronomia paulistana. Bem ali nas proximidades, na esquina da rua José Paulino com a rua Ribeiro de Lima, ficava a pequena mercearia de Lasar Kossoy, natural de Odessa, assim como todos os seus sete irmãos: Isaac, Manoel, Jacob, David, Ellic, Sura e Ruchi.

Outros personagens-tipos fazem parte da história da comunidade judaica do Bom Retiro, um verdadeiro mosaico étnico-cultural, como o médico Moisés Deutsch e o advogado Abraham Huck, conhecidos por atenderem as tradicionais famílias judias.

Mas os gansos defumados não impressionavam tanto quanto as galinhas mortas segundo as leis judaicas de alimentação, denominada de *kashrut*, encontradas na Bíblia Sagrada ou na Torá. Os judeus do Bom Retiro costumavam comprar suas aves em um lugar apropriado (ou improvisado) para o abate, localizado no final de um longo corredor. Ali era realizado o *schechita*, ritual de abate de animais para o preparo da carne *casher*. Ainda hoje, nas lembranças daqueles que eram crianças nas décadas de 40 e 50, ficou a imagem do magarefe (*schochet*), vestido com avental e chapéu brancos. Com a roupa sempre suja de sangue e segurando uma faca (*chalaf*), proferia uma reza especial (*beracha*) e, em seguida, cortava a cabeça do animal. A proposta do ritual é cortar rapidamente as artérias carótidas e as veias jugulares, o que deixava a ave com sinais de vida durante alguns minutos. Levada para casa dentro de uma sacola, passava por outro ritual judaico para se tornar *casher*. Após ter sido morta, a ave deveria ter todo o seu sangue retirado.

Cultura, política e judaísmo transformaram-se em marca dos "bons retiros" dos judeus radicados no Brasil. Assim aconteceu no Bom Fim, em Porto Alegre, ou no Bom Retiro, em São Paulo. No Bom Retiro, por exemplo, se concentravam várias editoras e as associações judaicas responsáveis pela agitação política e cultural da comunidade, que se alimentava dos debates acerca dos teóricos socialistas, das correntes sionistas e dos clássicos da literatura ídiche. Dentre estes estavam Jacob Guinsburg – então proprietário da Editora Rampa e mais tarde da Perspectiva –, Anatol Rosenfeld, Boris e Regina Schnaiderman, Berco Udler, Jacob Gorender, dentre outros renomados intelectuais. Neste bairro também estava sediado o *Centro Cultura e Progresso* que, nos anos 40 e 50, esteve sob o olhar vigilante do Deops – Departamento de Ordem Política e Social de São Paulo, que o considerava como um "centro de fachada". Apesar de promover conferências e festas literomusicais, a postura do Centro nem sempre se encaixava nas regras policiais, induzidas pela lógica da desconfiança. Alguns indícios comprometiam aquela organização, cujos membros eram, na sua maioria, ex-elementos do *Jugund-Club*, sociedade que reunia grande número de simpatizantes do comunismo judaico em São Paulo. Era na rua Prates que estava sediada a *Organização Sionista do Brasil* (*Histadrust*), que também foi fichada pela Polícia Política.[20]

Enquanto imigrantes, estes cidadãos adaptavam-se ao ritmo da realidade industrial de São Paulo, valendo-se dos padrões organizacionais transplantados dos seus países de origem. Suas tendências liberais favoreceram-lhes também inovações nos ritos e tradições religiosas, sem, entretanto, enfraquecer suas características de grupo etno-cultural-religioso. Não era de estranhar se, na década de 20, em pleno bairro do Brás, reduto da imigração italiana, encontrássemos uma tradicional família de judeus russos reunidos após o *shill* para tomar chá de samovar, com doces de carambola, arenques e pão italiano, o famoso "pão-de-peito". Nas lembranças de Salvador Matheus Sveibil, o pão assim se chamava porque a única forma que a avó tinha de cortá-lo era encostando no peito e passando a faca.[21]

20. *Prontuário nº 105673, do Centro Cultura e Progresso*. Deops/SP. Aesp. A outra corrente estava sediada na Rua Augusta e identificava-se com a extrema-direita do movimento liderada pelo sionista Zwit Kollitz, criticado por valorizar o "uso de métodos violentos". Este grupo formava a *Nova organização Sionista* ou *Movimento Revisionista e Novosismo*, cuja filial em Curitiba editava o folhetim *Menorá*. Em fins de 1946, o Deops registrou que este segmento havia distribuído pela rua José Paulino centenas de folhetos de propaganda anti-britânica ilustrados com caricaturas. Ver Carneiro, Maria Luiza Tucci. O mito da conspiração judaica. In: Carneiro, Maria Luiza Tucci (Org.) *Minorias silenciadas*: história da censura no Brasil. São Paulo: Edusp; Imesp; Fapesp, 2002.

21. Sundfeld, Roberta Alexander. *De Ismail a São Paulo*: memórias da família Zveibil. São Paulo: Ícone Pesquisa de História, 1995. p. 93.

O Comércio Judaico na Trama da Memória Paulista

Ao desatarmos a trama do comércio judaico em São Paulo, desvendamos um mundo fantástico de negócios edificado com criatividade e vontade de vencer. As histórias da imigração e do comércio caminham lado a lado e seus personagens reaparecem aqui e acolá em cenários urbanos diferenciados. Trajetórias individuais expressam a história de muitos que, como imigrantes recém-chegados, fizeram do comércio seu principal ganha-pão.

Impossível conhecer a história da imigração judaica, do comércio e da indústria no Brasil sem passar pela figura popular do mascate (*klaper*) cujo perfil pode ser conhecido através dos contos de Meir Kucinski (1904-1976). Em *O fim do mês*, Kucinski reconstitui a vida dura desses imigrantes, e em *A Prédica*, narra o drama de ser imigrante, polonês, intelectual e ambulante. É com humor e tristeza que o autor constrói o personagem do conto *Itzikl, o mascate de ouro velho*: pobre, fanfarrão e contador de vantagens.[22] Ainda hoje, em vários lugares do Brasil, deparamo-nos com o ambulante – sinônimo de mascate ou "russo" – que, de porta em porta, bate palmas para anunciar sua presença e vender seus produtos. A somatória de cada conto é, no seu coletivo, a síntese da história de muitos judeus que assim recomeçaram suas vidas no Brasil.

Os comerciantes judeus sempre puderam contar com o auxílio de uma *Lai un spar Casse*, espécie de "caixa econômica" que, estimulando a capacidade produtiva dos seus membros, garantia empréstimos para a abertura de algum negócio. Prestava-se como trampolim para todo *clientelchik* que quisesse melhorar de vida abrindo uma pequena loja ou indústria: a de São Paulo tinha seu nome ligado ao espaço de concentração da comunidade judaica, valendo-lhe o título de Cooperativa do Bom Retiro.

Ao buscarmos a memória da coletividade judaica que "fez São Paulo" encontraremos tradicionais famílias que, radicadas desde o final do século XIX, abriram as primeiras trilhas na vida econômica e cultural do país. O processo de simbiose foi sendo lentamente

22. Vinte contos de Meir Kucinski, traduzidos do ídiche para o português, podem ser lidos em Berezin & Cytrynowicz, *Op. cit.*

concretizado, favorecendo a imagem de um mosaico de nacionalidades em constante transformação. Com a chegada dos imigrantes judeus no século xx, o comércio paulistano sofreu transformações no "modo de ser" do consumidor, que passou a contar com ofertas diferenciadas. A abertura de novos empreendimentos industriais e comerciais – muitos dos quais se estenderam para algumas cidades interioranas – favoreceu a entrada de produtos importados ao gosto da elite, que teve à sua disposição modernas casas de modas, jóias, calçados, tecidos e couro.[23]

Surgiram ateliês fotográficos, casas musicais, companhias de seguros, fábricas de alumínio, tecidos e couros, além de arrojados projetos urbanísticos que, por influência direta desses imigrantes, alteraram o ritmo e o visual da cidade. As lojas mais populares costumavam expor seus principais produtos na porta de entrada e até mesmo na calçada: malas, tapetes, manequins, chapéus e roupas feitas ficavam pendurados em cabides ou amontoados no chão, chamariz perfeito para atrair novos fregueses. Aqueles que não possuíam estabelecimento fixo, valiam-se de pequenas carrocinhas sobre as quais improvisavam um balcão de mercadorias estacionado ao longo dos corredores comerciais.

Em São Paulo, pequenos comerciantes judeus transformaram suas lojas em estabelecimentos bem sucedidos: *Ao Rei do Armarinho*, *Casa Bittar* (sapatos), *Casas Casoy* (couros), *Casa da Bóia*, *Casas Bahia*, *Casa Tabacow*, *Confecções Fleider*, *Farmácia Ribeiro de Lima*, *Fábrica de Chapeus Carmona*, *Foto Curt*, *Giovanna Baby*, *Lojas Cisne*, *Papelaria Formosa*, *Top Time* (relógios), *Vale-Refeição* etc. Foi através de Manoel Casoy, proprietário das Casas Casoy, que Jacob Casoy começou a revender capas de chuva *Gontex* no viaduto do Chá, próximo à praça Patriarca, em 1924. O fabricante dessas capas de borracha era outro imigrante judeu, cuja fábrica ficava também na rua José Paulino. Natural de Odessa, Jacob estava há apenas três dias no Brasil e não falava uma

23. Podemos tomar como exemplo o desenvolvimento do comércio em Belo Horizonte nas décadas de 1950 e 1960. O comércio judaico da capital mineira concentrava-se no setor de roupas e tecidos (34%), móveis (21%), representação comercial de várias naturezas (12%) e joalheria (10,5%). Atendendo a estes setores tornaram-se conhecidos, em Belo Horizonte, os seguintes estabelecimentos: *Sibéria Modas*, *A Capital Mineira*, *Estética*, *Pampulha*, *Decorações Matarazzo*, *Elnabra*, *Casa Confiança*, *Casa Ypiranga*, *Ingleza Levy*, *A Vantajosa*, *Esquina de Casemiras*, *Casa Esperança*, *Galeria Turista*, *Ótica Clássico*, *Casa Amazonas*, *Relojoaria Cyma*, *Casa Mina*, *Joalheria Kiva*, *Joalheria Catu*, *Joalheria Leal* e *Bar Tip Top*.

palavra em português. Não deu muito certo. Resolveu vender peças de alumínio na rua e, alguns anos depois, foi para Buenos Aires. Depois disso, ficou uns tempos em Porto Alegre, onde comercializava sal. Retornou a São Paulo onde, na década de 1940, fundou a fábrica *Alumínios Casoy*, depois *Indústria de Artefatos de Metais*, especializada em caixas para ferramentas. Quem já não teve uma dessas caixinhas em sua casa ou no porta-mala do carro?

Gasko, vendedor ambulante, São Paulo.
Acervo do AHJB.

As dificuldades impostas pela Segunda Guerra Mundial ao comércio de importação incrementaram a economia brasileira, que se beneficiou das matérias primas existentes no Brasil. Pequenas fábricas foram instaladas para suprir as necessidades nacionais. Dentre estas, citamos a *Fábrica de Artefatos de Alumínio Vencedor*, de Lasar Kossoy (1892-1973), que se instalou inicialmente na Barra Funda e, em 1946, foi instalada definitivamente no Pari, na rua Barão de Ladário, nº 832. Cerca de 50 funcionários trabalhavam na fundição de lingotes em alta temperatura que serviam como moldes para a fabricação de panelas, frigideiras e latas para mantimentos. Da fundição passavam à prensagem e à laminação. Usando repuxadores, os operários criavam chapas de alumínio seguindo o desenho do molde. No produto final eram aplicados cabos de madeira, que serviam como acabamento. Empreendedor, Lasar conseguiu impor seus produtos quando, durante a guerra e no pós-guerra, poucos sabiam o que era alumínio no Brasil. Simbólico era o slogan, "*Alumínio Vencedor, na cozinha um primor*!".

Da mesma forma, foi criada a *Tecelagem Lionesa* por Aurélio Hasson, um dos primeiros judeus sefarditas radicados em São Paulo desde 1918. A família Hasson, segundo pesquisas de Rachel Mizrahi, espalhou-se por vários países europeus e americanos. Em 1919, Félix Hasson, até então na Argentina, veio para o Rio de Janeiro, onde abriu uma casa de produtos ópticos, a *Lutz Ferrando do Brasil*.[24]

24. MIZRAHI, Rachel. *Op. cit.*, p. 97-98.

Outros judeus de origem asquenazita também se projetaram como grandes empresários, marcando espaço na economia brasileira com indústrias como a *Fábrica de Brinquedos Estrela*, *Companhia Suzano de Papéis e Celulose*[25], *Indústrias Klabin*[26] e a *Metal Leve*.[27] A *Companhia Suzano de Papel e Celulose* tem sua história atrelada à trajetória de seu idealizador Leon Feffer (1902-1999) que, em 1923, fundou uma empresa voltada para o comércio de papéis. Nascido em Rovno (Rússia), Feffer veio para São Paulo em 1920, onde há dez anos já residia seu pai. No bairro do Brás, usava o porão de sua residência para armazenar estoques de papel enquanto visitava seus clientes. De distribuidor tornou-se fabricante. Inaugurou sua primeira fábrica no bairro do Ipiranga e a partir de 1951 revolucionou o setor como pioneiro na produção de papel com uso de 100% de fibra de eucalipto, substituto do produto importado. Hoje o grupo Suzano atua em diversas áreas além de papel e celulose, como petroquímica e telecomunicações. Fazem parte do grupo: Bahia Sul Celulose, Igáras Papéis e Embalagem, Politeno, Polibrasil, Petroflex e Copene. Feffer, cônsul honorário de Israel em 1955, fundou *A Hebraica*, o maior clube judaico do mundo e, em 1959, iniciou a construção do *Hospital Albert Einstein*.

Após a década de 70, grandes investimentos foram realizados no sistema bancário através da atuação do *Banco Safra* e do *Banco Cidade* que, para além de suas fronteiras, são hoje importantes promotores de cultura.[28] Nos anos de 1980, uma nova fase se abriu para

25. *Gestão Leon Feffer (1982-1998). Associação Universitária de Cultura Judaica.* São Paulo, 1999.

26. Referências sobre as Indústrias Klabin, ver Schlesinger, H. *Enciclopédia da indústria brasileira.* São Paulo: Brasiliense, 1959. v. 3, p. 953-4 e v. 4, p. 1314; Valverde, Orlando. *Planalto meridional do Brasil.* Rio de Janeiro: Ed. cng, 1957. p. 1 992; Andrade, Manuel Correia de Oliveira (Ed.). *Monte Alegre e a indústria do papel e celulose no Paraná.* São Paulo: Associação dos Geógrafos Brasileiros, 1968.

27. O bibliófilo e industrial José Mindlin, da Metal Leve, patrocinou a edição de várias publicações, entre as quais *O desenho de Lasar Segall*; *A gravura de Lasar Segall*; *Homenagem a Manuel Bandeira*; *Drummond frente e verso*; *O prazer das imagens* (fotografias de Hugo R. Octávio); *A menina do narizinho arrebitado*, de Monteiro Lobato; *O poeta insólito* (fotomontagens de Jorge de Lima); *Lembrança de Mário de Andrade*, por Rubens Borba de Moraes, e as revistas da *Sociedade Philomathica de São Paulo*, a rasm – *Revista Anual do Salão de Maio*; *Verde*; *Revista Anual de Arte e Cultura*, dentre outros títulos. Mindlin faleceu em 28 de fevereiro de 2010, sendo enterrado no Cemitério Israelita da Vila Mariana. Doou toda a sua biblioteca sobre o Brasil à Universidade de São Paulo. Ver Mindlin, José. *Uma vida entre livros*: reencontros com o tempo. São Paulo: Edusp; Companhia das Letras, 1997.

28. Ver Malin, Mauro. *Memórias do comércio*: Museu da Pessoa. São Paulo: fcesp, Senac, Sesc, Sebrae, 1995.

os judeus que, despojados da racionalidade do judaísmo moderno, se viram engajados nesta sociedade plural em constante processo de democratização. Atualmente, muitos desses empresários estenderam suas atividades para o campo da cultura, enquanto colecionadores de arte, *marchands* e bibliófilos, além de atuarem como patrocinadores de eventos culturais.[29]

Os Falantes do Ídiche

O ídiche, enquanto língua de origem tradicional, era amplamente difundido entre os judeus da Europa Oriental e Central que, ao chegarem ao Brasil, continuavam a empregá-lo tanto em casa como nos núcleos comunitários. São Paulo, Rio de Janeiro e Porto Alegre foram os grandes polos do teatro ídiche no Brasil. Importantes companhias teatrais estrangeiras iam e vinham, retornando com novos programas, intercalados com reprises de peças dos clássicos escritores judeus.

São Paulo teve o privilégio de conviver com algumas das personalidades do teatro ídiche, com trajetórias identificadas com a imagem das grandes companhias internacionais. É o caso de David Meltser (1888-1967), judeu imigrante de Jitomir (Ucrânia) que, após trabalhar como lustrador de pianos na Argentina, tornou-se tenor do Teatro Colón, de Buenos Aires. Como artista, acompanhou as companhias de operetas e as líricas dramáticas que, nas primeiras décadas deste século, se apresentaram em São Paulo, Santos, Rio de Janeiro, Curitiba, Porto Alegre e Recife. Entre 1926-27, Melser imigrou para São Paulo, onde sua filha Adélia casou-se com Abraham Fingermann, pai do artista plástico Sérgio Fingermann.[30]

Acompanhando a *Grande Companhia Israelita de Operetas, Dramas e Comédias* por várias cidades brasileiras, Meltser integrou o elenco de inúmeras peças, como *Die Lustige Nacht* (A noite alegre), melodrama de Welinsky, no Salão Celso Garcia, em março de 1914, São Paulo. Em fevereiro de 1915, o tradicional Theatro Polytheama, de São Pau-

29. Dentre os colecionadores, cabe lembrar o empresário e bibliófilo José Mindlin, Joseph Safra, Klabin e Max Feffer; e como *marchands*, Isaac Krasilchik, Paulo Kuscinski e Saul Liberman.
30. Depoimento de Sérgio Fingermann à Maria Luiza Tucci Carneiro. São Paulo, 20 de janeiro de 1990; fotografia de David Melser por ocasião da apresentação da peça *Apache*, no Salão Helena de Montenegro. Porto Alegre, junho de 1918. Acervo Sérgio Fingermann.

lo, exibiu *Das Verlorene Kind, oder Unschuldig Im Kerker* (A filha perdida, ou O prisioneiro sem culpa), em benefício da atriz Berta Mewe, estreando Kessler e Leo Peer que se juntaram a Meltser e Jaculovich.

O teatro ídiche paulistano, enquanto movimento teatral sistemático, iniciou-se entre 1923-24 com o *Yugent Club*, cuja sede era na rua Amazonas, no bairro do Bom Retiro. Iankev Kurlender e Iankev Rotbaum encontravam-se entre os renomados diretores que atuaram em São Paulo. Há também referências de que integrantes da imigração russo-polonesa, entre eles os Cipkas, tentaram estabelecer na década de 20 um teatro de língua ídiche no salão Luso-Rotbaum. Rotbaum, originário de Wroclav (Polônia), veio para São Paulo em 1948, quando dirigiu *Der Goldfaden Chulem* (O sonho de Goldfaden) e, no mesmo ano, *Dos Groisse Guevinch* (A sorte grande), de Sholem Aleichem. Em 1962, Rotbaum retornou com a peça *A família Blank*, do mesmo escritor. Neste tempo um novo espaço havia sido organizado: o ICIB – *Instituto Cultural Israelita Brasileiro*, ou "*A Casa do Povo*", com remanescentes do *Centro de Cultura Progresso*. Este projeto só se completou em 1960, com a inauguração do Teatro de Arte Israelita Brasileiro (TAIB), com sala especial para as artes cênicas. Mas, nesta época, os atores já se dedicavam ao teatro falado em português, envolvendo-se com o grupo do Teatro de Arena ou dedicando-se à televisão, como aconteceu com Riva Nimitz, Berta Zemel e Elias Gleiser. Uma das últimas peças apresentadas pelo grupo do teatro ídiche paulistano foi *Di Kssbe* (A certidão de casamento), de Efraim Kishon, em 1965.[31]

Na trilha do teatro ídiche, contamos ainda com Josef Landa (1912) e Zygmunt Turkow (1896-1970). Landa, romeno, imigrou para o Brasil em 1937, onde passou a atuar no campo das artes plásticas. Havia estudado pintura e gravura na sua terra natal, tendo como mestres Grichtchenko, Romanat, S. Lerner e Kolnik, e aperfeiçoou-se no Brasil com Poty e Santa Rosa. Trabalhou ao lado de Zygmunt Turkow e fez parte desta geração de "intelectuais da língua errante" como autor de poesias e contos em ídiche.

Em 1946, o artista Lasar Segall rompeu com os padrões tradicionais dos cenários e vestuários que caracterizavam o teatro ídiche.

31. WALDMAN, Berta. *Anotações sobre a história do teatro ídiche em São Paulo*: a propósito de Aventuras de uma língua errante, de Jacob Guinsburg. São Paulo: 1996 (mimeo).

Vanguardista e arrojado em todos os campos em que atuou, Segall inovou para *Dos Groisse Guevinch* (A sorte grande), também conhecido como *Tzei Mol Hundert Toiznt* (Duas vezes cem milhões), de Sholem Aleichem.

A imprensa ídiche, por sua vez, surgiu em São Paulo em 1928, com o periódico *Idicher Gezelschafticher un Handels Biuletin* (Boletim Social e Comercial Judaico) que, além de fazer propaganda comercial, se prestava como noticiário local. Entre 1931-1941, circulou o *San Pauler Idiche Zeitung* (Jornal Israelita de São Paulo) criado por Marcos Frankenthal, que envolveu renomados intelectuais da comunidade como Isaac Raizman, Elias Lipiner e Nelson Weiner; o *Ha-Schachar* (A Aurora), criado por Michael Zaltzman em 1931; e o *Di Tzeit* (O Tempo), sob a direção de Edgar Barreira de Matos e Menachem Kopelman.

Durante o Estado Novo, em decorrência do projeto nacionalista e xenófobo do governo de Getúlio Vargas, todos os jornais publicados em língua estrangeira foram obrigados a circular apenas em português. Cerceando a liberdade de expressão com o objetivo de homogeneizar as culturas, o Estado sufocava as identidades dos grupos estrangeiros. Nessa época, muitos daqueles periódicos foram destruídos pela própria comunidade judaica sob a vigilância diária do Deops, braço de repressão do regime autoritário estadonovista. Outros exemplares foram confiscados como provas do crime político. Somente após a volta do regime constitucional é que o *Idiche Press* retornou, congregando intelectuais e jornalistas de renome, muitos dos quais refugiados do nazismo e da guerra.[32]

Meyer Kucinski, nascido em Wloclawek (Polônia), deve ser considerado como um dos mais importantes escritores da língua ídiche no Brasil. Emigrou para o Brasil em 1935 e optou por viver em São Paulo, onde trabalhou inicialmente como mascate (*klaper*) e, depois, durante vinte anos, como professor de literatura ídiche no Colégio Renascença. Em São Paulo, dirigiu a seção brasileira da Yivo, e do seu círculo de amizades participavam vários outros intelectuais idichistas que contribuíam para a difusão da cultura judaica

32. Cf. *Portaria nº* 2.277, de 18 de junho de 1939, do Ministério da Justiça e Negócios Interiores, p.22 e 157.

europeia no Brasil. Segundo Hadassa Cytrynowicz, Kucinski captou, com a sensibilidade de quem era também personagem, "as contradições, tristezas, ódios e conflitos dos diferentes grupos judaicos que chegaram ao Brasil pouco antes ou pouco depois do genocídio na Europa. Seus contos têm o sabor do mundo em que viveram seus pais e avós".[33] Tal produção demonstra que muitos desses imigrantes eram homens da essência e da razão, cujas vidas haviam sido julgadas pelo irracionalismo e pela ignorância presentes em suas pátrias de origem. Amordaçados pela mediocridade do nazismo e do fascismo, respiraram fundo, reordenaram seus valores e, no Brasil, recomeçaram como interlocutores da cultura.

A Ocupação dos Espaços

A distribuição de distintas sinagogas pelo espaço urbano das grandes cidades brasileiras reproduz, de uma forma geral, a composição etno-religiosa de cada comunidade judaica. Em São Paulo, por volta de 1897, os judeus da Alsácia-Lorena organizaram a primeira comunidade, ao trazer da Hungria o *schoichet* Salomão Klein que, além das funções rabínicas, deveria orientar o culto e o *Casbrut*. Em respeito às tradições judaicas, mantinham um açougue *casher* e um cemitério próprio funcionando *ad hoc*. Aos sábados e por ocasião das festas judaicas, as casas comerciais instaladas no centro da cidade fechavam suas portas, fato registrado em diferentes momentos pela imprensa local. Em São Paulo, até a década de 30, os judeus asquenaze haviam-se fixado no bairro do Bom Retiro, onde residiam ao lado dos imigrantes italianos. Já os sefardi congregavam-se, em sua maior parte, nos bairros da Mooca e do Brás. Os asquenazi frequentavam espaços diferenciados: *Sinagoga Kahalat Israel*, da Comunidade Israelita de São Paulo (1912), *Knesset Israel* (Sociedade Israelita Paulista, 1916), *Templo Beth-El* (Congregação Israelita Asquenaze), *Sinagoga Israelita Paulista* (1931), *Sinagoga Israelita de Pinheiros Beith Jacob* (1937) e a *Congregação Israelita Paulista* (1936), de orientação liberal.

Os sefarditas vindos do Oriente Médio, principalmente da Turquia (Smirna e Istambul), por sua vez, agregavam-se na *Sinagoga da*

33. Cytrynowicz, Hadassa. Filigranas em ídiche. In: Berezin & Cytrynowicz, *Op. cit.*, p. 46.

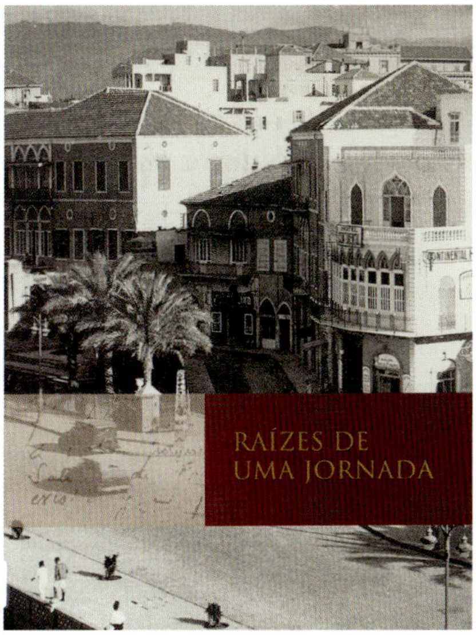

Safra, Vicky; Dayan, Clairy; Djmal, Fortuna. *Raízes de uma jornada*. São Paulo: Instituto Moreira Salles; Inst. Cultural J. Safra, 2009. Acervo bma.

Mizrahi, Rachel. *Do mascate ao empreendedor*: uma família da antiga Mooca. São Paulo: Ed. do Autor, 2008. Acervo bma.

Abolição ou *Sinagoga Hol Yaacov* (1924-1928). Na década de 30, a população sefardita radicada em São Paulo cresceu com a chegada dos judeus italianos e búlgaros, exigindo a abertura de novos templos. Assim, surgiram na Mooca, reduto dos sefarditas orientais, duas sinagogas que agregavam os grupos de acordo com sua cidade de origem: os de Ceida e Beirute frequentavam a *Sinagoga Israelita Brasileira* (1930), enquanto que os de Sfat frequentavam a *União Israelita Paulista*, que aglutinava as famílias mais pobres e simples.[34]

Em consequência da promulgação das leis antissemitas pela Itália fascista (1938), a cidade de São Paulo começou a receber dezenas de outros refugiados judeus triestinos, genoveses, marselheses e napolitanos. Liberais por tradição, inseriram-se na comunidade italiana paulistana existente desde o século passado sem criar associações comunitárias específicas que os distinguissem dos demais judeus, o que facilitou sua rápida assimilação pela sociedade mais ampla.[35] A *Con-*

34. Mizrahi, Rachel. *Imigração e identidade*: as primeiras comunidades judaicas do Oriente Médio em São Paulo e no Rio de Janeiro. São Paulo, 2000. (Tese de doutorado em História Social/usp) publicada com o título de *Imigrantes judeus do Oriente Médio*: São Paulo e Rio de Janeiro (Cotia: Ateliê Editorial).

35. Dentre as principais famílias de judeus italianos, cabe citar: Schreiber, Tagliocozzo, Kreipel, Cevidalli Salmoni, Pincherle, Finzi, Di Segni, Terni, Milano, Rinini, Bondi, Anau, Temin, Brentani, Civita, Levi, Cammerini, Corinaldi, dentre tantos outros. Para maiores detalhes sobre esta corrente imigratória, ver Carneiro, Maria Luiza Tucci. *Brasil, um refúgio nos tró-*

gregação Israelita Paulista – identificada ao longo de sua história com a postura liberal dos rabinos Fritz Pinkuss e Henry Sobel – continuou a cumprir importante papel de recepção dos judeus recém-chegados, na socialização da juventude e na perpetuação das práticas religiosas. Procurando acompanhar os novos padrões e valores de uma sociedade moderna, a CIP abriga grande número de judeus avessos ao judaísmo ortodoxo, como muitos dos judeus italianos. Ainda hoje, mantém-se em área nobre do bairro da Consolação, na rua Antonio Carlos.

Assim como em todas as grandes metrópoles da América, a rápida prosperidade econômica e a ascensão social da comunidade judaica estimularam mudanças de mentalidade e de comportamento nas novas gerações. Nos anos 40, uma parcela da comunidade de São Paulo, mais politizada, definiu-se pelo socialismo, comunismo ou pelo bundismo, concentrando-se em torno de centros culturais como o *Centro de Cultura Progresso*, no Bom Retiro, que agregava os progressistas. Esses, após o Estado Novo, organizaram o *Colégio Scholem Aleichem* (1949), o *Instituto Cultural Israelita Brasileiro* ou *Casa do Povo* (1953) e o TAIB. Leon Feffer, Manoel Epstein e outros ativistas comunitários criaram a *Associação Brasileira A Hebraica de São Paulo*, preocupados em atrair os jovens para atividades programadas pela comunidade. A intenção era aglutinar os mais jovens valendo-se de atividades socializadoras, opção para aqueles que não gostam de frequentar a sinagoga.

Imagens indefinidas, sinais de mudança e integração. Novos tempos. O Bom Retiro, invadido por outras levas de imigrantes na década de 60, deixou de ser o bairro típico dos judeus que, diante do enfraquecimento de suas tendências centrífugas, procuraram bairros como Higienópolis, Pacaembu e Morumbi, identificados com o padrão de vida de uma classe média alta. O aparecimento de modernas sinagogas nestes locais expressa a mobilidade da coletividade judaica que, a partir dos anos 50, recebeu novos grupos de imigrantes do Egito e da Hungria e migrantes provenientes das comunidades de Recife, Porto Alegre e Curitiba. Como resultado, temos uma comunidade cada vez mais complexa, integrada na dinâmica cultural e econômica do país e, ao mesmo tempo, preocupada em encontrar alternativas para a in-

picos. São Paulo: Estação Liberdade, 1996. p. 134 e 165-180; CAMPAGNANO, Anna Rosa. *In defesa della razza*: os judeus italianos refugiados do fascismo e o antissemitismo do Governo Vargas, 1938-1945. São Paulo: Edusp; Fapesp, 2010.

definição das relações entre o judaísmo na Diáspora, o sionismo e o Estado de Israel.

A partir de 1950, a história da comunidade judaica no Brasil deve ser vista sob o viés do processo de integração na sociedade mais ampla, e não mais sob o prisma do movimento imigratório ou do movimento sionista. Indigenistas, médicos, engenheiros, dentistas, comerciantes, funcionários públicos, industriais, artistas, professores universitários, muitos dos quais brasileiros, tomam parte ativa na vida econômica, política e cultural contribuindo para a construção do patrimônio nacional. Uma nova imagem de comunidade foi, aos poucos, se configurando, sem negar suas raízes sefarditas, asquenazitas ou orientais, traços do mosaico de nacionalidades.

Da metrópole Berlim para a megacidade São Paulo*

WILLI BOLLE**

O objetivo desta palestra é apresentar um breve retrato da metrópole Berlim, de onde saí em 1966, com 22 anos, e da megacidade de São Paulo, que escolhi como lugar para estudar, trabalhar e viver. A base desse duplo retrato é o meu livro *Fisiognomia da metrópole moderna: representação da história em Walter Benjamin*, publicado em 1994 pela Edusp e cuja terceira edição sairá em 2013. Quando vim para o Brasil, não foi com a intenção de escrever esse livro; meu objetivo era preparar uma tese sobre o romance *Grande sertão: veredas*, de Guimarães Rosa. A *Fisiognomia* nasceu espontaneamente, da conjunção de experiências pessoais com o desenvolvimento do meu projeto acadêmico. É o que tentarei mostrar através de dez instantâneos, elencados não em ordem cronológica, mas de rememoração.

[1] Centro de Berlim: a Metrópole, a Cidade-Mãe (1957; eu estava com 13 anos). Num passeio de bicicleta de Berlim Ocidental, onde eu morava, para Berlim Oriental (antes da construção do Muro), parei no centro da cidade na ponte sobre o rio Spree, em cujas margens Berlim foi fundada em 1237. Diante das marcas de destruição

* Palestra apresentada na Biblioteca Mário de Andrade em 26 de fevereiro de 2011 no Ciclo *São Paulo: seus povos e suas músicas*.

** Willi Bolle é Professor Titular de Literatura na Universidade de São Paulo. É autor de *Fisiognomia da metrópole moderna* (Edusp) e *grandesertão.br*: o romance de formação do Brasil (Duas Cidades; Ed. 34), entre outros títulos.

da guerra, senti uma profunda melancolia. Tentei imaginar como era a capital da Alemanha, cidade da minha mãe, quando ainda era intacta, menos de duas décadas atrás. Quando nasci, em 1944, a cidade já havia sido destruída pelos bombardeios dos aliados. Jamais chegaria a conhecer a agitada e animada metrópole dos anos 1920, de que me falava minha mãe. Isso só seria possível através do testemunho de textos daquela época, como os de Walter Benjamin, de quem então nem havia ouvido falar.

[2] Centro de São Paulo: a Megacidade, a Multidão (1966 = 22 anos). Numa das minhas primeiras semanas nesta cidade, a multidão no meio da qual eu caminhava da avenida Ipiranga com a avenida São João em direção ao Anhangabaú me fez lembrar o poema de um concretista português, E. M. de Melo e Castro. O poema, organizado em forma de uma coluna vertical, consta de duas palavras que se repetem e se multiplicam:

Rua
Caras
Rua
Caras
Rua
Caras...

Acho que era uma primeira chave para se entender o fenômeno da metrópole e da megacidade. Foi aí que nasceu o embrião do projeto da *Fisiognomia*, que só comecei a realizar anos depois.

[3] Escola de Arte Dramática: *Fisiognomia da Metrópole Moderna* (1983 = 39 anos). Sempre gostei de teatro. No início de 1983 entrei na EAD, onde fiz o curso técnico de ator – paralelamente a meu trabalho como professor e pesquisador na USP, onde lecionava desde 1977. Nesse meio tempo tinha elaborado meu projeto de livre-docência – “Da crítica literária à crítica da cultura” – com base nos textos do filósofo e crítico Walter Benjamin (1892-1940). Em 1984 defendi a tese de livre-docência, intitulada *Tableaux berlinois: Walter Benjamin e a cultura da República de Weimar*. Era a minha maneira de resgatar a

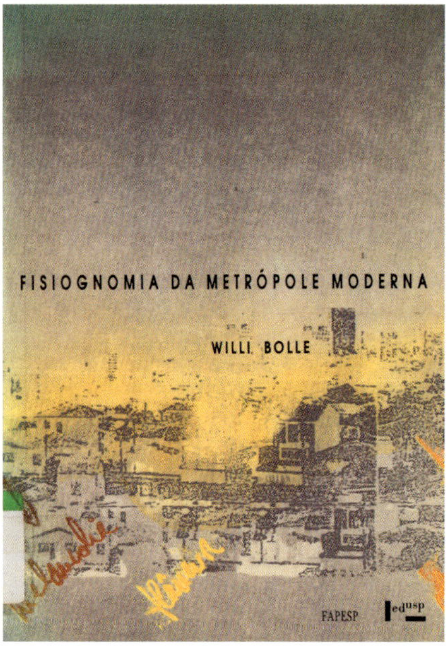

Bolle, Willi. *Fisiognomia da metrópole moderna*. São Paulo: Fapesp; Edusp, 2000. Acervo BMA.

Berlim daqueles anos 1920. Foi a partir da terceira parte da tese, "O projeto do escritor: fisiognomia da metrópole moderna", que elaborei ao longo dos anos seguintes o livro com este título.

O que me animou para esse enfoque, em que o estudo acadêmico se aproxima da experiência artística, foi a formação no meio dos atores. A fisiognomia (neologismo que decidi usar depois de uma consulta a Haroldo de Campos, no lugar de "fisiognomonia", que soa um tanto pernóstico) implica um corpo a corpo do sujeito com a cidade, é um contracenar com ela. Assim, escolhi como epígrafe do meu livro este verso de Baudelaire: "Cenário semelhante à alma do ator" (*Décor semblable à l'âme de l'acteur*). Me lembrei concretamente de uma cena do romance *Le Père Goriot*, de Balzac, que havia lido no colégio. No final, o jovem Rastignac desafia a cidade de Paris: "Agora é entre nós dois".

A fisiognomia, segundo o seu fundador, o pastor suíço Johann Caspar Lavater (1741-1801), é a ciência de conhecer o caráter de um ser humano a partir de seus traços exteriores e de seus movimentos. No início da Revolução Industrial, isso era uma espécie de *vademecum* para quem se deslocava do pacato ambiente de uma vila do interior para o mundo agitado de uma metrópole. A ideia da fisiognomia repercutiu na antropologia, na criminalística e na neurofisiologia; e em autores como Goethe, Darwin e Benjamin. "Escrever a história", segundo Benjamin, "significa atribuir aos anos a sua fisionomia". Ele se interessa por uma "fisiognomia da multidão" e usa para isso o tipo social do *flâneur* como uma figura de sondagem no espaço da metrópole. Assim como um geólogo distingue as camadas do subsolo, o *flâneur* pretende identificar nos transeuntes a camada social à qual eles pertencem. No capítulo final da *Fisiognomia*, intitulado "A metrópole como palco do *flâneur*", esboço um quadro sinóptico da sociedade. É um mapeamento das diferentes classes sociais: desde aqueles que vivem no privilégio do ócio e no mundo burguês dos negócios (que é a negação do ócio), passando pelos produtores de cultura, os profissionais da indústria de diversão e as classes trabalhadoras, até os desclassificados, ou seja, a massa dos pobres, que inunda a metrópole e vive na sua periferia.

No seu estudo sobre Paris, a "capital do século XIX", Walter Benjamin define a modernidade nestes termos:

> O século XIX não soube corresponder às novas possibilidades tecnológicas com uma nova ordem social. Assim se impuseram as mediações falaciosas entre o novo e o velho. O mundo dominado por essas fantasmagorias é – com uma palavra-chave de Baudelaire – a modernidade.

Esses impasses continuaram no século XX e continuam no início do nosso século XXI. A modernidade é a modernização mal resolvida, a discrepância entre as belas perspectivas de melhoria abertas pelo progresso da técnica e a persistência dos enormes problemas sociais. Walter Benjamin focaliza as massas pauperizadas, na era de consolidação do capitalismo, estendendo sua análise até o limiar da época do Imperialismo. No meu livro proponho uma ampliação do campo de visão para além da perspectiva europeia, usando uma megalópole situada num país emergente como "reveladora" dos retratos benjaminianos das metrópoles Berlim e Paris.

[4] METRÓPOLE E MEGACIDADE. A palavra grega *metropolis* (de *méter* = mãe e *polis* = cidade) designava, na Antiguidade, a "cidade-mãe" em relação às "cidades-filha" ou cidades coloniais. Esse sentido de "metrópole" ressurgiu no início da Era Moderna com a fundação de impérios coloniais por parte da Espanha e de Portugal. Cidades da América Latina como México, Buenos Aires e São Paulo são filiais periféricas das metrópoles autênticas Madrid e Lisboa. A partir da Revolução Industrial até o período do Imperialismo e o início da Primeira Guerra Mundial, as duas metrópoles dominantes eram Londres e Paris. Como concorrentes surgiram Nova York e Berlim, que nos anos 1920 chegou a ser a quarta maior cidade do mundo. A Primeira Guerra Mundial foi uma tentativa do Império Alemão de tornar-se uma potência mundial. E o plano de Hitler na Segunda Guerra Mundial era transformar os países do Leste europeu em colônias da Alemanha, tendo como capital desse império a cidade de Berlim, cujo nome seria mudado para "Germânia".

É esse o subtexto e a motivação especial do estudo de Walter Benjamin sobre Paris como capital de um império colonial. Assim, por exemplo, a Place du Maroc, em Paris, é vista por ele como um monumento do "imperialismo colonial". Na topografia social da metrópole, ele distingue a parte dos *boulevards*, onde circulavam os burgueses, e a dos subúrbios, chamados "as Índias", onde moravam as "massas escuras". Desta forma, já estavam prefiguradas na metrópole europeia traços das megacidades do Terceiro Mundo.

A explosão demográfica nas grandes cidades, ligada aos movimentos de migração, sobretudo na Ásia, na América Latina e na África, levou a partir dos anos 1950 e 1960 ao surgimento de "megacidades" (é assim que são denominadas as aglomerações urbanas com mais de dez milhões de habitantes). O processo de migração pode ser descrito com estas palavras de Guimarães Rosa (que cito no final da *Fisiognomia da metrópole moderna*):

> E de repente aqueles homens podiam ser montão, montoeira, aos milhares mís e centos milhentos, vinham se desentocando e formando, do brenhal, enchiam os caminhos todos, tomavam conta das cidades.

Nesta passagem de *Grande Sertão: veredas* temos um retrato expressivo das massas de miseráveis que saem de um sertão do tamanho do mundo a caminho das grandes cidades, que simbolizam riqueza e progresso, ao mesmo tempo em que se transformaram em imensos formigueiros humanos, superpovoados e cada vez mais inchados, onde se acumulam o ouro e a sucata da humanidade. Segundo as estatísticas da ONU, existem atualmente 17 a 20 megacidades no mundo, das quais quatro na América Latina: México, São Paulo, Buenos Aires e Rio de Janeiro.

A relação entre as metrópoles dos países hegemônicos e as megacidades da periferia é a de uma história entrelaçada. As megalópoles do Terceiro Mundo são filhas das metrópoles europeias, filhas que cresceram explosivamente e se apresentam como reencarnações deformadas das cidades-mães. Nas palavras de um estudioso alemão:

> As megalópoles de hoje afundam no caos, porque as suas redes são exigidas até o excesso, além de serem insuficientes e por assim dizer: desvai-

radas. A enorme condensação de habitantes requer uma densidade correspondente de infraestruturas, e é justamente isso que as megalópoles não têm conseguido implantar. (Hartmut Böhme, 2003)

Além do olhar de fora, é igualmente importante considerar as autoimagens produzidas pelas megacidades. Destacam-se nelas os motivos da Loucura e do Inferno, já usadas por Benjamin em seus retratos das metrópoles europeias. Na megalópole São Paulo, esses motivos manifestam-se desde a década de 1920, na *Pauliceia desvairada*, de Mário de Andrade, até o início do nosso século, como no CD *Sobrevivendo no Inferno* (2002), da banda *rap* dos Racionais MC's.

[5] BEROLINA[1] DESVAIRADA (1943-1944). Remontando às origens: fui concebido em Berlim, em junho de 1943. Em fevereiro daquele ano, depois da derrota em Stalingrado, o ministro da propaganda nazista conclamou o povo alemão para a "guerra total". Em resposta, começaram os ataques maciços dos bombardeiros aliados. Berlim ficou arrasada. Minha mãe saiu da cidade no último mês da gravidez, em março de 1944, e eu nasci na região vizinha de Brandenburgo. Voltamos para Berlim em junho de 1945, logo após o fim da guerra.

Como é que o fenômeno do nazismo foi possível? Como é que a República de Weimar (1919-1933), que foi a primeira tentativa de democracia na Alemanha, e que traz no nome a referência à cidade de Schiller e de Goethe, se transformou numa ditadura, num Estado totalitário? Walter Benjamin, judeu alemão que se suicidou em 1940, na fuga diante das forças nazistas, descreve detalhadamente esse processo histórico. Segundo ele, a grande burguesia alemã traiu ao longo do século XIX os ideais cosmopolitas da *Aufklärung* e enveredou para um projeto de expansão imperialista, com base na força militar. O culto da técnica moderna, assimilado pelo conservadorismo alemão, juntamente com a ideia de uma mobilização dos operários como "soldados na batalha de produção" (Ernst Jünger, 1932) era uma parte fundamental desse projeto. Com a sedução das massas pela demagogia pseudo-revolucionária de um "socialismo nacional" completou-se

1. "Berolina" é o nome latinizado de Berlim.

o quadro. O fascismo acabou se tornando a etapa final do projeto histórico da burguesia imperialista.

A esquerda alemã, que cultivou o mito de uma revolução segundo o modelo soviético, despertou tarde demais de suas ilusões. E não foi a democracia, mas a ditadura que deu uma demonstração plena do poder da nova mídia de massas, cuja revolução começou nos anos 1920. Uma detalhada descrição da arte de propaganda nazista encontra-se no ensaio mais famoso de Benjamin, *A obra de arte na era de sua reprodutibilidade técnica*, escrito no exílio em 1935-1936, e com o qual se iniciou nos anos 1960 a recepção desse pensador no Brasil.

Berolina desvairada. Com o nacional-socialismo – que fomentou a criação de imagens de inimigos (os judeus, os bolchevistas, os "capitalistas gananciosos" dos EUA, os países vizinhos ocidentais "decadentes" e os orientais como sendo "de raça inferior"), ao mesmo tempo em que inculcou no povo alemão a arrogância de uma suposta "superioridade" (o que foi apenas um estratagema para poder usá-lo até o fim como "material humano") – a Alemanha liquidou a sua inteligência.

[6] INFÂNCIA EM BERLIM POR VOLTA DE 1950 (eu estava com 6 anos). Depois da Guerra, implantou-se finalmente a democracia na Alemanha, na parte ocidental do país, inclusive em Berlim Ocidental.

Gostaria de rememorar um componente da minha educação, numa escola primária em Berlim, porque foi fundamental para a minha formação e para a minha linha de pesquisa, que consiste em elaborar uma topografia cultural do Brasil: da metrópole/megacidade (São Paulo), através do sertão (como alegoria do país), até a Amazônia. No terceiro ano (em 1952) a nossa professora nos ensinou a matéria *Heimatkunde*, que se pode traduzir livremente por "Estudo de nossa terra e de nossa gente". O tema da primeira aula era este: *Wie es in unserem Klassenzimmer aussieht*. Ou seja: "Como se apresenta a nossa sala de aula". Mas não se tratava somente do ambiente físico. Levando em conta a polissemia da palavra *Klasse* e recorrendo a um texto da *Infância em Berlim por volta de 1900*, de Walter Benjamin (que comento no capítulo "Cidade e memória" da *Fisiognomia*), podemos também traduzir: "Como se apresenta por dentro a nossa classe social".

Os temas seguintes da matéria *Heimatkunde* foram: a área de recreio da escola, a rua e nosso bairro, os bairros vizinhos, e finalmente a cidade inteira de Berlim. De passagem, eu gostaria de mencionar que o bairro de Tegel, no Norte de Berlim, onde passei a minha infância e adolescência, é muito especial: tem um rio e um lago com ilhas e margens arborizadas que parecem uma Amazônia em miniatura; é citado no *Fausto* de Goethe, por causa de seus fantasmas medievais; abriga o parque e o castelo da família de Wilhelm von Humboldt, o fundador da Universidade de Berlim, e de Alexander von Humboldt, o grande viajante da América Latina; e possui um campo de aviação, onde, na década de 1930, Wernher von Braun fez os primeiros testes com foguetes, que, no final dos anos 1960, iam levar o homem à Lua.

[7] Literatura de viagens: primeiras informações sobre São Paulo e o Brasil (1952 a 1956 = dos 8 aos 12 anos). Como percebi depois, a partir do *Grande Sertão: veredas*, que foi o romance que me motivou a vir para o Brasil, e como percebo agora, quando falta pouco para eu terminar a minha trilogia sobre a topografia cultural do Brasil, aquela vinda e esse projeto se prefiguraram em três livros que li na infância e na adolescência.

O primeiro era um álbum com imagens, intitulado *Mittel- und Südamerika* (América Central e América do Sul), editado em 1952 por um fabricante de margarina chamado Sanella. Eu pedia à minha mãe para comprar a margarina dessa marca, pois cada pacote vinha acompanhado de uma imagem. Completadas as cem imagens, eu as colei no álbum que relata a viagem de um adolescente alemão desde o México até a Terra do Fogo, sendo o centro de sua viagem o Brasil. Foi aí que tive a primeira informação sobre a cidade de São Paulo:

> Agora estamos em São Paulo. É uma cidade gigantesca, inteiramente moderna, com imensas novas instalações industriais. ... A cada 25 minutos termina-se de construir uma casa ... e a cada semana, dois ou três arranha-céus. ... Você não imagina como esta cidade é movimentada. Uma quantidade de carros e das marcas mais modernas! ... E uma mistura de povos. ... Favelas, como no Rio de Janeiro, aqui quase não existem, dizem os paulistanos, embora aqui também se possam notar as grandes diferenças entre ricos e pobres.

Seekamp, Arthur H. F. *Mittel und Sud Amerika*. Hamburg: Margarine-Union, 1952.
Acervo pessoal Willi Bolle.

Dann, Edward. *Junge, das ist Brasilien!* Augsburg: Franz Schneider, 1955.
Acervo pessoal Willi Bolle.

Por volta dos meus 11 anos, li o livro *Junge, das ist Brasilien!* (Rapaz, este é o Brasil!), da autoria de Edward Dann. É a história de um jovem alemão que perdeu os pais na guerra, num dos ataques aéreos; um dia recebe uma carta de seus tios que emigraram para o Brasil e agora o convidam para se mudar para este país. O rapaz de 17 anos embarca na cinzenta e chuvosa Hamburgo, deixando a tristeza para trás e atravessa o Atlântico, chegando no Rio de Janeiro, na bela Baía da Guanabara e na ensolarada praia de Copacabana, cheia de pessoas alegres. Do Rio, Karl parte para ir viver com seus tios no interior de Minas Gerais. A sua ocupação preferida é cavalgar pelo sertão e sentar-se de noite em volta da fogueira, conversando com os "pegureiros" (palavra que consta do glossário do referido livro).

O que me marcou igualmente foi a continuação da história de Karl, em *Urwaldfahrt in Brasilien* (Viagem pela selva amazônica). É o relato de uma viagem em que ele, em companhia de um caboclo, desce numa canoa um dos afluentes do rio Amazonas, o rio Tocantins. Essa leitura me inspirou para um tardio ritual de iniciação aos estudos da Amazônia. Em 2007, refiz o percurso da travessia pioneira da Amazônia – realizada por Francisco de Orellana em 1541-1542 –, navegando desde o rio Napo, que sai dos Andes do Equador, até a embocadura do rio Amazonas perto de Macapá. Durante essa via-

BOLLE, Willi; CASTRO, Edna; VEJMELKA, Marcel (orgs.). *Amazônia*: região universal e teatro do mundo. São Paulo: Globo, 2010.
Acervo BMA.

DANN, Edward. *Urwaldfahrt in Brasilien*. Augsburg: Franz Schneider, 1956.
Acervo pessoal Willi Bolle.

gem de cerca de 4.200 km, estudei o relato de Gaspar de Carvajal sobre a expedição de Orellana. A partir daí organizei, juntamente com dois colegas, a coletânea de ensaios *Amazônia: região universal e teatro do mundo* (2010).

Rememorando aquelas leituras, me dou conta agora de que o meu projeto de pesquisa – uma topografia cultural do Brasil: da metrópole através do sertão até a Amazônia – não é nada mais, nada menos do que uma forma de reescrever os três livros de viagem que li na minha infância e adolescência.[2]

[8] A VIDA DE ESTUDANTE (1966/1967 = 22-23 anos). Depois da minha travessia do Atlântico, a partir de Hamburgo, numa viagem de 20 dias, cheguei no dia 23 de agosto de 1966 ao Rio de Janeiro, onde a primeira coisa que fiz foi ir até o Itamaraty para tentar encontrar o "meu" autor. E, de fato, tive a sorte de poder conversar com João Guimarães Rosa, que me deu as boas-vindas ao Brasil e com quem tomei

2. Duas dessas "reescritas" já estão publicadas: *Fisiognomia da metrópole moderna* (1994) e *grandesertão.br: o romance de formação do Brasil* (2004); em 2014 pretendo publicar o terceiro volume da trilogia, que será um estudo sobre a Amazônia no ciclo dos dez romances de Dalcídio Jurandir.

o meu primeiro cafezinho.[3] De noite o nosso navio seguiu para Santos, onde no dia seguinte já me esperava o professor Antonio Soares Amora, da USP, que tinha dado no primeiro semestre daquele ano na *Freie Universität Berlin* um curso sobre *Grande sertão: veredas*. Quando saímos da via Anchieta para entrar em São Paulo, o professor Amora me disse: "Willi, esta é uma cidade surrealista". Comecei então a viver na "cidade surrealista". O que me fascinou foi a sua topografia caótica; de propósito não comprei nenhum mapa, a fim de prorrogar a sensação de poder me perder a qualquer momento no labirinto urbano. Um tanto "surrealista" foi também o meu primeiro ano de estudos na USP (de agosto de 1966 a julho de 1967), sendo que em Berlim eu tinha cursado apenas cinco semestres (Letras Neolatinas e História). Concentrei-me em três tipos de atividades:

1) Mergulhar, parar valer, no *Grande sertão: veredas* – com um método bastante especial. Forrei as paredes do meu quarto com as cerca de 500 páginas do romance, de modo que passei a viver "dentro" do livro. Retomei esse método, anos depois, em 1999/2000, na Universidade de Stanford, onde elaborei o primeiro esboço do meu livro *grandesertão.br*: o romance de formação do Brasil.

2) Viajar, para conhecer o sertão de Guimarães Rosa. Fui a Cordisburgo, Lassance e Pirapora. Desci o Rio São Francisco numa "gaiola", em toda a sua parte navegável, de Pirapora até Juazeiro, no limite da Bahia com Pernambuco. Com amigos sertanejos fiz uma viagem a cavalo pela Serra do Cabral. Fui a Brasília, então recém-inaugurada, e de lá, pela estrada Belém-Brasília, até Belém. Consegui ter também uma ideia do interior da Amazônia. Num avião da FAB peguei uma carona até uma aldeia de índios na Serra de Tumucumaque, na fronteira com as Guianas. E ainda cheguei a conhecer Óbidos e Manaus.

3) Fazer teatro. Logo no início, conheci, em São Paulo, o grupo do Tuca (Teatro da Universidade Católica), que apresentava *Morte e vida severina*, de João Cabral de Melo Neto. Participei de várias viagens do grupo. Através dos atores e de seus amigos conheci as canções de Chico Buarque, Geraldo Vandré e Caetano Veloso. Eu também

3. Cf. o meu depoimento, "Encontro com Guimarães Rosa, Rio, 1966", no suplemento *Ilustríssima* da *Folha de S. Paulo*, 3 abr. 2011. p. 9.

atuava, num grupo de teatro alemão, dirigido pelo Sr. B. A. Aust. Fizemos várias apresentações públicas no Teatro João Caetano.

Não me senti nenhum dia como estrangeiro nesta cidade, graças a seu espírito cosmopolita e à acolhida gentil e hospitaleira por parte de seus habitantes. Esta palestra é uma forma de agradecimento – não com amenidades, mas com algumas reflexões a partir de textos de Walter Benjamin e Mário de Andrade. No texto "A vida dos estudantes" (1914), escrito por Walter Benjamin quando tinha 22 anos e era líder estudantil, ele critica uma universidade que é voltada para um estreito carreirismo utilitarista, em vez de dedicar-se à busca do saber como uma aventura e um risco. Numa instituição daquele tipo não há lugar para "traduzir em questões científicas, com um enfoque filosófico, as novas ideias que costumam despertar mais cedo na arte e na vida social do que na ciência". A tarefa da crítica, segundo Benjamin, é "libertar o futuro de sua forma presente desfigurada, através de um ato de conhecimento".

Isso me parece ser relevante ainda hoje, especialmente no Brasil, onde os interesses particulares são tantos que não se observa nenhuma paixão pública para a melhoria da qualidade das nossas institui-

Bolle, Willi. *Grandesertão. br*: o romance de formação do Brasil. São Paulo: Duas Cidade; Editora 34, 2004. Acervo BMA.

Aust, B. A. *Brasilianisches Tagebuch*. São Paulo: Livraria Kosmos, 1961. Acervo BMA.

ções públicas de ensino: sobretudo o nível fundamental e médio e sua articulação com o nível superior. Sente-se também uma grande falta de engajamento da sociedade civil pela questão da qualidade de vida nesta nossa Pauliceia desvairada, especialmente em relação ao problema social e ao transporte público. Esta nossa cidade, que reúne tantos talentos e tantas boas energias, ocupa, entre as cidades do mundo, um vergonhoso nonagésimo lugar em termos de qualidade de vida. Daqui a pouco, por ocasião da Copa do Mundo, nossa cidade será avaliada por pessoas do mundo inteiro e pela mídia internacional. Se permanecer na atual letargia, eu temo que o resultado dessa avaliação seja pior que a derrota de 1950 no Maracanã.

[9] A Escrita da Cidade ou A utopia de uma escrita de trânsito universal. Quando vim definitivamente para o Brasil, em 1971, depois de ter defendido, na Universidade de Bochum, a minha tese de doutorado sobre "A evolução da técnica narrativa nos contos de Guimarães Rosa", iniciei a carreira acadêmica no Setor de Pós-Graduação em Teoria Literária na Universidade Católica de São Paulo (puc-sp), onde tive o privilégio e o prazer de ter como colegas Lucrécia Ferrara, Leyla Perrone-Moisés, Haroldo de Campos e Décio Pignatari.

"A cidade como escrita", que é um capítulo-chave da *Fisiognomia da metrópole moderna*, tem várias marcas desse contato com a Poesia Concreta. É uma leitura da metrópole à luz do livro-oficina de Walter Benjamin, *Rua de mão única* (1928). Em 60 "imagens de pensamento" ele apresenta um fac-símile daquilo que o cidadão, em suas travessias da paisagem urbana, tem diariamente diante dos olhos como "escrita da cidade": placas de trânsito, *outdoors*, letreiros, tabuletas, anúncios, cartazes, folhetos, manchetes, luminosos – uma gigantesca constelação de escrita. Benjamin fala dos desafios que representam essas "nuvens de gafanhotos de escrita". Através da publicidade onipresente e de uma burocracia onisciente, a escrita torna-se cada vez mais um instrumento de dominação. A cultura literária perdeu em importância diante do poder invasivo da nova mídia, tanto assim que a publicidade é considerada por Benjamin como "superior à crítica". Nessas condições o crítico e o escritor são desafiados a repensarem o seu ofício e a reaprender a ler e a escrever.

Quem percebeu cedo a crise da literatura foi Mallarmé, que resolveu incorporar em sua poesia elementos gráficos próprios da publicidade. Aprendendo com esse precursor, os poetas e escritores do futuro, segundo Benjamin, teriam que se tornar "experts em escrita", como nos tempos arcaicos, quando a escrita foi inventada. Só assim poderia surgir no futuro "uma escrita de trânsito e transformação internacional" (*eine internationale Wandelschrift*). Mallarmé foi considerado como precursor também pelos representantes da Poesia Concreta: Augusto e Haroldo de Campos e Décio Pignatari. Por meio da assimilação de elementos das artes gráficas e das artes plásticas, da fotografia e da arquitetura, os poetas concretos acentuaram o vínculo da literatura brasileira com um determinado padrão técnico internacional da literatura urbana. A incorporação de novas tecnologias pelos poetas expressou-se no início dos anos 1990 com projeções-laser de poemas sobre paredes de prédios na avenida Paulista e sobre nuvens em cima da cidade.

No centenário da avenida Paulista, em 1991, foi ali apresentado, numa caverna eletrônica, o poema "Cidade/City/Cité" (1963), de Augusto de Campos. A cidade aparece como uma constelação de escrita:

ATROCADUCAPACAUSTIDUPLIELASTIFELIFEROFUGAHISTORILO
QUALUBRIMENDIMULTIPLIORGANIPERIODIPLASTIPUBLIRAPARECI
PROSAGASIMPLITENAVELOVERAVIVAUNIVORACIDADECITYCITÉ

Uma "palavra" de 153 letras, gerada morfologicamente pelo princípio de reprodutibilidade, evocado em "DUPLI", "MULTIPLI" e "PUBLI", e montada por aglutinação de 28 núcleos lexicais, e um sufixo plurilíngue, através do qual o significado "CIDADE" é potencializado e internacionalizado.

Em *Sagarana* (1946), livro de estreia de Guimarães Rosa, encontra-se um poema que antecipa a SAGA-CIDADE de Augusto de Campos e dialoga com uma imagem de pensamento de Walter Benjamin sobre o Obelisco na *Place de La Concorde* em Paris, onde "nenhum dentre os dez mil [transeuntes] sabe ler a inscrição". No conto "São Marcos", o protagonista grava num bambu perto de uma vila sertaneja um antipoema, desafiando a poesia convencional. O poema consiste num rol de reis da Mesopotâmia, onde foi inventada a escrita, paralelamente ao que ocorreu no Egito:

Sargon / Assarhaddon / Assurbanipal / Teglattphalasar / Salmanassar / Nabonid / Nabopalassar / Nabucodonosor / Belsazar / Sanekherib.

Este poema é um testemunho de uma cultura profundamente dividida: por um lado, os representantes da cultura letrada das cidades, por outro, os iletrados da cultura popular oral, que costuma ser vista pelos letrados como uma cultura "menor". O autor de *Sagarana* e de *Grande sertão: veredas*, que é narrado por um "jagunço letrado", questiona a suposta superioridade dos letrados ao confrontá-los com uma produção literária deliberadamente difícil, no limite da legibilidade. Na imagem de pensamento "Proibido para mendigos e vendedores ambulantes", Walter Benjamin usou uma estratégia semelhante, ao mostrar que a compreensão dos que moram na rua, "não por boniteza, mas porém por percisão" (como diria o autor de *Sagarana*), representa para os eruditos um desafio maior que os textos difíceis. O confronto da cultura dos analfabetos com a dos letrados é tematizado na mesma época (1928) por Mário de Andrade em *Macunaíma*, onde faz referência aos petróglifos do Nordeste:

> Então o herói [...] galopeou, galopeou, galopeou. Passando no Ceará decifrou os letreiros indígenas do Aratanha; no Rio Grande do Norte costeando o serrote do Cabelo-não-tem decifrou outro. Na Paraíba, indo de Manguape pra Bacamarte passou na Pedra-Lavrada com tanta inscrição que dava um romance. Não leu por causa da pressa [...]

Macunaíma não leu porque é perseguido pela velha Ceiuci, esposa do comedor de gente Piaimã. Um traço cômico da cena é que o malandro decifra as inscrições indígenas *en passant*, brincando, embora o "herói sem nenhum caráter" a rigor não saiba ler, pois é um herói sem nenhum *letramento*. Tanto Mário de Andrade quanto Guimarães Rosa percebem a literatura e a cultura vigentes como um espaço de exclusão e respondem com uma utopia: o iletrado como escritor. É uma genuína contribuição brasileira para a escrita do futuro sonhada por Walter Benjamin como sendo de trânsito e transformação universais.

[10] A Biblioteca: a organização do saber, a construção da vida e o diálogo com a loucura (Biblioteca Municipal Mário de Andrade,

hoje, 26 de fevereiro de 2011). "Desempacotando minha biblioteca" (1931) chama-se um belo ensaio em que Walter Benjamin fala de sua relação com os livros. O texto contém observações elucidativas sobre o ato de colecionar e a figura do colecionador, que forma juntamente com o *flâneur* e o historiador o tripé que sustenta a construção do trabalho das *Passagens*. "De todas as formas de adquirir livros", observa Benjamin, "é considerada como a mais louvável o feito de a gente mesmo escrevê-los". Ele próprio deu uma prova cabal disso com as *Passagens*, que é um livro-arquivo sobre "Paris, a capital do século XIX", escrito com base em centenas de livros, que ele consultou e fichou na *Bibliothèque Nationale*.

Contudo, como adverte Benjamin, quando a organização e o acúmulo do saber se fazem sem sabedoria, existe o perigo de uma deformação. Com efeito, nós, professores, temos que tomar um cuidado especial quando passamos adiante um determinado "legado cultural" e ensinamentos sobre a "construção da vida". O próprio Benjamin não foi imune a certas armadilhas da *Aufklärung*, como mostra um fragmento das *Passagens* em que ele fala do seu "novo método dialético da história" e se propõe a combater a Loucura, nos seguintes termos:

> Tornar cultiváveis regiões onde até agora viceja apenas a loucura. Avançar com o machado da razão, sem olhar nem para a direita, nem para a esquerda, a fim de não sucumbir ao horror que acena das profundezas da selva. Todo solo deve alguma vez ser revolvido pela razão, carpido do matagal do desvario e da ilusão. É o que deve ser realizado aqui para o solo do século XIX.

A causa defendida por Benjamin é justa, sem dúvida, mas as metáforas que ele usa são problemáticas, sendo que no referido texto não há nenhum sinal de autocrítica ou autoironia. A razão com o machado na mão? E a selva intacta como *locus horribilis* a ser removido, quando um dos grandes desafios do nosso planeta é a preservação das florestas? Estranhamente, o filósofo recai numa atitude que lembra a de missionários e cientistas europeus vindos para "civilizar" os "selvagens" dos trópicos.

É instrutivo comparar como o problema da Loucura na metrópole moderna foi tratado por um contemporâneo brasileiro de Wal-

ter Benjamin – Mário de Andrade (1893-1945) – que foi, juntamente com Oswald de Andrade, o principal representante do Modernismo brasileiro. Como se sabe, um dos objetivos do movimento – que partiu de São Paulo, que era então o emergente centro industrial e econômico do país – foi a revisão crítica das autoimagens convencionais e alienantes da cultura brasileira, como o primitivismo exótico e a pretensão de cidades como Rio de Janeiro, Belém, Manaus e a própria São Paulo, de se tornarem uma espécie de "Paris n'América". Com o verso irônico "São Paulo... Galicismo a berrar nos desertos da América", Mário de Andrade deixa claro que o *status* da cidade é o de uma metrópole dependente, que precisa incorporar em sua busca de identidade a reflexão sobre essa condição periférica.

BENJAMIN, Walter. *Documentos de cultura, documentos de barbárie*: escritos escolhidos. Seleção e apresentação de Willi Bolle. São Paulo: Cultrix; Edusp, 1986. Acervo BMA.

Diferentemente de Benjamin, que sucumbe a uma vertente da *Aufklärung* que defende o uso da violência contra a loucura, o autor de *Pauliceia desvairada* (1922) visa o diálogo produtivo com o desvario, escolhendo como ideia-guia de sua poética precisamente o *desvairismo*. Por meio de sua teoria e práxis poética, Mário procura dar conta do estado de loucura que a Grande Cidade – "São Paulo! comoção da minha vida" – provoca virtual ou efetivamente em seus habitantes. No seu fazer poético e nas suas reflexões, o poeta se faz acompanhar pela figura alegórica Minha Loucura. O "impulso lírico", que é a base da poesia urbana de Mário, é definido por ele como "um estado vizinho da sublime loucura". É um estado primitivo por excelência – não no sentido do primitivismo exótico, mas como "um grito do inconsciente", o que acrescenta um componente científico a essa poética.

Como num laboratório, o poeta da *Pauliceia desvairada* transforma-se num sujeito de teste para experimentar, no corpo e na alma, as percepções e reações que provocam nele os choques transmitidos pela metrópole, as "comoções e mais comoções". Choque e loucura têm para Mário de Andrade não apenas uma conotação negativa, mas também positiva, à medida que o diálogo do artista com eles pode resultar – como já sugeriu Friedrich Nietzsche em sua interpretação da tragédia antiga – em "uma magia que cura". Num sentido por assim dizer "homeopático", a obra de arte é, para Mário "uma máquina de produzir comoções". Para expressar "a fúria desencadeada dos elementos" da Grande Cidade, que o poeta vê ora como um monstro, ora como sua noiva, ele mobiliza técnicas de sintaxe elíptica, fragmentos, instantâneos, superposições e polifonia. As dissonâncias sociais são reveladas através de montagens contrastivas: assim, por exemplo, o cosmopolitismo é desencantado e revelado como uma combinação de interesses do capitalismo multinacional (neste ponto, existe uma afinidade com a visão de Benjamin). Em vez de recorrer à "cor local", o poeta reproduz o ritmo de trabalho da Pauliceia: desde o "grito inglês" da Bolsa de Valores até o "rumor surdo" dos operários sob "o largo coro de ouro das sacas de café" – sem esquecer a atmosfera de festa que reina de noite em alguns bairros, em forma de um "delírio em carnagens de luz".

Num instantâneo, o poeta apresenta também o seu autorretrato: "Ali em frente... – Mário, põe a máscara!" "– Tens razão, minha Loucura, tens razão." O autor da *Pauliceia desvairada* é possuído e protegido pela Loucura, e ao mesmo tempo vem acompanhado à sua direita e à sua esquerda pela figura da Razão. É uma maneira dialética de o modernista brasileiro – cujo *desvairismo* é um pouco anterior à *Rua de Mão Única* e ao trabalho das *Passagens* – conversar com o seu colega europeu Walter Benjamin. Autocrítico, Mário de Andrade localiza a Loucura não apenas na sociedade, mas dentro de si. ("Sertão: é dentro da gente", dirá mais tarde Riobaldo.) O elemento "selvagem" é, portanto, parte constitutiva do habitante "civilizado" da metrópole. Concluímos esta palestra com este ensinamento do poeta e intelectual que deu o nome a esta Biblioteca.

AGRADECIMENTOS

A Fátima Monteiro e a Adélia Bezerra de Meneses por seus comentários e sugestões.

Bibliografias

Neste número, a *Revista da Biblioteca Mário de Andrade*, mantendo a tradição do *Boletim Bibliográfico*, apresenta uma seleção de obras sobre o tema da imigração em São Paulo. A bibliografia básica foi apresentada pelos palestrantes do *Ciclo São Paulo: seus povos e suas músicas*, e aqui retomada, com apresentação do professor Oswaldo Truzzi, pesquisador da área e autor de várias obras sobre o assunto. A ideia desta seção é estimular o leitor a conhecer essas obras, a maioria das quais pode ser encontrada nas coleções da Biblioteca Mário de Andrade.

Imigrantes em São Paulo

OSWALDO TRUZZI*

No início do século XIX, a população do atual estado de São Paulo fora formada pela interação complexa de brancos, sobretudo de origem portuguesa, africanos e nativos. Os brancos, compreendendo europeus e seus descendentes não miscigenados, formavam a elite social, mas respondiam apenas por cerca de metade da população. Outro contingente era composto por negros – escravos (estes trazidos cada vez mais em função do desenvolvimento da economia açucareira) e livres – acrescidos de um conjunto de mestiços de vários tipos, para o qual inclusive a população indígena contribuiu.

A partir de meados daquele século, a população paulista se transformou profundamente – tanto em sua expressão numérica, quanto em sua composição – com a chegada de levas variadas de imigrantes, do estrangeiro e de outros estados do país. Ao longo de décadas, tais estratos causaram um enorme impacto na formação da população e na própria história de São Paulo, repercutindo em dimensões que atravessam o demográfico, o econômico, o social, o cultural e o político. Por isso mesmo, resulta pretensioso demais elencar, nos limites desta compilação bibliográfica, um rol exaustivo dos livros que focalizam

* Oswaldo Truzzi é professor da Universidade Federal de São Carlos, atuando nos Programas de Pós-Graduação em Ciências Sociais e Engenharia de Produção. Publicou artigos sobre as famílias árabes muçulmanas em São Paulo e a presença árabe na América do Sul. É autor de *Patrícios: sírios e libaneses em São Paulo*.

tal processo. Daí o caráter necessariamente limitado e arbitrário de qualquer seleção de obras sobre o tema (Fausto, 1991; Fausto, 1999). Feita tal ressalva, vão aqui algumas indicações que podem ser úteis ao leitor iniciante e interessado no assunto.

Em 1854, a então província de São Paulo contava com apenas 419 mil habitantes. A partir de então, o desenvolvimento econômico do estado propiciado pela cafeicultura e seus desdobramentos posteriores no comércio e na indústria passaram a atrair contingentes numerosos que conformaram uma população diversificada, do ponto de vista étnico-racial e cultural (Costa, 1997; Beiguelman, 2005). É possível acompanhar o impacto que esta população representou no perfil demográfico do estado por meio da análise dos censos (Bassanezi et al., 2008).

De fato, com a proibição do tráfico negreiro, as elites rurais paulistas passaram a se defrontar com a questão do suprimento de mão de obra para uma lavoura que se revelava promissora. Após inúmeros debates e tentativas variadas de solução do problema (Davatz, 1980) acabou vingando o regime do colonato (Holloway, 1984; Vangelista, 1991), que preservava o grande latifúndio cafeicultor, importando imigrantes da Europa, e mais tarde do Japão, para o trabalho nas lavouras do café. A importação em massa de imigrantes tomou foros de política de estado, já que durante muito tempo esta ocorreu com o subsídio do próprio governo, que arcava com os custos da passagem marítima para a travessia do Atlântico.

O meio século compreendido entre 1880 e 1930, conhecido como o período da grande migração internacional em massa para São Paulo, assistiu assim à chegada de muitos imigrantes. Portugueses (Rocha-Trindade e Campos, 2003; Freitas e Miney, 2008; Freitas, 2006), italianos (Trento, 1989; Alvim, 1986; Franzina, 2006; Bertonha, 1999; Homem, 1984; Silveira, 1976; Pereira, 2002; Cenni, 2011; Carelli, 1985; Debenedetti e Salmoni, 2007) e espanhóis (Cánovas, 2005 e 2009; Souza, 2006; Peres, 2003), os ditos grupos majoritários, perfizeram cerca de 80% das entradas no período, mas além destes também vieram japoneses (Morais, 2009; Nogueira, 1973; Handa, 1987; Harada, 2008; Sakurai e Coelho, 2008; Saito, 1980; Saito e Maeyama, 1973, Vieira, 1973), sírios e libaneses (Truzzi, 2009; Karam, 2009; Amrik, 2005) e alemães (Siriani, 2003), além de um con-

Ciclo *São Paulo: seus povos e suas músicas* – Andinos (Cid Battiato e Chico Pedro).
Foto: Glauber Alves, 2011/Acervo BMA.

junto variado de grupos de menor expressão numérica (Luisi, 2000; Vero, 2003; Zen, 2010).

Embora a imensa maioria dos aqui chegados fossem católicos, grupos provenientes do Japão, do Oriente Médio e do Leste europeu – neste último caso, muitos judeus (Rattner, 1977; Fausto, 2000; Carneiro, 2001; Veltman, 1994; Mizrahi, 2003), conferiram certa diversidade religiosa às levas migratórias.

Este aporte populacional vultoso dirigiu-se tanto à capital paulista (Duarte e Porta, 2004; Lanna et al., 2011) quanto ao interior do estado. Em 1920, por exemplo, de cada quatro estrangeiros que viviam no estado, três habitavam municípios do interior. De modo geral, tais estratos ocuparam uma posição intermediária na estrutura social paulista, acima da população negra de origem escrava.

É claro então que as relações entre a população branca de modo geral (incluindo-se aí os imigrantes) e a população de origem negra constituem desde logo tema dos mais importantes, sobretudo porque abre caminho para se pensar a integração social e econômica desta última, a questão do preconceito, do racismo etc. Entre a enorme produção bibliográfica que toma por foco os negros em São Paulo, podem-se destacar autores clássicos (Bastide e Fernandes, 2008; Fernandes, 2008 e Skidmore, 2012), a par de autores mais recentes (An-

Ciclo *São Paulo: seus povos e suas músicas* – Coreanos (Coro das Mães da Associação Brasileira dos Coreanos).
Foto: Glauber Alves, 2011/Acervo BMA.

drews, 1998; Bernardo, 1998; Wissenbach, 1998; Domingues, 2004; Schwarcz, 2008).

A partir dos anos 30 do século passado, a imigração de origem estrangeira diminuiu fortemente, fruto de fatores variados: a crise internacional; uma política de estado disposta a valorizar, no meio urbano, o trabalhador nacional; e o início da segunda grande guerra. Embora São Paulo já atraísse populações de outros estados da federação (Santos, 2008), a partir de então tais fluxos irão se avolumar, sobretudo em direção à chamada região metropolitana de São Paulo (Paiva, 2004).

Mais recentemente, a partir dos anos de 1980, São Paulo também passou a receber, ainda que em uma escala muito menor, populações de origem coreana (Kim, 2008) e, sobretudo, latino-americana. Entre estes últimos, destacam-se os bolivianos (Baeninger, 2012; Silva, 2005; 2003; e 1997), que hoje constituem o grupo estrangeiro com entradas mais volumosas tanto em São Paulo quanto no país.

Ao longo de décadas, conformou-se assim no território paulista uma população de origem relativamente diversificada e de uma riqueza étnico-racial e cultural (Amorim et al., 2003; Tirapeli, 2007) que certamente constitui um dos elementos mais peculiares a São Paulo e à posição que o estado hoje ocupa no contexto nacional.

Geral

Amorim, Antonio Carlos Bellini; Machado, Luiz; Anhesini, Cinthia. *São Paulo de todos os mundos*. São Paulo: A. Bellini, 2003.

▸ *bma/Coleção São Paulo*

Bassanezi, Maria Silvia Casagrande Beozzo et al. *Atlas da imigração internacional em São Paulo*: 1850-1950. São Paulo: Edusp, 2008.

▸ *bma/Coleção de Referência e Circulante*

Beiguelman, Paula. *A formação do povo no complexo cafeeiro*: aspectos políticos. 3.ed. São Paulo: Edusp, 2005.

▸ *bma/Coleção Geral*

Carneiro, Maria Luiza Tucci. *O anti-semitismo na era Vargas*: fantasmas de uma geração, 1930-1945. São Paulo: Perspectiva, 2001. [1.ed., Brasiliense, 1988]

▸ *bma/Coleção Geral*

Costa, Emilia Viotti da. *Da senzala à colônia*. 4.ed. São Paulo: Unesp, 1998. [1.ed., Difel, 1966]

▸ *bma/Coleção Geral e Circulante*

Davatz, Thomas. *Memórias de um colono no Brasil*: 1850. Belo Horizonte: Itatiaia; São Paulo: Edusp, 1980 [ed. original em alemão, 1858; 1.ed., Martins, 1941]

▸ *bma/Coleção Geral*

Duarte, Adriano; Porta, Paula. *História da cidade de São Paulo*: a cidade na primeira metade do século xx, 1890-1954. São Paulo: Paz e Terra, 2004. v.3.

▸ *bma/Coleção São Paulo e Circulante*

Fausto, Boris. *Fazer a América*: a imigração em massa para a América Latina. São Paulo: Edusp, 1999.

▸ *bma/Coleção Geral*

Fausto, Boris. *Historiografia da imigração para São Paulo*. São Paulo: Idesp; Sumaré, 1991.

▸ *BMA/Coleção Geral*

Holloway, Thomas. *Imigrantes para o café*: café e sociedade em São Paulo, 1886-1934. Rio de Janeiro: Paz e Terra, 1984.

▸ *BMA/Coleção Geral e Circulante*

Lanna, Ana Lúcia Duarte et al. (orgs.). *São Paulo, os estrangeiros e a construção das cidades*; organizadores Ana Lúcia D. Lanna, Fernanda Arêas Peixoto, José Tavares C. Lira, Maria Ruth A. Sampaio. São Paulo: Alameda Editorial, 2011.

▸ *BMA/Coleção São Paulo*

Luisi, Emidio (curador). *Projeto Caixa Populi* (várias etapas). São Paulo: Caixa Econômica Federal, 2000.

▸ *BMA/Coleção São Paulo*

Paiva, Odair. *Caminhos cruzados*: migração e construção do Brasil moderno. Bauru: Edusc, Ed. Universidade do Sagrado Coração, 2004

Tirapeli, Percival. *São Paulo, artes e etnias*; fotos de Manoel Nunes da Silva. São Paulo: Unesp; Imprensa Oficial do Estado, 2007.

▸ *BMA/Coleção São Paulo e Artes*

Vangelista, Chiara. *Os braços da lavoura*: imigrantes e “caipiras” na formação do mercado de trabalho paulista, 1850-1930; trad. Thei de Almeida Viana Bertorello. São Paulo: Hucitec; Istituto Italiano di Cultura, 1991.

▸ *BMA/Coleção Geral*

Africanos

Andrews, George Reid. *Negros e brancos em São Paulo*: 1888-1988. Bauru: Edusc, 1998.

▸ *BMA/Coleção São Paulo*

Bastide, Roger; Fernandes, Florestan. *Brancos e negros em São Paulo*: ensaio sociológico sobre aspectos da formação, manifestações atuais e efeitos do preconceito de cor. 4.ed. São Paulo: Global, 2008. [1.ed., 1955, com o título de *Relações raciais entre negros e brancos em São Paulo*]

▸ BMA/*Coleção São Paulo e Circulante*

Bernardo, Teresinha. *Memória em branco e negro*: olhares sobre São Paulo. São Paulo: Fapesp; Educ; Unesp,1998.

▸ BMA/*Coleção São Paulo*

Domingues, Petrônio. *Uma história não contada*: negro, racismo e branqueamento em São Paulo no pós-abolição. São Paulo: Senac, 2004.

▸ BMA/*Coleção São Paulo*

Fernandes, Florestan. *A integração do negro na sociedade de classes*. 5.ed. São Paulo: Globo, 2008. [1.ed., São Paulo: USP/FFLCH, 1964].

▸ BMA/*Coleção Geral*

Schwarcz, Lilia Moritz. *Retrato em branco e negro*: jornais, escravos e cidadãos em São Paulo no final do século XIX. São Paulo: Companhia das Letras, 2008.

▸ BMA/*Coleção Geral e Circulante*

Skidmore. Thomas. *Preto no branco*: raça e nacionalidade no pensamento brasileiro. São Paulo: Companhia das Letras, 2012. [1.ed., 1976]

▸ BMA/*Coleção Geral e Circulante*

Wissenbach, Maria Cristina Cortez. *Sonhos africanos, vivências ladinas*: escravos e forros em São Paulo, 1850-1880. São Paulo: Hucitec, 1998.

▸ BMA/*Coleção São Paulo*

Andinos

Baeninger, Rosana (org.). *Imigração boliviana no Brasil.* Campinas: Núcleo de Estudos de População-Nepo/Unicamp, 2012.

Silva, Sidney Antonio da. *Bolivianos*: a presença da cultura andina. São Paulo: Nacional, 2005.

▸ *bma/Coleção São Paulo e Circulante*

Silva, Sidney Antonio da. *Costurando sonhos*: trajetória de um grupo de imigrantes bolivianos em São Paulo. São Paulo: Paulinas, 1997.

Silva, Sidney Antonio da. *Virgem/mãe/terra*: festas e tradições bolivianas na metrópole. São Paulo: Hucitec; Fapesp, 2003.

▸ *bma/Coleção São Paulo*

Árabes

Amrik: presença árabe na América do Sul. Brasília: Ministério das Relações Exteriores, 2005.

▸ *bma/Circulante e Artes*

Karam, John Tofik. *Um outro arabesco*: etnicidade sírio-libanesa no Brasil neoliberal. São Paulo: Martins Fontes, 2009.

▸ *bma/Coleção Geral*

Truzzi, Oswaldo Mario Serra. *Patrícios*: sírios e libaneses em São Paulo. 2.ed. São Paulo: Unesp, 2009.

▸ *bma/Coleção São Paulo*

Coreanos

Kim, Yoo Na. *A jovem Coréia*: um almanaque sobre uma das imigrações mais recentes do Brasil. São Paulo: ssua, 2008.

▸ *bma/Circulante*

Espanhóis

Cánovas, Marília Dalva. *Hambre de tierra*: imigrantes espanhóis na cafeicultura paulista, 1880-1930. São Paulo: Lazuli, 2005.

▸ *BMA/Coleção Geral e Circulante*

Cánovas, Marília Dalva. *Imigrantes espanhóis na Paulicéia*: trabalho e sociabilidade urbana, 1800-1922. São Paulo: Edusp; Fapesp, 2009.

▸ *BMA/Coleção São Paulo*

Peres, Elena Pajaro. *A inexistência da terra firme*: a imigração galega em São Paulo, 1946-1964. São Paulo: Edusp; Imprensa Oficial do Estado, 2003.

▸ *BMA/Coleção São Paulo*

Souza, Ismara Izepe de. *Espanhóis*: história e engajamento. São Paulo: Nacional, 2006.

▸ *BMA/Coleção São Paulo e Circulante*

Ciclo *São Paulo: seus povos e suas músicas* – Húngaros (Grupo Folclórico Pántlika). Foto: Glauber Alves, 2011/Acervo BMA.

Ciclo *São Paulo: seus povos e suas músicas* – Poloneses (Grupo Gritos das Montanhas). Foto: Glauber Alves, 2011/Acervo BMA.

Germânicos

Siriani, Silvia Cristina Lambert. *Uma São Paulo alemã*: vida quotidiana dos imigrantes germânicos na região da Capital, 1827-1889. São Paulo: Imprensa Oficial do Estado; Arquivo do Estado, 2003.

▸ *BMA/Coleção Geral e São Paulo*

Húngaros

Vero, Judith. *Alma estrangeira*: pequenas histórias de húngaros no Brasil, processos identitários. São Paulo: Summus, 2003.

▸ *BMA/Coleção São Paulo*

Italianos

Alvim, Zuleika. *Brava gente*: os italianos em São Paulo, 1870-1920. São Paulo: Brasiliense 1986.

▸ *BMA/Coleção Geral e Circulante*

Bertonha, João Fábio. *Sob a sombra de Mussolini*: os italianos de São Paulo e a luta contra o fascismo, 1919-1945. São Paulo: Fapesp; Annablume, 1999.

▸ *BMA/Coleção São Paulo*

Carelli, Mario. *Carcamanos e comendadores*: os italianos de São Paulo da realidade à ficção. São Paulo: Ática, 1985.

▸ *BMA/Coleção Geral e Circulante*

Cenni, Franco. *Italianos no Brasil*: "andiamo in 'Merica". 3.ed. São Paulo: Edusp, 2011. [1.ed., Martins, 1958]

▸ *BMA/Coleção Geral e Circulante*

Debenedetti, Emma; Salmoni, Anita. *Arquitetura italiana em São Paulo*. 2.ed. São Paulo: Perspectiva, 2007. (Debates. Arquitetura) [1.ed., 1981]

▸ *BMA/Coleção São Paulo*

Franzina, Emilio. *A grande emigração*: o êxodo dos italianos do Vêneto para o Brasil; trad. Edilene Toledo, Luigi Biondi. Campinas: Unicamp, 2006.

▸ *BMA/Coleção Geral e Circulante*

Homem, Maria Cecília Naclério. *O prédio Martinelli*: a ascensão do imigrante e a verticalização de São Paulo. São Paulo: Projeto, 1984.

▸ *BMA/Coleção São Paulo*

Pereira, João Baptista Borges. *Italianos no mundo rural paulista*. 2.ed. São Paulo: Edusp, 2002. [1.ed., Pioneira, 1974]

▸ *BMA/Coleção Geral*

Santos, Carlos José Ferreira dos. *Nem tudo era italiano*: São Paulo e pobreza, 1890-1915. 3.ed. São Paulo: Annablume; Fapesp, 2008. [1.ed., 1998]

▸ *BMA/Coleção São Paulo*

Silveira, Miroel. *A contribuição italiana ao teatro brasileiro*: 1895-1964. Brasília: Instituto Nacional do Livro; São Paulo: Quíron, 1976.

▸ *BMA/Coleção São Paulo*

Trento, Angelo. *Do outro lado do Atlântico*: um século de imigração italiana no Brasil. São Paulo: Nobel, 1989.

▸ *BMA/Coleção Geral e Circulante*

Japoneses

Handa, Tomoo. *O imigrante japonês*: história de sua vida no Brasil. São Paulo: T. A. Queiroz, 1987.

▸ *BMA/Coleção Geral e Circulante*

Harada, Kiyoshi (org.). *O nikkei no Brasil*. São Paulo: Atlas, 2008.

▸ *BMA/Circulante*

Morais, Fernando. *Corações sujos*: a história da Shindo Renmei. 2.ed. São Paulo: Companhia das Letras, 2009.

▸ BMA/*Coleção Geral e Circulante*

Nogueira, Arlinda Rocha. *A imigração japonesa para a lavoura cafeeira paulista*: 1908-1922. São Paulo: Instituto de Estudos Brasileiros da USP, 1973.

Saito, Hiroshi (org.). *A presença japonesa no Brasil*. São Paulo, T. A. Queiroz, 1980.

▸ BMA/*Coleção Geral e Circulante*

Saito, Hiroshi; Maeyama, Takashi. *Assimilação e integração dos japoneses no Brasil*. Petrópolis: Vozes, 1973.

▸ BMA/*Circulante*

Sakurai, Célia; Coelho, Magda Prates (orgs.). *Resistência & integração*: 100 anos de imigração japonesa no Brasil. Rio de Janeiro: IBGE, 2008.

Vieira, Francisca Isabel Schurig. *O japonês na frente de expansão paulista*: o processo de absorção do japonês em Marília. São Paulo: Pioneira, 1973.

▸ BMA/*Coleção Geral e Circulante*

Judeus

Fausto, Boris. *Negócios e ócios*: histórias da imigração. São Paulo: Companhia das Letras, 2000.

▸ BMA/*Circulante*

Mizrahi, Rachel. *Imigrantes judeus do Oriente Médio*: São Paulo e Rio de Janeiro. São Paulo: Ateliê Editorial, 2003.

▸ BMA/*Coleção São Paulo e Circulante*

Rattner, Henrique. *Tradição e mudança*: a comunidade judaica em São Paulo. São Paulo: Ática, 1977.

▸ BMA/*Coleção São Paulo*

Veltman, Henrique. *A história dos judeus em São Paulo*. Rio de Janeiro: Consultor, 1994. (Zichroines, Memória judaica)

▸ *BMA/Coleção São Paulo*

Poloneses, lituanos e russos

Zen, Erick Reis Godliauskas. *Imigração e revolução*: lituanos, poloneses e russos sob vigilância do Deops. São Paulo: Fapesp; Edusp, 2010.

▸ *BMA/Coleção Geral*

Portugueses

Freitas, Sônia Maria de. *Presença portuguesa em São Paulo*. São Paulo: Imprensa Oficial do Estado, 2006.

▸ *BMA/Coleção São Paulo e Circulante*

Freitas, Sônia Maria de; Miney, José Roberto. *Beneficência Portuguesa de São Paulo*: um século e meio provendo saúde. São Paulo: Hospital Beneficência Portuguesa de São Paulo, 2008.

▸ *BMA/Coleção São Paulo*

Matos, Maria Izilda; Souza, Fernando; Hecker, Alexandre. *Deslocamentos e história*: os portugueses. Bauru: Edusc, 2008.

Rocha-Trindade, Maria Beatriz; Campos, Maria Christina Siqueira de Souza (orgs.). *Olhares lusos e brasileiros*. São Paulo: Usina do Livro, 2003.

Sumários

Na *Revista da Biblioteca Mário de Andrade* n. 62, de 2006, foram publicados, sob o título *Índice geral*, os sumários da publicação desde o seu primeiro número, então denominado *Boletim Bibliográfico da Biblioteca Pública Municipal de S. Paulo*, de 1943, até o n.61 da revista, de 2002/2003, já com a atual denominação. Neste número encontram-se os sumários dos números 62 a 67, publicados de 2006 a 2011.

RBMA 62

RBMA 63

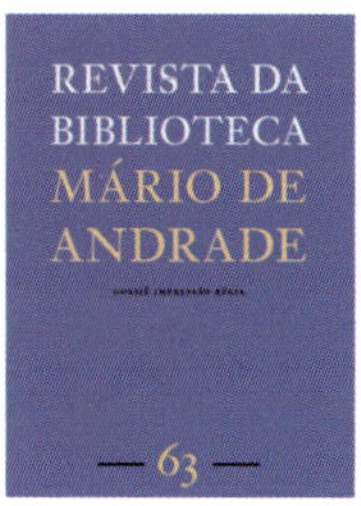

RBMA 64

RBMA 65

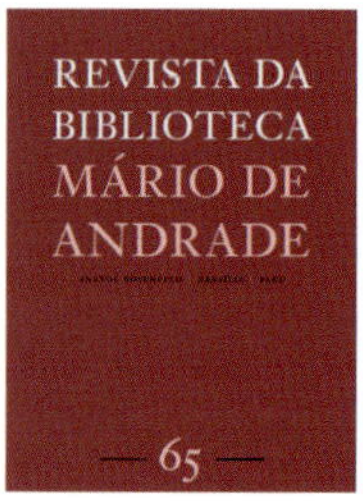

RBMA 66

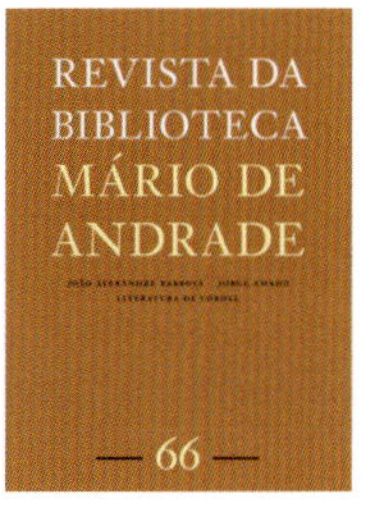

RBMA 67

REVISTA DA BIBLIOTECA MÁRIO DE ANDRADE
Volume 68, dezembro de 2012

Diretora editorial	Maria Christina Barbosa de Almeida
Editor assistente	Rizio Bruno Sant'Ana
Design e editoração eletrônica	Negrito Produção Editorial
Comissão editorial	Marcelo Dias de Carvalho Maria Christina Barbosa de Almeida Rizio Bruno Sant'Ana William Okubo
Reprodução de imagens do acervo	Motivo Processamento de Imagem e Comunicação
Apoio à produção	Angélica Germani Moura Lucas Oliveira Rita de Cássia Guglielmi Rua

IMPRENSA OFICIAL DO ESTADO DE SÃO PAULO

Coordenação editorial	Cecília Scharlach
Assistência editorial	Francisco Alves da Silva
Assistência à editoração	Fátima Consales
CTP, Impressão e Acabamento	Imprensa Oficial do Estado de São Paulo

Revista da Biblioteca Mário de Andrade. São Paulo: Departamento Biblioteca Mário de Andrade, 1992-

Anual.
Continuação, a partir do n. 50 de 1992, do Boletim Bibliográfico.
ISSN 0104-0863.

1. Literatura – Periódicos

CDD 805

Grafia atualizada segundo o Acordo Ortográfico da Língua Portuguesa de 1990, em vigor no Brasil desde 2009.

Impresso no Brasil, 2012

A despeito do empenho dos editores, não foi possível obter a identificação de todas as pessoas fotografadas e créditos fotográficos que compõem a presente obra. Caso o leitor tenha conhecimento dessas informações e queira contribuir, a Biblioteca Mário de Andrade e a Imprensa Oficial do Estado de São Paulo agradecem e se comprometem a inseri-las em futuras reedições.

BIBLIOTECA MÁRIO DE ANDRADE
Rua da Consolação, 94
01302-000 São Paulo SP
Tel. 11 3256-5270
www.bma.sp.gov.br
bma@prefeitura.sp.gov.br

IMPRENSA OFICIAL DO ESTADO DE SÃO PAULO
Rua da Mooca, 1.921 Mooca
03103-902 São Paulo SP
PABX 11 2799 9800
Sac 0800 0123 401
sac@imprensaoficial.com.br
livros@imprensaoficial.com.br
www.imprensaoficial.com.br

Lançamentos 2012

Imagens da Nação
Maria Beatriz Coelho
Coedição: Imprensa Oficial | Editora UFMG | Edusp

O melhor da Senhor
Ruy Castro (org.)
Maria Amélia Mello (concepção e coord.)
Edição: Imprensa Oficial

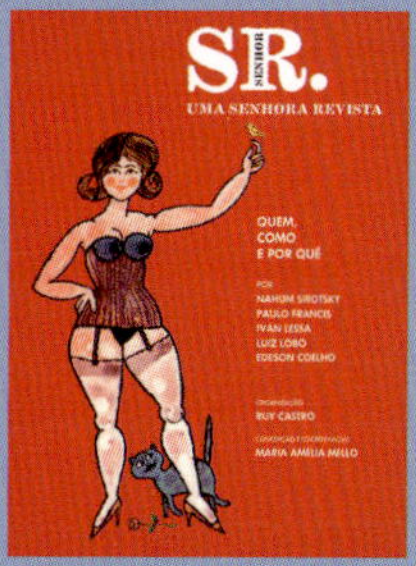

Uma Senhora Revista
Ruy Castro (org.)
Maria Amélia Mello (concepção e coord.)
Edição: Imprensa Oficial

Pixinguinha – Inéditas e Redescobertas
Bia Paes Leme, Pedro Aragão e Paulo Aragão (orgs.)
Coedição: Imprensa Oficial | Instituto Moreira Salles

Estrela breve, Lupe Cotrim: uma biografia literária
Leila V. B. Gouvêa
Edição: Imprensa Oficial

No Mar
At Sea
Luise Weiss
Texto bilíngue: inglês | português
Edição: Imprensa Oficial

Visões de Guerra: Lasar Segall
Celso Lafer, Jorge Coli e Berta Waldman (textos)
Coedição: Imprensa Oficial | Museu Lasar Segall | Centro da Cultura Judaica

Retratos da Leitura no Brasil 3
Zoara Failla (org.)
Coedição: Imprensa Oficial | Instituto Pró-Livro

Os Filmes da Minha Vida - 4
Renata Almeida (org.)
Coedição: Imprensa Oficial | Mostra Internacional de Cinema

Esta publicação de número 68 foi composta em janson text pela Negrito Produção Editorial em papel couché fosco em novembro de 2012, 130º ano do nascimento de Monteiro Lobato, 100º ano do nascimento de Jorge Amado e de Nelson Rodrigues e 90º ano do nascimento de Otto Lara Resende. Impressa nas oficinas gráficas da Imprensa Oficial do Estado de São Paulo em 2012.